五味渕典嗣　著

「敗け方」の問題

戦後文学・戦後思想の原風景

有志舎

「敗け方」の問題

——戦後文学・戦後思想の原風景

【目次】

序　戦後日本の「建国神話」

日本敗戦と「玉音放送」をめぐる政治過程を描いた岡本喜八監督の映画『日本のいちばん長い日』（一九六七年）の終盤に、次のようなシーンがある。一九四五年八月一五日の朝、陸軍省の青年将校たちによるクーデター未遂事件がどうにか落着し、内閣総辞職前の最後の閣議の準備にせわしなく奔走する迫水久常《さこみずひさつね》内閣書記官長を見送った情報局の若い官僚が、すでに戦争は終結したも同然なのに、やれ閣議だ枢密院会議だと形式的な手続きがほんとうに必要なのですか、と素朴な疑問を口にする。だが、志村喬演じる下村宏情報局総裁は、その発言を半ばたしなめるように、そして半ばは自分自身に言いきかせるように、以下のように応じる。「あらゆる手続きが必要だよ。儀式、と言った方が正しいのかもしれないがね。日本帝国の葬式だからね」。

じつはこのセリフは、原作にあたるノンフィクションには存在しない。[*1] 現在の「決定版」テクストでは、正午からの「玉音放送」を聞く陸軍の高級軍人たちが「彼らは偉大な葬儀に列していた」と形容されている。おそらくこの表現には、日本の戦争の終結だけでなく、組織としての陸軍の終わり、阿南惟幾《あなみこれちか》陸相の自殺、田中静壱《しずいち》東部軍司令官の殺害、その三〇分ほど前に自死したとされる宮城占拠事件の首謀者たちの死のすべてを総括する役目が与えられている。映画のシナリオを書いた橋本忍は、この「葬儀」の文字を、帝国日本の総体としての終焉の意味に転用したのではないか。天皇による「玉音放送」の発案者とされる下村の口から語られたセリフは、先のシーンの直前、徹底抗戦派のテロから間一髪で逃れた笠智衆の鈴木貫太郎首相が、いかにも一仕事をやり遂げたといった様子で「もう、年寄りの出る幕じゃないよ。これからの日本は、もっと若い人が中心になって、やるべきでね」と内閣総辞職の意向を伝える場面と呼応して、この映画が〈古い日本の死〉と〈新しい日本の再生〉の物語であることを、観る者に強く印象づける。

この映画だけではない。「一九四五年八月一五日」は、長きにわたって、戦後日本の〈始まりの日〉と意識されてきた。この日を生きた多くの人々が、雑音だらけで聞こえなかったラジオの記憶を書き残した。この日の経験は、小説や演劇や映画やマンガやアニメーションなどでくり返し再現され、表象された。この一日の歴史的な意義を明らかにするために、研究者は証拠湮滅を免れた資料を執念深く収集し、日本敗戦に至る軍・政治・宮中の動向を詳細にたどり直した。テレビドキュメンタリーは丹念な取材を通じて多様な人々の経験を掘り起こし、彼ら彼女らの肉声を映像メディアに記録した。こうした「一九四五年八月一五日」をめぐる記憶の記録は、日本語の言説の中でも際だって巨大なアーカイブを形成している。

もちろん、あらゆる〈始まり〉の物語がそうであるように、「一九四五年八月一五日」も神話化された日付でしかない。佐藤卓己は、この日付を特権化するメディアの体制が一九五五年前後に確立したと指摘し、「八・六平和祈念」「八・一五終戦記念」というセットを「国民的記憶の五五年体制」と呼んだ。[2] 坪井秀人は「一九四五年八月一五日」の新聞紙面の分析を通して、同時代の新聞メディアが「ラジオの前で慟哭する国民」というイメージを熱心に作り上げていたことを明らかにした。[3] 毎年八月に放送されたテレビドキュメンタリーを分析した米倉律は、「「八月ジャーナリズム」は「戦後日本」の原点である戦争および終戦において、日本人が何を体験し、何を失い、何を学んだのか、そこからどのように立ち上がってきたのかを繰り返し確認しながら語り継いできた」「「戦後日本」のある種の「自画像」のようなもの」と意味づけた。[4]

だが、「八・一五」という日付を相対化するだけでは不十分ではないか。むしろ重要と思うのは、日本社会がこの日のできごとをくり返し想起し続けたことの意味である。あるいは、この日のできごとをどんな論理＝物語で語ってきたのか、ということである。日本社会は「八・一五」を〈始まり〉と〈終わり〉を画した一日と位置づけることで、いったいどのような「敗北」を想起してきたのか。[5]

そこで重要なのが、いわゆる「終戦詔書」の論理と修辞である。と言っても、映画『日本のいちばん長い日』でも詳細に描かれた些細な文言の出し入れの問題ではない。[6] かつて小森陽一は、このテクストには「朕」の徹底的な無責任さが露呈していると述べたが、[7] わたしが問いたいのは、「朕」が誰に対する・どんな「責任」を抛棄しているか、ということだ。

注目したいのは「朕」の語りの宛先である。よく知られるように、この「詔書」は「忠良なる爾《なんじ》臣民」との呼びかけから始まる。一方、同じ文章の中で「朕」は、これ以上戦争を続ければ「終《つい》ニ我カ民族ノ滅亡ヲ招来スル」とも述べている。後半には、「爾臣民」と力を合わせて「神州ノ不滅」を信じ、未来を建設しよう、という文言も読まれる。だが、少し考えれば誰でも分かるように、一九四五年八月段階での日本帝国の「臣民」と「神州」に生きる「我カ民族」は論理的に同じ対象を意味しない。この文章は、ひそかに「朕」にとっての「臣民」の範囲を限定してしまっている。すなわち、この「詔書」は、帝国の君主として振る舞い続けた者の名において書かれながら、日本がまぎれもなく帝国としてあった歴史的事実の否認が企てられているわけだ。

改めてふり返れば、帝国日本にとっての日中戦争・アジア太平洋戦争は、それぞれ政略も戦略もろくに持たないまま、一時の成り行きと勢いで始めてしまった戦争だった。国家の側も人々の側も、この戦争をどう終えるのか、どうすれば終えられるのか、独善的な願望はあったとしても、誰も具体的な見通しを持ってはいなかった。なぜ、何のために戦うかを説得的に説明することができなかったので、「皇軍」「聖戦」「大東亜共栄圏」「八紘一宇」と、戦線の拡大に従って戦争を象る文字をエスカレートさせたし、そのようなプロパガンダで「臣民」たちを鼓舞し動員した結果、今度は自分たちがその標語に縛られて、振りあげた拳をいつ、どうやって下ろせばよいか議論する機会さえ遠ざけてしまった。

しかし、この事態は帝国の統治権力が無為無策だったことを意味しない。この国の支配層は、「臣民」と協力者たちの生命よりも、権威主義的な統治の仕組みを守ること自体を最優先したのである。また、そうであるからこそ彼らは、国力の疲弊と列島住民の急速な「戦意」の減退という現実に直面する中で、あくまで国家としての体裁を保ちながら、自分たち自身の手で戦争を終結させなければならなかった。どうかして生きたいと願う人々のエゴイズムが統治権力に対する敵意へと急速に転化する以前に、自分たちを庇護する体制の延命を可能にする終わり方を模索しなければならなかった。

「国体護持」とは、それら支配層が自分たち自身を守るための合言葉であり、天皇裕仁による「聖断」と「玉音放送」という慟哭のメロドラマは、その象徴的なセレモニーに他ならなかった。戦争の終わり方は、次の時代の〈始まり〉の制約要因となる。「一九四五年八月一五日」は、確かにひとつの〈終わり〉ではあったが、他のありうべき〈終わり〉を排除した結果でもあった。

「一九四五年八月一五日」が戦後日本の神話的起源だというのは、まさにこの意味においてであるとわたしは思う。多くの回想が述べたように、その日、天皇の声は聞き分けられなかったかもしれない。しかし、直後にＮＨＫのアナウンサーが神のことばを取り次ぐ「みこともち」のように三〇分以上にわたる解説を行い、新聞紙上でも「詔書」の全文が掲げられていたのである。[*8] にもかかわらず、事後的な再現の場面でも、「堪ヘ難キヲ堪ヘ忍ヒ難キヲ忍ヒ」という、「国民」が心情的に同調できるだろう箇所だけが反復的に想起されてきたのはどうしてなのか。このテクストに何が書かれ、何が書かれなかったかが真剣に問い直されてこなかったのはなぜなのか。成田龍一は、「戦後○○年」という区分自体が「「戦後」の時間・空間、その均一性を自明化したいい方」であり、「日本国民」が「主体的な変革」を怠ってきたことの「自己表白」に他ならない、と厳しく指摘した。[*9] 確かにその通りだろう。だが、ほんとうに問うべきは、「日本国民」がなぜ変わらなかったのか、なぜ「主体的な変革」を遂げられなかったかではないのか。

「八・一五」を起点とする戦後日本の「建国神話」を批判的に問い直すこと。それは、韓国人研究者の権赫泰・車承棋による問いかけへの応答でもある。権と車は、一九四五年八月を日本社会の新たな〈始まり〉とする見方が、「列島に縮小された境界を自然なものとし、空虚な中心に天皇を据え、天皇を中心とするナショナルな主体を形成しながら、アジアと絡みあっていた帝国主義の過去を封印してきた」と書いた。[*10] 酒井直樹が「たしかに、日本帝国は崩壊」したけれど「日本の人々（戦後も日本籍をもち続けた人々）の帝国意識はじつは崩壊しなかったのではないか」と書きつけたように、[*11] 戦後日本社会が帝国の記憶を選択的に忘却しつつ、旧宗主国民としての自意識をあからさまに保持し続けたことは、これまでもたびたび問題化されてきた。そのような日本社会のあり方は、まさに「終戦詔書」の論理の延長線上にあると言ってよい。

酒井は、先の問いを戦後日本の米日関係という観点から読み解いた。だが、本書はそれ以前の段階に注目したい。どんな人々が「敗北を抱きしめ」（J・ダワー）たのか。どのような主体が合州国の「下請けの帝国」（酒井）という立場に積極的に参画し、もしくは、否定せずに受け入れたのか。これらの問いを、帝国日本の敗北のプロセスそれ自体が、いかなる「われわれ＝日本人」意識を作り上げていたのか、という視角から考えてみたいのである。

以上の問題意識を踏まえ、本書では、一九四五年の日本列島の住民たちが、自国の敗北をどのようなものとして思い描き、経験し、受容したかをたどり直すことから始めたい。その上で、限られた手持ちの情報の中で、この戦争の〈終わり〉と向き合い、戦争の時間を生きた自己自身の情念と向きあった書き手のテクストを批判的に検討してみたい。かつて市村弘正は、ヤスパースやアーレントの思索を引き合いに出しながら、「日本における敗北の受容のあり方」には、「敗北の屈辱あるいは「信」の喪失という情念的基礎を受けとめる力の弱さ」と「発話の場所に対する感覚とそれを踏み固める力の弱さが露呈している」と書いた。[*12] ではそもそも、「日本における敗北の受容」の過程で、いったいどのような情念が顕在化し、かき立てられ、利用され、にもかかわらず行き場をなくし、なかったことにされてしまったのか。文字通りの意味で日本近代の帰結に他ならなかった世界戦争での敗北という「発話の場所」が、いかなる論理と機制において、解放感に裏打ちされたゼロ地点からの再出発という位置取りへと転轍されてしまったのか。これまで戦時末期の言語空間は、狂信的な戦争プロパガンダ一色の時期として、ほとんど検討されてこなかった。しかし、この時期の表現に見るべきものはないと軽視する発想こそ、「戦後」を原点として、ゼロ地点として意味づける構図を支えている。

もとより、本書が取り上げる書き手やテクストはごく限られたものだ。よって、本書の議論は、問題のありかをより適切につかまえるための端緒でしかない。だが、そうであるからこそ、従来は「戦後」と直接に結びつけられてこなかった書き手やテクストを検討する意義があるとも言える。文学研究の最大のメリットは、テクストに刻まれた想像力を取り出せることにある。無自覚に語られ、無造作に書き込まれた細部も含め、文字やイメージの配置や組み合わせ、それらの交錯と展開の筋道を前景化させることで、テクストの論理とそれを下支えする認識の磁場の双方を記述することができる。この方法的蓄積を援用してわたしは、帝国日本の「敗北」の経験を刻んだことばを読み直してみたい。いくつかのテクストを記憶の窓として、ひとつの世界が終わり、今日と明日の、自己自身の連続性や一貫性が疑わしいものとなり、投げ出されたような不信と不安の中で右往左往した人々、あるいは逆に、戦争によって規定された秩序と権威とが音を立てて崩壊するはずだと期待を込めて見守った人々の歴史経験を、その限界と合わせて批判的に見つめ直したい。

日本敗戦の過程を、複数の〈始まり〉の可能性を折り畳んだ時間として読み直すこと。それは、かつて加藤典洋が主張したような、戦後日本の起源に刻まれた「敗戦国民」としての「ねじれ」を所与として「引き受ける」ことを意味しない[*13]。本書が目指すのは、帝国日本の敗戦が誰にとっての・いかなる敗北だったのかを再審する作業を通じて、一九四五年八月一五日を起源とする「建国神話」それ自体を脱構築することである。そして、徒らに時間を浪費し続けたことに対する痛切な反省とともに、日本社会の脱＝帝国化、脱植民地化の作業をリスタートさせることである。

第1章　終末のスペクタクル
——アジア太平洋戦争末期における「国民」の再編

1　問題の所在——帝国の崩壊と「日本人」

本章で論じたいのは、敗戦後の日本社会におけるナショナリズムの土台あるいは基体は、戦時末期の経験に根拠づけられているのではないか、という問題提起である。

帝国日本にとってのアジア太平洋戦争末期は、明治維新以来しゃにむに作り上げてきた体制の秩序と権威が音を立てて崩れ去っていく時間に他ならなかった。とりわけ一九四四年一一月から本格化した日本列島空襲は、それまで「銃後」と称された人々の生活自体が標的となったことで、列島だけに限っても、二度の原爆投下を含めて六六の都市が焼き払われ、少なくとも五〇万人もの人々が命を落とした。一九四九年の経済安定本部の調査によれば、罹災者数は八七五万人、家屋の全焼全壊は二二五万戸に及んだという[*1]。空襲による直接の被害だけではない。米軍の攻撃は鉄道をはじめとする輸送網や輸送手段も標的としたので、ヒト・モノ・カネの移動が寸断され、空襲被害者たちは、何よりも自己自身と親しい人々との生存を最優先に考えなければならなくなった。

自分と周囲の生を守ろうとする行為が、すぐ傍らの誰かの生存可能性を毀損するかもしれない時間を生きること。互いが個としての生存を優先せざるを得ない状況は、見ず知らずの他者への信頼を低下させる。同じ「敵」に立ち向かっていた味方であったはずの人々に対する信頼が失われ、自分だけが周囲に出し抜かれているのではないかという猜疑心がかき立てられる。すぐ傍らの他者を信じることができない緊張が不安を喚起し、やがて他者一般に対する疑心暗鬼へと転化していけば、社会には深刻な葛藤や亀裂が生起するだろう。いつ終わるとも知れない戦争の時間を生きることを強いられた「内地」の住民たちにとって、帝国日本の崩壊と解体は、それまで経験したことがなかった社会の危機として、社会的な再生産の危機として経験されたはずである。だとすれば、戦争末期の時間は、帝国の核心としての列島住民たちにとって、「われわれ＝日本人」という「絆」、「想像の共同体」（アンダーソン）が危殆に瀕した瞬間でもあったはずである。

本章が注目するのは、日本敗北の過程で、「われわれ＝日本人」というアイデンティティがどのように語られ、再編されたかということだ。戦時と戦後を跨いだ日本社会の同一性と連続性は、どんな論理で、いかに担保・維持されたのか。しばしば指摘されるように、帝国核心部の「日本人」たちの多数派は、実体としての植民地を喪失してもなお、植民地主義的な意識を保持し続けた。敗戦後には沖縄や奄美や小笠原といった島嶼を切り離され、北方や南方の旧占領地に大量の列島出身者を置き去りにしながらも、「われわれ＝日本人」の「分断」を意識化することはなかった。戦前・戦時・戦後を通じた国境の膨張と切断をあたかも自然の摂理のようにやり過ごすことで、一度は境界の内側に包摂し、自国のために利用さえした人々の存在を忘却し、ほとんど省みようとしなかった。そのように考えれば、自己自身を「日本人」として同一化した「内地」の人々が帝国の崩壊をいかに過程したかを問うことは、戦後日本の出発点に刻まれたボタンの掛け違いを、改めて議論の俎上に載せることをも意味するはずだ。

以上の問題関心にもとづき、本章では、第2節・第3節で、戦時末期の列島社会で無視できない広がりを見せていた終末論的な想像力と、軍・政府によるプロパガンダの関係について検討する。だが、一方で忘れてならないのは、日本空襲開始以降、帝国日本の軍・政府は、自国のイデオロギー的な統一を図るだけの能力と権威を失い始めていた、という事実である。そこで、第4節・第5節では、戦争末期の「内地」のメディア環境を概観した上で、情報メディアとしての存在感を高めていた噂話＝「流言蜚語」の存在に注目する。従来の研究では、こうしたインフォーマルな語りを、政府や軍に統制された公的なメディアに対抗するものと位置づけてきた。だが、わたしが問題にしたいのは、「流言蜚語」に刻まれた空襲下の「想像の共同体」の内実である。関連する先行研究に加え、政府や軍の当局者によって「不穏なもの」と認定された同時代のコミュニケーションの記録と、敗戦後に公刊された当時の日記や回想の記述とを参照することで、こうした草の根の想像力が戦時・戦後を跨ぐ国民共同体の再編に無視できない役割を担っていたことを明らかにしたい。

2　敗北と滅亡

周知の通り、日中戦争期・アジア太平洋戦争期の日本語のメディアは厳格な統制下に置かれていた。現在の読者は、一九四二年六月のミッドウェー海戦での大敗後、日本軍が坂道を転げ落ちるように敗北と後退を重ねたことを知っている。しかし、現在進行形で戦争の時代を生きていた読者が初めて公的に自国の苦境と劣勢を告知されたのは、一九四三年五月一一日の山本五十六連合艦隊司令長官の戦死発表と、同じく五月三〇日のアッツ島「玉砕」の大本営発表からだった。[*2] これ以降、帝国日本のメディアは、自国民の大量死という現実の中で、戦争へのいっそうの挺身を促すという難問を突き付けられることになる。その際に発明されたのが、自国軍の「全滅」を一致団結した最期の敢闘として美学化する「玉砕」の一語だったことも、よく知られる通りである。念のため付け加えるが、アッツ島での日本軍部隊の全員が戦死したわけではない。あくまで大本営発表が「通信全く杜絶」した状況から、「全員玉砕せるものと認」め、そのように発表した、ということだ（「アッツ島に皇軍の神髄を発揮」『朝日新聞』一九四三年五月三一日）。[*3]

藤田嗣治の有名な戦争画『アッツ島玉砕』（一九四三年）は、「玉砕」のイメージを陰惨なスペクタクルとして表現したものだ（図1－1）。このあと藤田は、一九四五年にもう一つの「玉砕画」『サイパン島同胞臣節を全うす』を制作している。この二点の大作は、一方は北太平洋の小さな島での日本

アッツ島玉碎の圖
藤田畫伯の大作成る

山崎部隊長

出陣祝ひに墓の土
日頃期す"乃木式"の發揮

"握飯の義人"今いづこ
探し歩く失明勇
"街の援護"生きた

北邊に散つた豪勇
舊部下偲ぶ平櫛少佐

図 1-1　「アッツ島玉砕の図、藤田画伯の大作成る」(『朝日新聞』1943 年 8 月 31 日)

軍将兵の全滅を、もう一方は南方の島での民間人の集団死をモチーフとする点で、明らかな対応関係にある。

美術史研究者の林洋子は、藤田は日中戦争期以降の戦争画制作を通じて、報道写真やニュース映像の追体験ではない、「絵画にしかできないこと＝絵空ごと」の力を発見したのではないか、と書いている。[*4] 確かに藤田がこの二作で描いたのは、ある意味で「絵空ごと」だった。『アッツ島玉砕』について言えば、米軍の圧倒的火力が猛威を振るったアッツ島の戦場で、二〇〇号の大画面で展開されたような両軍入り乱れた近接戦闘があったとは考えにくいからである。同じことは、「藤田自身は足を踏み入れたことのない島の地形や自決の場面に、まるで立ち会ったかのような錯覚を与えるほどの臨場感」（林）を演出した『サイパン島同胞臣節を全うす』についても言える。[*5] 追い詰められた日本軍将校が民間人を壕の入口に集めて「人間の楯」としたことさえあったというサイパン戦末期に、洞窟の外に出て銃を構え、竹槍を握ってなお戦おうとした非戦闘員たちが多くいたとは思えないからである。[*6]

日中戦争期以降、日本の軍・政府は一貫して、敵・味方を問わず、戦争による死者の表象を慎重に管理し、統制してきた。検閲当局は戦争報道・戦場報道にかかる検閲のガイドライン「新聞掲載事項許否判定要領」を策定していたが、アジア太平洋戦争開戦直前の一九四一年四月七日に「加除訂正」された版では、「将官」を除く戦死傷者の「記事写真」は許可されるが、「当該新聞の直接関係ある地方の戦死傷者のみに止めること」「名簿式に掲載せざるを本旨とするも已むを得ざる場合は百名位を限度として分割して掲載すること」と定められた。[*7] つまり、表象としての数字がもたらすインパクトも含め、自国の死者の存在をできるだけ小さく見積もらせる措置が取られていた。アッツ島での戦闘にかかる報道は、こうした従来の方針に大きな転換を迫るものだった。

当時の検閲当局が神経を尖らせていた様子は、同時代にアッツ島の戦闘を描いた文学作品を見るとよくわかる。つとに松本和也が指摘したように、これらの作で「軍神」たちの死の瞬間が描かれることはない。[*8] 川口松太郎の戯曲『アッツ玉砕』（非凡閣、一九四四年一一月）は、アッツ島で陸軍部隊を率いた山崎保代が残った一五〇名の隊員と宮城を遙拝、米軍部隊に最後の一撃を加えようとする決意が示されるシーンで幕を閉じる。鶴田知也が陸軍報道部の支援を受けて執筆した小説『アッツ島』（国民図書刊行会、一九四四年六月）の「自序」には、当初全三九章の作として完成したが、米軍上陸以後の戦闘を描いた「八章千余行は、暫く発表の時期を待つよう命ぜられた」という一節がある。現時点でこの作の草稿は確認できていないので、そこにどんな文字が記されていたかは分からない。だが、「自序」で鶴田は、アッツ島守備隊が最後の突撃を打電して以後の経緯は「現有の資料によつても、将又今後得られるに相違ない新資料によつても、みだりに想像を逞しうするが如きことは厳につゝしまねばならぬ」と書いている。おそらく鶴田は、「玉砕」死の瞬間の詳細な表象＝再現を禁止されたのである。[*9] 川口や鶴田のテクストだけではない。朝日新聞社が「全国通信網を総動員して資料蒐集に努めた」という『山崎軍神部隊』（朝日新聞社、一九四四年）では、守備隊の最期は「血しぶきの中に白刃乱れ飛ぶ熱鉄の大噴火」「沸々とたぎり満つるわが将兵の玉砕の声香は芬々として、くれなゐ染める氷雪の島に万朶の花と咲き乱れた」と、大仰ではあるが迂遠な比喩において語られている。新聞報道を追うと、「アッツ島で玉砕した山崎部隊最後の突撃の情景」を創作し、回覧していたグループが検挙され取り調べを受けた、という事件も報じられていた（無署名「アッツ島の造言を回覧　不埒な七名取調」『読売報知』一九四三年六月二六日）。

　以上のような文学表現の動向と比べると、藤田嗣治の大胆さは際だっている。藤田は、一枚の画面に時間を凝縮させて表現できる絵画のメディア的な特質を活用することで、同時代の言説が描くことを禁じられた「軍神」たちの最期の少し前、「玉砕」の直前の瞬間を具体的なイメージとして想像＝創造してみせたのだ[*10]。

　藤田から『アッツ島玉砕』を献納された陸軍が、この作が戦意高揚に役立つか懐疑的だったという挿話はよく知られる。しかし、この陰惨な大作に「殉教図」のような礼拝価値を見出したのは、むしろ観客たちの側だった。河田明久によれば、「国民総力決戦美術展」（一九四三年九月）での展示の際には賽銭箱が置かれ、別の会場では画面の前に跪いて拝む老人の姿が見られたという[*11]。誰が敵で誰が味方かも判然としない、暗鬱な空と土の色と血の色とが混じり合ったような重苦しい画面に定着されたどこか劇画的にも映るスペクタクルのイメージは、日本軍将兵の未曾有の大量死という現実を、運命共同体としての「われわれ」に対する象徴的な殉難と受け止める想像力を活性化させたと考えられる。すなわち、大地が見えないほどに折り重なった屍を乗り越えて、雄叫びを上げながら銃剣を差し向ける個性を欠いた画面の兵士たちの姿は、近い将来の「われわれ」自身の姿を予示するものと受け取られたのではないか。[*12] 保田與重郎は、アッツ島での「玉砕」の「国民的印象」は、「通常の敗れたといふ印象」「悲劇としての印象でなく、崇高としての印象である」と書いた（保田「玉砕の印象」『遞信協会雑誌』一九四三年一〇月）。この記述は直接藤田の絵画に言及したものではないが、『アッツ島玉砕』が定着させた同時代の想像力を端的に表現したものと言ってよい。

戦争での自国の敗北と、「われわれ＝日本人」という共同体の滅亡、つまりは「われわれ＝日本人」にとっての世界の終焉とを短絡させる想像力。この想像力は、最終的な救済を志向するものではない点で、いわゆる黙示録的なそれとは似て非なるものだ。むしろこれは、「われわれ」という想像上の紐帯を活性化させるイデオロギーと見た方が適切だろう。フランスの哲学者ミカエル・フッセルは、《世界の終わり》を告げ知らせる言説は、「時間を支配する」権力を欲望している、と主張する。[*13]《世界の終わり》という究極の危機を強調する言説は、未来に向かう思考を排除し、人々の意識を「いま・ここ」に縛りつける。自己の生存だけではなく、自分たちが住まうこの世界の存続が圧倒的な力によって脅かされているという認識を共有した人々は、恐怖と不安という強い情動を梃子に結びつけられる。このようにして織り上げられた共同性の表象は、「いま・ここ」での苦難を受忍させるだけでなく、「われわれ」の絆に没入し、挺身することを規範化し、道徳化さえしてくれる。言い換えれば、人々の間で《世界の終わり》が切迫したものとして意識されるほど、自己と世界の生存を脅かす力が巨大なものとして思い描かれるほど、同じ恐怖に直面した「われわれ」の「絆」が強調されることになる。

興味深いのは、帝国日本の戦争に批判的だった人々の中にも、むしろ《世界の終わり》に向けて事態が加速することを冀う態度が見られたことである。敗戦後の回想になるが、『方丈記私記』の堀田善衞は、一九四五年三月一〇日の朝、東京空襲の焼け跡に立った際、まるで鴨長明の「火の先に映じて、あまねく紅なる中に、風に堪へず、吹き切れたる焔、飛ぶが如くして一二町を越えつゝ、移りゆく」という文言に誘われるかのように、この世界の終焉を幻視したと述懐している。

（汐留の焼け跡にて——引用者註）その、へんに立体的に立った家々の一かたまりが明らかに眼に入り、ああ残っている、と確認した瞬間に、私は、よかった、と思うと同時に、なんと莫迦げたこともあるものだ、と思ったことを記憶している。［中略］

しかしとにかく後者の、なんと莫迦げた云々に関して、それは一つの啓示のようにして私にやって来たものがあった。というのは、満州事変以来のすべての戦争運営の最高責任者としての天皇をはじめとして、その住居、事務所、機関などの全部が焼け落ちて、天皇をはじめとして全部が罹災者、つまりは難民になってしまえば、それで終りだ、終りだ、ということは、つまりはもう一つの始りだ、ということだ、ということが、なんと莫迦げた云々の内容として、一つの啓示のようにして私にやって来たのであった。上から下まで、軍から徴用工まで、天皇から二等兵まで全部が全部、難民になってしまえば。[*14]……（傍点は原文——引用者註）

米軍が九州や関東に上陸し、列島各地で沖縄同様の地上戦が戦われ、その土地の多くの人々が無惨に斃死して、帝国日本の統治機構も一切すべてが破壊され、誰もが国内避難民となったその後に「新たに、如何なる日本が出現するか」。『方丈記私記』を書く堀田は、一九四五年の自己自身が思い描いた全的な破壊と再生のイメージを「妄想」と表現した。しかし彼は、自ら選んで書き記したはずの「妄想」の語に、次のような注釈をつけずにはいられない。そのような戦争＝後の「見透し」は、「当時においては妄想ではなくて、無気味なほどの迫力、ポテンシァル・パワーを内にもった、必然性の高い現実であったのだ」[*15]。これは彼のみの認識ではない。仏文学者の渡辺一夫も、「一九四五年八月一五日前後」に抱懐した「過激な夢想」として、「本土決戦」がもたらす「骨肉相食む内乱」を通じた戦後の始まり、というビジョンを書きつけていた[*16]。堀田の上海時代の日記には、上海で日本のポツダム宣言受諾が報じられた一九四五年八月一一日の出来事として、武田泰淳が「日本民族は消滅するかもしれぬ。そして若しも自分が支那にゐて生き残ることがあつたら、嘗て東方に国ありき、といふことを中国人に語りきかせ、自分らがこれを語りつたへねばならぬ」と口にしたという。上海にいた武田から見ても、「日本民族」の滅亡は起こりうるシナリオだったわけだ[*17]。

より過激な立場から、「本土決戦」の帰結としての体制の瓦解を冀った者たちもいた。赤澤史朗は、当時の社会主義者の一部に「日本が徹底的に敗北をこうむることによって、既存の体制が完全に壊滅し、国民のなかから本格的な革命勢力が登場してくる可能性」を夢見た人々がいたことを指摘している[*18]。もちろんこうした空想は、後述する坂口安吾「白痴」（『新潮』一九四六年六月）が問題化したように、自分たちの土地が地上戦の舞台にならなかった者たちが想像の中で享楽した無責任な夢物語でしかなかった。中国大陸や沖縄、朝鮮半島の戦争経験を想起すれば、地上戦・内戦をくぐり抜けた先の日本再生という物語が、いかに現実離れしたロマン主義的な夢想に過ぎなかったかは明白である。しかし、こうした幻想が「玉砕」の表象によって活性化された「われわれ＝日本人」の終末を語る想像力と同じ土台を共有していることは、改めて留意されてよい。どれほど激しい内戦・内乱が起きようとも、「日本」という共同性は揺るがないと考えられているからだ。

アッツ島での戦闘を崇高な滅亡のメタファーで捉えた語りは、戦争末期のプロパガンダ言説の原型となったと考えられる。同時代のグラフ雑誌を分析した中村秀之は、戦争末期の「特攻」表象がしばしば銃後における「増産奨励の主題」と結合されていたことに注目した。その上で中村は、こうした「消尽と生産のスパイラル、人命と資源の〈蕩尽〉のイメージ」に鑑みれば、「「一億総特攻」というよく知られたスローガンは、単に全員で敵に攻撃をしかけて玉砕するという以上の過剰な自己破壊を含意していた」のではないか、と論じている[*19]。首肯すべき見解と思うが、わたしにとって重要なのは、こうした滅亡の想像力への傾斜が、いかなる機序で合理化されたかということだ。

戦争末期のプロパガンダ言説を「ファナティック」の一言で片付けるのは、端的に言って思考停止だとわたしは思う。現在から考えればいかに途方もないもの、理解できない飛躍を含むものと見えたとしても、そこには一定の理屈があり、「カラクリ」（坂口安吾）が存在するはずだ。次節では、現在進行形のできごととして「特攻」を語り、隊員たちを表象するイメージに、どのような理路が読み取れるかを検討したい。

3　特攻と死の行進

見てきたように、帝国日本の敗戦を《世界の終わり》と短絡する滅亡のスペクタクルは、「われわれ＝日本人」たちに、『海ゆかば』の荘重な調べとともに「われわれ」の共同体に殉じる集団死への情動をかき立て、あるいは、近代日本の総体をリセットする大いなる始まりの契機を夢想させていた。よって、「勝利か滅亡か」という戦争末期のプロパガンダ言説は、軍や政府が作り上げた「上からの物語」とは言い切れないところがある。むしろ、当時の統治権力が、「国民」の間に広がった運命共同体としての「われわれ＝日本人」という意識を戦争継続のための言説資源として横領し、「国民」統制のために活用したと見た方が適切だ。言い換えれば、帝国日本の軍・政府は、「玉砕」という語が招き寄せた終末論的な想像力を、一九四四年一一月以降の「特攻」作戦の国内宣伝に逆用したのではないか、ということだ。先に触れたように、そもそも「玉砕」という語自体が、敵軍に追い詰められた結果としての絶望的な戦闘を、自国軍による能動的・積極的な行動の結果として言いつくろうものに他ならなかった。同じように考えれば「特攻」は、兵員が生命を犠牲にすることを必須条件として立案された非人間的で常軌を逸した作戦行動を、兵員個人による主体的かつ積極的な殉国死として折り返し、表象する語だと言ってよい。

戦争末期のプロパガンダ言説が状況追随的で場当たり的に編み出されたものだったことは、当時の政府が策定した言論指導方針の変遷からも明らかである。アッツ島での「玉砕」後、一九四三年一二月の連合国によるカイロ宣言後に作られた「戦時国民思想確立に関する基本方策要綱」には、「戦争の実相に基き国難来の感覚を極力感得せしめて之に対する反撥心と敵愾心を昂揚し国を挙げて国難に赴くの満々たる闘志と戦意の強化を図ること」(傍点は引用者。以下同じ)と記された。[20] マリアナ諸島でのサイパン島、テニアン島、グアム島と相次いだ「玉砕」が報じられた後の「決戦輿論指導方策要綱」(一九四四年一〇月六日閣議決定)では、「戦局危急皇国ノ興廃ヲ岐ツベキ一大決戦ニ直面セルコトヲ一層強ク知ラシメ之ニ対処シテ国民総戦闘ノ決意ヲ固メシメ活発ニ実践セシム」とされた。[21]「敵ノ野望ガ日本民族ノ征服、世界制覇ニ在ルモノナルコトヲ剔抉シ本戦争ノ帰結ハ勝利カ然ラズンバ滅亡ナルコトヲ覚悟セシムル」という一節が登場するのは、いわゆる「特攻」作戦が本格化し、フィリピン「失陥」が目前に迫った一九四五年一月三〇日に閣議了解された「大東亜戦争ノ現段階ニ即応スル輿論指導方針」以降である。[22] もちろん、これらの文書は政府の基本的な方針を定めたものに過ぎないし、東条内閣と小磯内閣の言論政策の違いも考慮に入れる必要がある。[23] しかし、「国難」→「決戦」→「滅亡」とそのトーンを高めていく帝国日本の統治権力の危機意識を示す文字が、「われわれ」における終末論的な想像力の広がりと雁行しているように見えることは、改めて注意されてよい。

もちろん、具体的な行為という観点から考えれば、「玉砕」「特攻」が質的に異なることは自明である。非戦闘員である民間人の強いられた集団死としての「自決」も同様だ。しかし、くり返せば、これらの語は共通のイデオロギーによって美学化されている。石原昌家は、沖縄戦における「戦傷病者戦没者遺族等援護法」（いわゆる「援護法」）のスキームが、「日本軍の方針（強制・命令など）によって、集団死した住民」について、「戦闘参加者として「集団自決」した」と遺族が「政府に申請」し、それが認められると「国家のために捧げた崇高な死として靖国神社に祀られる」という形式になっていることを問題視した。[*24] すなわち、「自決」「集団自決」という言い方自体が、戦場において強いられた死を、国家に尽くした結果としての殉死と意味づけるものなのだ。石原は国語辞典での「自決」の説明が、「（軍人などが）自殺すること」「責任を取って自殺すること」と記載されていることを確認している。だが、「自決」させられた民間人たちは、いったい誰に対して、どんな責任を取ったというのか。沖縄・座間味島での住民たちの強いられた集団死を語る証言に、「玉砕する」という語りが見られるのは象徴的である。[*25] この証言は、戦争末期の「日本人」たちの中で、軍隊の構成員たちの命令にもとづく行動と、民間人たちが直接的・間接的に強制された行為とが連続的なものと意識されていたことを物語っているからだ。すなわち、戦争末期に言い立てられた標語としての「玉砕」「特攻」「自決」はいずれも、戦争の死者を国家に包摂し、死者が生きた時間と生の意味を簒奪するために発明され、用いられたことばなのである。

同様の論理は、同時代の日本語メディアにおける「特攻」表象にも貫徹されている。帝国日本の戦時末期において「特攻」とは、死に行く者の表象を徹底して搾取し、利用するメディアイベントとしてあった。次に掲げるのは、当時のグラフ雑誌に紹介された隊員たちの姿である。

「関（行雄大尉。「敷島隊」隊長――引用者註）はだん〳〵神様のやうになつて行く」同期のI大尉やK大尉は、そのやうな関大尉の姿を見ては、冗談のやうに言ひ交した。〔略〕敷島攻撃隊は、この二十四歳の若い隊長のもとに、紙《（ママ）》のやうに清らかな四人の隊員の固い団結によつてしつかり結びついてゐた。中野盤雄一等飛行兵曹、谷暢夫一等飛行兵曹、永峰肇飛行兵長、大黒繁男上等飛行兵の四人である。いづれも二十歳前後の若武者だつた。とりたてるほどの逸話も持ち合はせぬ若桜であつた。（無署名「銀翼の神々　忠魂薫る神風特別攻撃機隊」『アサヒグラフ』一九四四年一一月八日）

特別攻撃隊――この青年たちとて私どもとは全く違つた人々ではありません。時として私たちの血族であり、学友であり、幼友達であり、また後輩であります。だから私どもはこの特別攻撃隊のこゝろは残りなく感得できますし、いや自分自身が特別攻撃隊員となることができます。にも拘はらず、われわれの一部には美しからざる日本人がゐることも事実であります。国破れてなんの地位、財産、名誉でありませう。特攻隊のこゝろになるといふことは、一億すべてが一切のわたくしの欲をすて、　天皇陛下のもとに帰一し奉ることに他なりません

特別攻撃隊の心――みんなこの心をつなぎ合せて、一つの強力な日本の力となし、うつくしい日本人としてこの戦ひを最後まで頑張り抜かうではありませんか（無署名「陸続たり必勝の翼」

『写真週報』一九四五年四月一八日。傍線は引用者。以下同じ)

山室建徳は、「昭和期の軍神」は「肉弾三勇士」から始まり、真珠湾攻撃時の「九軍神」、アッツ島の「山崎軍神部隊」、特別攻撃隊という系譜をたどったと指摘している。[*26] 戦局の悪化と比例するように「軍神」のインフレーションが生起していたわけだが、この系譜を踏まえて考えるなら、「特攻」の隊員を象る表現が、隊員たちの一般性、「とりたてるほどの逸話も持ち合はせぬ」平凡さを強調していることが重要だろう。戦争末期のプロパガンダ言説は、一般に特攻隊員たちを清純さ、清潔さを示す形容詞で修飾する。しかしその一方で、それらの語りでは、「軍神」という語が想起させる特権化・卓越化が慎重に回避されているように見える。後者の引用文に端的に表現されているように、「特別攻撃隊」を「私どもとは全く違つた人々」ではない、決して特別ではない存在と位置づけているのである。

そこで注目したいのは、隊員たちを無邪気な子どもとして表象する語りが頻出することだ。陸軍の報道班員として取材した宍倉恒孝は、出撃直前の特攻隊員たちの様子を「国民学校に毎朝通学する学童が「お母さん、行つて参ります」と大きな声で叫んで、学校に行くことを楽しみとし喜びとして、後ろを振り返りもせずに馳け出す——あんなときの童心にも似通ふ至極あつさりしたものであつた」と書いた(「荒鷲特攻隊魂」『征旗』一九四五年一月)。一九四五年五月に「特攻」死した陸軍の「振武隊」を取材した『主婦之友』の女性記者は、出撃時には「航空葡萄酒」を首にぶら下げて征くのだ、と語った若い隊員を「ちやうど修学旅行を待ち兼ねた中学生のやうな明るさ、愉しさであつた」と形容した（本誌特派婦人記者「特別攻撃隊南方前線基地　国土まもる若き神々と共に」『主婦之友』一九四五年七月）。戦時期の文学や文化に詳しい者ならすぐに思い当たるように、こうした語りは、遠足かピクニックにでも行くように出撃したと喧伝された、真珠湾攻撃時の「九軍神」以来のクリシェである。[*27] しかし、「九軍神」関連の語りに比べ、隊員たちがさらに幼く描かれていることを見逃すべきではない。言うまでもなくここには、実年齢としての若さという以上のイデオロギー的な意味づけが介在している。「特攻」の隊員たちは「神」であり、同時に「われわれ＝国民」の子どもでもあるのだ。

加えて、「特攻」表象の場面でも、「軍神」たちの死の瞬間の具体的な記述が徹底して避けられたことも重要である。体当たり攻撃としての「特攻」死は、かりに成功した場合でも、身体の破壊と断片化が必至である。しかし、同時代メディアの「特攻」の語りでは、そうした想像は徹底して排され、意図的に生者と死者の境界が曖昧なものとされている。

こうした語り方は、同時代メディアでくり返された「軍神たちに続け」という標語に見合ったものと考えられる。この標語を字義通りに考えれば、「特攻」の隊員たちは「われわれ」の先行者ということになる。つまり、戦時末期の「特攻」をめぐる語りには、「われわれ」という共同性に、終末としての死をゴールとする時間性が持ち込まれている。「軍神」たちの平凡さと一般性が強調されるのは、後に続く「われわれ」が死の行進に参加するためのハードルを高くしないための仕掛けに他ならない。

　また、先掲の『写真週報』の記事で「特別攻撃隊の心――みんなこの心をつなぎ合せて、一つの強力な日本の力となし、うつくしい日本人としてこの戦ひを最後まで頑張り抜かうではありませんか」という一文が書き込まれたことも想起したい。生きながら「神」となることが予定された隊員たちの「美しさ」を言い立てることは、「決死の覚悟」を迫られ、「内面の凄まじい葛藤と死の恐怖」にそれぞれ直面していただろう若者たちの視線を受け止めず、彼らの心の中には立ち入らないという態度表明でもある[*28]。敷島隊の若き隊員たちを「紙のやうに清らかな」と形容した『アサヒグラフ』の記事は間違いなく誤植なのだろうが、この錯誤が行為遂行的に語ってしまったのは、内面を切り離された「特攻」隊員たちのイメージはあくまで「紙」の上の、深みを欠いた表象でしかないということだ。隊員たちは純な若者、「清らかな存在」と形容され、汚れた醜い「敵」とは異なる「われわれ」の理念的な自画像としての位置を与えられる。このような表象の回路を通じて、帝国日本の戦争のために挺身することが「日本人となること」として規範化される。「日本人」として、「日本人」のために死を選ぶことが、「われわれ」を純化する負の祝祭への参与として美学化された上で肯定されるのだ。

　こうした主体化のメカニズムは、イデオロギーをめぐるアルチュセールの議論を想起させる。アルチュセールは、キリスト教的な宗教イデオロギーをモデルとしながら、「あらゆるイデオロギーの構造は反射的、すなわち鏡のようであり、反射的二重性をもっている」と主張する。イデオロギーは諸個人に呼びかけ、絶対的な主体（大文字の主体）としての「神」に自発的に服従させることで諸個人を「主体」にする。そのように成形された諸「主体」は、イデオロギーの下で互いを再認し合うことで自己自身をも再認する、というわけだ[29]。だが、戦争末期のプロパガンダ言説の場合、「鏡」に映し出されるのは絶対的な主体としての「神」ではなく、ましてや天皇ではなく、「われわれ」の隣人であり、相対的な他者としての自国の死者である。より詳しく言えば、「われわれ」の先行者として把持された、平凡でありふれた個人であり、そのような存在として「神」となった戦死した自国の死者たちの表象である。

一般的に考えれば、生者と死者の間に決定的な差異があることは自明である。しかし、先に見たように、戦争末期のプロパガンダ言説としての「特攻」の語りでは、この差異を相対的な距離の意識において表象することで、生と死を連続的なものと意味づける言説上の操作が行われたと考えられる。かつてわたしは、日中戦争期の戦場を描いた戦記テクストには、戦場体験を自己自身にとっての試練・鍛錬と意味づける「修行の言説」が広く観察されること、そこでは、戦場体験以前の過去の自己自身を「自己確立のための対称的な他者」（酒井直樹[30]）とすることで「日本人」としてのアイデンティティを受け取り直す自閉的な回路が作られていたことを指摘した[31]。その伝で言えば、戦争末期のプロパガンダ言説では、「日本人になる」ことを脱自的かつ行為遂行的に位置づける「修行の言説」の回路を基本的に引き継いだ上で、「日本人になる」ゴールが明確に戦場での死に設定されている。このイデオロギーの中では、ひとは「美しく」「清らか」に戦争の死を死ぬことで初めて、「日本人」になれる。

一人の人間の個別的な生を、戦争の死を死ぬことでピリオドが打たれる一つの作品として、まるごと美学化してしまうこと。この態度は、「なぜ死ぬのか」という葛藤をはらんだ問いを「いかに死ぬのか」という抽象的な姿勢と心構えの問題へと置き換えてしまう。言い換えれば、人々に自ら死を選ばせるという理不尽な倒錯を、価値判断を同じくする共同体の中での美学のレベルに観念的に転位させてしまうのだ。しかもこの回路は、「われわれ」という共同性に差異と競争の契機を持ち込むものでもある。先に示した『写真週報』の記事において、「特別攻撃隊」と「われわれの一部」の「美しからざる日本人」とが対置されていたことを想起しよう。戦争よりも自己自身の生存を優先する振る舞いは、不純なこと、美しからざる「非国民」のそれとして貶下される。戦争末期の言説の場において、政府の戦時統制・戦争指導に対する懐疑や批判がしばしば「汚れ」「不潔さ」という倫理的な語彙と節合するのは、こうした理路に拠っている。

　しかも、こうした「特攻」の語りの構図は、「特攻」死の死者とそれを見送る人々の双方を束縛する。後に続く「われわれ」が残心なく死の行進に参加するためには、「特攻」の死を死んだ者たちはあくまで従容と、莞爾として死を受け容れたことにする必要があるからだ。隊員たちの中には、ラジオの前に立たされて、「最期の声」を録音するよう命じられた者たちもいた。何と残酷な仕打ちかと思わざるを得ないが、ある女子挺身隊員は、コネを駆使して徴用逃れを試みる女性たちを批判しつつ、「神風特別攻撃隊護国隊七神鷲の人々へ残す最後の言葉の録音放送」を聴いて、「後に続くものを信じて勇んで征かれた神鷲を想ひ、滂沱として溢れる涙の中で「よし！　私は働かう」と誓ひました」と一文を寄せた（大井公子「諸嬢に告ぐ」『新太陽』一九四五年三月）。だから、軍の立場としては、一度「特攻」に出撃した隊員たちは、どうあっても英雄的な死者になってもらう必要があった。日本陸軍が、故障などで途中帰還した隊員たちを人目につかぬよう収容する施設を作っていたことはよく知られる。[*32]「われわれ」総体を死に向かって動員しようとした語りは、「特攻」死を死んだ者たちの声を徹底的に抑圧し、死後もなお彼らを疎外し続けることを絶対的な前提条件としていたのである。

戦争末期の「特攻」表象は、終末論的な語りが組織した「われわれ」を運命共同体とする表象を、「悲憤」「血涙」といった強い情動を喚起する語の助けを借りながら、帝国日本の破滅と「われわれ」の死への行進とを結びつける方向に展開させたものと考えることができる。しかも、こうした「われわれ」の共同性は、「日本人」としての主体化の回路に同調しない存在を潜在的な「敵」と見なす想像力によって上書きされていた。このような構図は、一九四五年三月の硫黄島での「玉砕」、沖縄への米軍上陸、そしてヒトラーの自死とドイツの降伏と続いた敗北と国際的孤立の中で、いっそう強い危機感と切迫感をもって高調され続けた。

帝国日本の指導者たちは、彼らにとっての戦争の最終局面まで、こうした滅亡の美学、ロマン主義的な想像力を刺激することで、自国民を戦争体制の下につなぎ止めようとした。そして、それを土台として彼らは、「われわれ」の「滅亡」を「聖断」によって食い止めた天皇裕仁という、出来のよくない別のメロドラマの結末をひそかに準備したのだった。比喩的な言い方が許されるなら、「一億総懺悔」の物語は、「一億玉砕」という終末のスペクタクルの土台の上に、不格好に接ぎ木されたのである。

4　戦時末期のメディア空間

しかし、急いで付け加えるべきは、「われわれ」を死への行進へと誘うプロパガンダ言説を誰もが疑いなく受け入れていたわけではない、ということだ。二〇二一年に発見・紹介された田辺聖子の戦時下の日記に、そんな状況をうかがわせる一節が書き留められていた。一九四五年八月一一日、当時大阪の松蔭女子専門学校国文科の学生だった田辺が、初めて米軍の宣伝ビラを手にしたときのエピソードである。

> 昨日、始めてビラを見た。縦四、五センチ、横七、八センチの小さい白い型の紙で裏も表も刷ってあったが、謄写版なんかではなかった。中々面白い。ナンダ、こんなもの、フン、乗るもンかと思って余裕タップリで読むから、おだやかである。
>
> 同じようなことで、原子爆弾をいくつも落としたらどうなるか考えてみなさい、広島は一個の原子爆弾であれだけの被害であった。だから諸君はこの上無益な戦いを早くやめて、陛下に戦争を止めるよう請願しなさいとある。
>
> 「陛下」という尊貴なる文字を、豚の子、けがれたる狐、臭き狼の如き醜の奴らの筆に上せた

かと思うと、クラクラとするほど烈しい憤りを感じ、ビラを地に叩きつけたく思った。

お母さんは言う。

「こんなビラ、一回や二回ならなんやけど、こう何遍もやられるとつい、うかうかした無学な人は、ほんにそうかいな、アメリカのいうようにしたらええかいな、と思うやろう」

「そんなこと、決してないわ」

私と弟は声を揃えて言うと

「そりゃ、あんたらは純情やから」

と一言できめつけられた。そうだろうか。弟は、

「そんだらぼく年寄りとうないな。若いほど純情やから」

と言った。ああ、年寄ると感情まで、否、忠節まで濁ってくるのであろうか[*33]。

内容から推測するに、田辺が拾ったビラは、一九四五年八月九日に大阪・長崎・福岡で、一〇日朝に東京で撒布された「原爆投下予告ビラ」と見て間違いない（図1－2）[*34]。引用箇所からもうかがえる通り、このときの田辺は、八月一五日の天皇の放送を聞いた後、「嗚呼日本の男児何ぞその意気の懦弱たる」「日本民族の栄誉にかけて三千年の伝統をそのままに、玉と砕けんことをこいねがう」と悲憤慷慨した、生真面目な軍国のティーンエイジャーだった[*35]。そんな彼女は、米軍が投下したビラを「ナンダ、こんなもの、フン、乗るもンか」と一蹴するが、母親は明らかに記されたメッセージに揺

れ動いている。

象徴的なのは、ここで「母」と「弟」がぶつけ合ったことばである。「母」は「あんたらは純情やから」の一言で会話を打ち切ろうとし、「弟」（と田辺）は、大人たちは不純で「濁」っていると応酬する。言うまでもなく「純情」とは、一切の打算なく何かを信じて疑わない様子を指示する語である。つまりここでは、子どもと大人の世代差に、第3節で論じたような戦争に対する献身の濃淡を「純粋―不純」の二項対立で表現する語りが重ねられている。ここでの「母」と子どもたちとの対立は、存亡の危機に瀕した「われわれ」への挺身という物語を疑いなく受容した人々がいた一方で、そうは考えない人々も少なくなかったことを表現している。実際に列島の人々は、とりわけ日本空襲の本格化以降、統制された表象空間において発出されてきたプロパガンダのメッセージが、日ごと夜ごとに裏切られていく状況に投げ込まれていたからである。

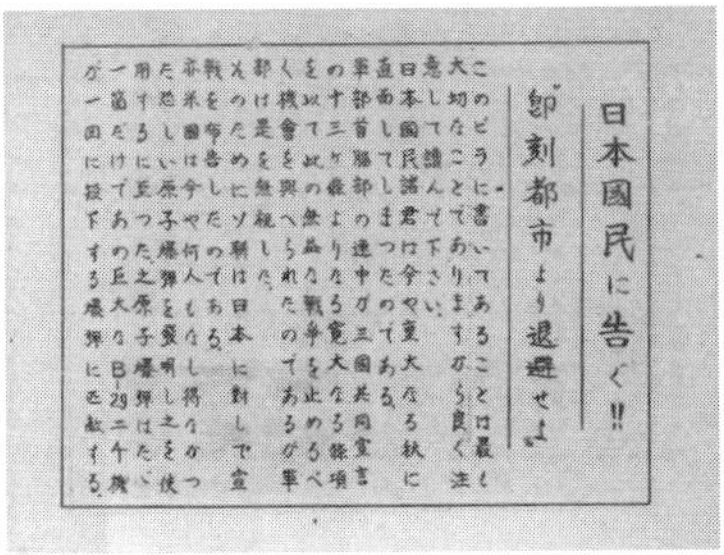
日本國民に告ぐ!!

即刻都市より退避せよ
このビラに書いてあることは最も大切なことでありますから良く注意して讀んで下さい。

日本國民諸君は今や重大なる秋に直面してしまつたのである。

軍部首腦部の連中が三國共同宣言の十三ヶ條よりなる寛大なる條項を以て此の無益なる戰爭を止めるべく機會を與へられたのであるが軍部は是を無視した。

其のためにソ聯は日本に對して宣戰を布告したのである。

亦米國は今や何人もなし得なかつた恐しい原子爆彈を發明し之を使用するに至つた。之原子爆彈はたゞ一箇だけであの巨大なB29二千機が一回に投下する爆彈に匹敵する。

図1-2　原爆投下予告ビラ（一ノ瀬『宣伝謀略ビラで読む、日中・太平洋戦争』）

　帝国日本の公的なプロパガンダ言説を積極的に相対化しようとするメディアも登場していた。まさに田辺が手に取った米軍による宣伝ビラ、いわゆる「伝単」である。土屋礼子によれば、一九四五年八月までに米軍が日本本土に投下したビラは約七一八七万部にのぼる。[*36]中でも注目したいのは、これら「伝単」の中で、ニュースメディアを模した内容・体裁のものが多く含まれていたことだ。例え

図 1-3 『週間画報』（筆者蔵）

ば、『週間《ママ》画報』と題したビラには、日付こそ記されないが、一九四五年六月の神戸空襲と思しき上空写真と合わせて、「グアム島俘虜収容所に入る日本兵」という写真付きの記事や、米軍将校と「閑談」する日本軍将校の姿が掲げられた（図1－3）。明らかにこれは、グアム島（当時の日本名では大宮島）での「玉砕」という日本大本営の発表を相対化するものだ。沖縄戦での米軍司令官バックナー中将の戦死を伝える記事もあって、「自軍にとってマイナスのニュースもそのまま報じるあたりは、米軍の余裕を感じさせ、伝単全体の信憑性をも高め」る効果を有している。[*37] 一九四五年八月一一日という日付を持つ『落下傘ニュース』と題された「伝単」（図1－4）では、「至急報」として「ソ連、日本に宣戦」と大きく報じられた他、日本政府が「新型爆弾」と発表した広島に投下された爆弾が「「TNT爆薬二万噸以上」に相当する原子爆弾一個」だったと明かされている（日付は長崎への原爆投下後に当たるが、ここには八月一日の三菱長崎造船所への空襲の記事が掲載されている）。何が書かれたかという内容面だけでなく、メディアとしての形式も重要だろう。再び土屋の研究を参照すると、『落下傘ニュース』は一九四五年三月以降、米軍が再占領したマニラで製作されたとある。注目すべきは、連合国軍がどの戦域でも、戦況を事実ベースで伝えるニュース形式のビラを製作していたことだ。周知のように、この種の「伝単」は、いわゆる心理作戦の重要なアイテムである。連合国軍側は、アジア太平洋での戦いから、「伝単」の内容は戦況の展開に即したものであるべきこと、日本兵に対しては自国の軍や政府は戦争の真相を伝えていない、というメッセージが有効であると学習していた。米軍が日本列島に投下したビラには、戦場で日本軍兵士と向き合った戦訓が反映されていたのである。[*38]

落下傘ニュース
紅蓮の坩堝と化す
長崎市埠頭の惨状
愈々猛威振ふ米航空隊
ソ聯、日本に宣戦
原子爆弾
廣島に投下さる
Rakkasan News No. 22

図 1-4 『落下傘ニュース』（1945 年 8 月 11 日付、筆者蔵）

　日本の政府や軍も手を拱いていたわけではない。内務省は一九四五年三月一〇日付で「敵ノ文書図画等ノ届出ニ関スル件」を文書で通達、米軍のビラを拾ったら内容を読まずにすぐ届け出るように指示した。これに先立ち、一九四五年二月一八日付けの『朝日新聞』には、憲兵司令部第三課・山村大佐のコメントとして、「発見したものは直ちに最寄りの憲兵隊、警察に届け出で、一枚といへどもこれを国土に存在させぬやう厳重に注意しなくてはならない」と警戒を促す記事が出ている（無署名「心許せぬ〝紙の爆弾〟」）。しかし、日本敗戦後の米軍側の調査によれば、当時の列島住民の約四七％が直接・間接に「伝単」の情報に触れていた、という記録がある。[*39] 当時の憲兵隊資料にも、米軍「伝単」の浸透ぶりが記録されている。「流言蜚語流布状況ニ関スル件（三月分）」（東部憲警第一八二号）には、「敵ノ謀略放送、宣伝「ビラ」ニ因ル流言ハ「敵空襲時日ノ一致云々」ト漸ク民心ニ浸透スルノ気配アリ厳ニ取締ノ要アリ」という記述がある。[*40] 米軍「伝単」が政治指導者たちの判断を左右した可能性も指摘されている。一九四五年八月、当時東京で軍関係の研究所に勤務していた津村節子は、敗戦後の回想で「お国の政府が申込んだ降服条件をアメリカ、イギリス、支那並にソビエト連邦を代表してアメリカ政府が送りました回答を皆様にお知らせする」と書かれたビラを拾った、と記している。[*41] 内容から見て、日本政府が一九四五年八月一〇日に打電したポツダム宣言条件付き受諾に対する回答を記したものと考えて間違いないだろうが、同じ「伝単」は宮中の木戸幸一内大臣の手にも渡っていたようだ。『木戸幸一日記』には、政府による正式発表に先立って日本降伏を記述したこのビラを放置すると全国に混乱が波及する、と昭和天皇に奏上したという記述がある。[*42]

　このような対抗的なメディアの存在だけではない。戦時末期の日本列島では、そもそもメディアを用いた組織的な国内宣伝の継続が難しくなっていたことも確認する必要がある。例えば、この時期の文学雑誌を見ていると、雑誌の刊行遅延や途絶が相次ぎ、いわゆる「文芸時評」が成り立たなくなってきた、と述べる文章が散見される。空襲による被災によって、雑誌や単行書の製作・流通・販売のサイクルが機能不全に陥っていたのである。

　櫻本富雄は、列島各地への空襲が本格化する以前から、資材と輸送力不足のため、雑誌刊行の遅れが日常化していたことに注意を促している。[*43] 日本出版配給統制株式会社の機関誌兼新刊情報誌『出版弘報』のまとめでは、一九四四年一〇～一二月期のデータで、日本内地に約一万あった取引先のうち、およそ四分の一にあたる二五〇〇～二六〇〇の店に「送品」がなされなかった。出版事情の悪化は、日本空襲が本格化する以前の段階で「「本のない本やさん」の数はまだ〳〵増えるものと見なされる」という観測も生んでいた（無署名「最近の販売状況と小売店網の現勢」『出版弘報』一九四五年一月二一日）。櫻本が紹介した『朝日年鑑』一九四六年版の記事によれば、戦時末期には徴兵・徴用による熟練工の不足、戦災による印刷能力低下、用紙の入手難、輸送難などの多重苦状態で、書籍・雑誌ともに一般読者の前からほとんど姿を消していた、とある。[*44]

　新聞メディアも似たようなものだった。『毎日新聞』や『朝日新聞』の販売史の記述をひもとくと、すでに一九四三年ごろから用紙・輸送事情のために夕刊配達ができない地域が登場、「遅配・欠配・誤配」が日常化していた、と記されている。一九四四年三月には夕刊発行が停止され、一九四五年五月からは新聞の駅売り、立ち売りも廃止された。従業員不足に悩んだ販売店では国民学校の児童を組織して戸別配達を継続しようとしたが、学童疎開の開始によって不可能になった、という。[*45]

いくらメディアの管理を強化し、言説の統制を厳格化しても、肝心のメディアが「国民」に届かなければ意味がない。また、かりに届いたとしても、伝えられた情報が確かなものと受け止められたわけでもない。もちろん、竹山昭子が述べたように、列島住民にとってのアジア太平洋戦争は、ラジオのニュースで始まり、ラジオから流れる「玉音放送」で終わった戦争だった。[*46] 日本空襲に際しても、情報源としてのラジオは最も頼りになるメディアだった。一九四五年四月一四日の空襲で被災した大下宇陀児は、戦災地に建てられたバラックの集落では、どこからか聞いてきたラジオの「戦果発表」を周囲に大声で伝える声のコミュニケーションが始まっていた、と書いている（大下「わが残留記」『月刊毎日』一九四五年八月）。似たような記述は内田百閒の日記『東京焼盡』（中公文庫、一九七八年）にも見えるので、こうしたやりとりは各所で行われていたのだろう。しかし、この時期のラジオは、戦争権力にとって「国家宣伝の通路」「国民の思想誘導のメディア」に他ならず、国策を一方的に押し付けるだけで、「プロパガンダの媒体としてラジオを活用していたとは言えない状況だった」（竹山）[*47]。新聞や雑誌の機能不全がニュースメディアとしてのラジオの地位を相対的に高めたことは確実である。しかし、そのラジオの情報もまた、人々によって選択的に受容されていたと考えたほうが適切だろう。アジア太平洋戦争末期の帝国日本のメディア空間を検討するには、公刊された新聞や雑誌、書籍の内容を見るだけでは圧倒的に不十分なのだ。

それまで当たり前に触れてきたチャンネルから情報が届かず、国家のプロパガンダ・メッセージの信憑性に疑いを抱き始めた人々は、周囲からもたらされるインフォーマルな情報としての「うわさ話」に、それまで以上に真剣に耳を傾けたはずである。かつて清水幾太郎は、「流言蜚語」は情報の飢餓感から生まれる、と書いた[*48]。事実、戦争末期の日々を綴った日記や回想には、じつに多様な巷説としての「うわさ話」が書き込まれている。その中には、統治権力によって不穏な「流言蜚語」と判定されたものも含まれていた。

　社会学者の佐藤健二は、この種の「流言蜚語」を戦時下の「禁じられた世間話」「危機の「民話」」と表現した[*49]。言ってみればそれらは、帝国日本の戦時体制の崩壊過程において人々が集合的に織り上げた、自分たちにとっての「いま・ここ」を説明する語りなのである。むろん、この種のインフォーマルなコミュニケーションは記録されることの方が少ないし、かりに記録されたとしても、ごく断片的なものでしかないことがほとんどだ。しかし、当時の日記や回想、人々の証言から、その一端をうかがい知ることは可能である。また、歴史学者や政治史の研究者、社会学・社会心理学研究者の尽力で、治安維持の観点から記録されたいくつかの政府の内部資料が翻刻・紹介されている。戦時末期に刊行されていた新聞や雑誌メディアからも、同時代に語られていた「うわさ話」の痕跡を発見できる。

　例えば、作家の中村真一郎の戦後の回想では、一九四五年八月一二日頃に室生犀星から聞いた話として、今後米軍が東京に、ソ連軍が新潟にそれぞれ上陸し、天皇政府は碓氷峠から信州に立て籠もることになるらしい、つまり日本は三分割されることになるが、君はどこに行くつもりかと尋ねられた、という記述がある[*50]。都市のフィールドワーカーであり、空襲被災者でもあった永井荷風の『断腸亭日乗』一九四五年五月八日条には、「近日見聞録」として、「東京市街焦土となりてより戦争の前途を口にする者憲兵署に引致せられ、又郵書の検閲を受け罰せらる、者甚だ多しと云」との伝聞に加え、「目黒祐天寺辺に住せる売卜者、この頃多いに人気あり、戦争は六月中日本が勝ちにて突然終局に至ると言へる由、新宿笹塚辺にもお地蔵様のお告なりとて戦争終局同じく六月中なりとの流言盛なる由」という一節が読まれる。[*51] 憲兵司令部で作成された文書には、一九四五年三月に松山市で流布された「造言」として、「神戸地方では「件《くだん》」（人と牛とが合体したような妖怪で預言をすると言われる――引用者註）が生れ自分の話を聞いた者は之を信じて三日以内に小豆飯か「おはぎ」を喰へば空襲の被害を免れると言つた相だ」という内容も記録されていた。[*52] 敗戦後の記述となるが、野坂昭如の自伝的小説『一九四五・夏・神戸』にも、「件さま」の「教えを守れば、爆弾に当たらなくて済む」という「迷信」が書き込まれた。[*53] この種の「迷信」は他にもあった。高見順は、一九四五年四月二四日付の日記で「朝、らっきょうだけで（他のものを食ってはいけない）飯を食うと、爆弾が当たらない」とか、「金魚が爆弾除けになる、という迷信が流布し、生きた金魚が入手困難」になったので「瀬戸物の金魚」が作られている、という「世間話」を書きとめている。[*54] いずれも空襲被害者の経験に由来する験担ぎの類だろうが、こうしたところにも、自分（たち）だけは生き延びたいという切なる思いと、自国の軍や政府に対する不信と諦念とをかいま見ることができる。

見られるように、帝国日本の戦争末期の情報空間は、決して公的なプロパガンダ言説一色ではなかった。活字メディアの影響力はおそらく限定的で、主に都市圏の人々を中心に、空からもたらされる

「敵」からのメッセージが大本営発表を相対化する効果を発揮し始めていた。その結果、顔が見える相手とのオーラルコミュニケーションの活性化が、何を信じてよいか自信が持てなくなってしまった人々の情報への渇望と心の隙間とを埋めることになった。

このような口頭での「うわさ話」の中に、軍や政府の戦争指導に対する批判やいわゆる厭戦意識の高まりを物語る内容が含まれていたことは、つとに指摘されてきた通りである。問題は、これら「流言蜚語」の統治権力に対する対抗性・批評性をどう評価するか、ということだ。

5 「流言蜚語」の想像力

まず考慮すべきは、資料自体の含むバイアスの問題である。当時の治安当局は、特高や憲兵隊などのアンテナを通して、この種の「うわさ話」を躍起になって収集していた。日本敗戦と革命恐怖とを結び付けたいわゆる「近衛上奏文」（一九四五年二月）が端的に示すように、[*55]戦争末期の統治権力は典型的なエリート・パニックに陥っていたのである。だから、現在資料として読むことができる「流言蜚語」は、あくまで治安当局の注意のアンテナにキャッチされたものでしかない。同時代の人々の意識の直接的な反映と見るのはナイーブに過ぎる。

しかし、如上のことがらを踏まえてなお気になるのは、治安当局が集めた「流言蜚語」の中に、列島内の植民地出身者、とりわけ朝鮮人に対する不安と不信が滲み出た内容が無視できない分量で含まれていることだ。朝鮮人・中国人の戦時強制動員・強制連行に対する報復的反抗や不服従を恐れた統治者側だけではない。顔をつきあわせて公然と／ひそかに「うわさ話」をやりとりしていた人々の側に、朝鮮人を明確な標的とした人種主義的な恐怖が広がっていた。その傾向は、日本空襲開始以後さらに顕著なものとなる。

例えば、「内地における半島人問題」という内部文書には、「指導的地位にある内地人」から語られた、「空襲時には朝鮮人に注意しなければ危い」との発言が残されている。[56] 別の政府の内部文書には、「思想対策係」に所属する著者によって、「半島人の思想動向に関して近来特に懸念されてゐる所は、かの一旦空襲の場合、彼等の動静如何であつて、極端に警戒せる向きでは女子の竹槍訓練に際して或る指導員の如き「万一の場合半島人の襲撃に備へる為だ」と云ふが如き暴言を吐く者すら現はれるに至り、又実業界の或方面でも極度に其の動向を恐れてゐる向きがある」という記述がある。[57] 憲兵司令部が集積した「造言飛語」には、「朝鮮人は都会下流生活者の為には恩人にて之等の人達は朝鮮人を生活の安全弁だと言つてゐるそうです」「警察等にて五月蠅《うるさく》言ふけれど彼等がなければ生活出来ぬものがあるとのことだ」等、生活実感を媒介とした日本人と朝鮮人とのつながりの契機も記録されている（「十月中ニ於ケル造言飛語」一九四四年一二月一五日）[58]。しかし、ほとんどの情報は、朝鮮人を「スパイ」や暴動・暴力のイメージと結びつけ、「われわれ＝日本人」との差別化を図る内容に終始している。

それにしてもなぜ「朝鮮人」たちだったのか。それを考えるヒントも、「流言蜚語」資料に含まれていた。日中戦争期からアジア太平洋戦争期にかけて、朝鮮人たちの中で廃品回収業に従事する人々が増加する。彼ら彼女らは、いわば統制経済の隙間に自分たちの経済空間を発見したわけだが、それは同時に、統制外という意味での「ヤミ」を生業の場とすることでもあった。アジア太平洋戦争開戦以後の「流言」「造言」資料を追いかけていくと、朝鮮人たちを「ヤミ」とのかかわりで嫉視し、告発する内容の語りが頻出する。日本敗戦後の「闇市」言説を分析した逆井聡人は、「敗戦後の闇の責任を朝鮮人に押し付ける「第三国人」言説の萌芽が、闇市が認知されると同時に見いだせる」と指摘したが、そうした想像力の「萌芽」は、戦時下の段階ですでに看取できるのである[*59]。多数派の「日本人」たちは、戦争下の生活を「ヤミ」に依存する一方で、「ヤミ」を支えた朝鮮人たちを道義的に問題視することで、戦時下の規範からの逸脱を合理化していたと考えられる。

このような「日本人」たちの声を「暴言」「流言」と記録した政府文書の存在は、戦争末期の帝国日本の朝鮮人政策の矛盾を端的に物語るものでもある。日本敗戦当時、「内地」には約二四〇万人の朝鮮人たちがいたとされるが、先の文書での「実業界の或方面」の声は、戦争遂行にあたって「日本人による時局産業の労働力充足は不可能であり、朝鮮人労働力に依存する以外な」かった当時の現実の反映だろう[*60]。しかし一方で、先掲の「思想対策係」の著者は、「日本敗北を必至」とする一部の朝鮮人は、「思想謀略、破壊謀略等を画策し来るや空襲時等には非常な危険性が予想され厳重なる警戒を要するのである」とも述べていた[*61]。つまり当時の朝鮮人たちは、帝国の統治権力にとってみれば、総力戦の遂行に不可欠な帝国の臣民ではあるけれど、決して信用の置けない、いわば「二流の国民」

でしかなかった。

以上のような官憲側の認識は、当時の「日本人」たちの多くにも共有されていたと考えられる。その痕跡は、同時代の雑誌メディアの言説からも窺知できる。[*62]『新女苑』が掲載した、東京空襲を体験した女性たちによる座談会記事の中に、次のような一節がある。

> (焼夷弾の落ちた後――引用者註) 家の方を見ましたら何にもない。家の隣の方が主人が見つからなくなつた、死んだのだらうかと、心配してゐる。そんなことないからと励まして戻つて参りました。どうしてもこちらを守らなければなりませんから、家には気の毒しましたけれども……。その隣の人といふのは半島の人なのです。半島の人がそんな目に遭つてこの戦争をどういふ風に感じてゐるかと、垣内先生と二人で同じことを考へてゐたのです。そうするとその子供が「アメリカの馬鹿野郎、馬鹿野郎」と呶鳴つた。実に口惜しいといふことを言ふのですよ。その時には私たちは嬉しいみたいな安心したやうな気が致しました。(垣内芳子・佐々木郁美・中夫禎子・檜山府佐・金子文子・塩澤美代子・高橋ミエ子・大月泰子「座談会『猛火に立ちて』」『新女苑』一九四五年五月)

女性たちは、自分たちと同様に空襲被害を受けた「半島の人」が「そんな目に遭つてこの戦争をどういふ風に感じてゐるか」を固唾を呑んで見守った、と語る。朝鮮人の空襲や戦争に対する反応を注意深く観察し、「われわれ」の方に敵意が向かわなかったことに「嬉しいみたいな安心したやうな気」になった、という心的な動きは、同時代の列島の「日本人」の中に、朝鮮人たちへの不安と不信とが底深く根を張っていたことを物語る証左以外ではない。

このエピソードが象徴するように、戦時末期の日本列島には、帝国日本の〈内なる他者〉に対する人種主義的な不安がマグマのように蓄積されていたと考えられる。朝鮮人たちの側も、そうした空気を鋭敏に感じ取っていた。金達寿は当時を回想した文章の中で、「おかみさんたちまでが竹槍訓練などさせられている」様子を見て、もし「本土決戦」となったら、「そのどさくさにまた、あの関東大震災のときのようなことが起こりはしないか」と恐怖した、と書いた[*63]。呉世宗は、沖縄戦の際に朝鮮人たちが「民族や人種をきれいに区切って構成されるものではなく、交ざり合いながら、より下位に位置づけられていく者を生み出し続けていくシステム」としての植民地主義的な位階構造に投げ込まれたこと、そのような構造の下で多くの朝鮮人が「スパイ」「裏切り者」と見なされて、あるいは「スパイ」「裏切り者」ではないという証明のために死地に追いやられたことを論じている[*64]。事実、先にも見たように、朝鮮人を潜在的な「スパイ」と見なす想像力は列島内に蔓延していた。一九四五年三月の東京空襲の際、下町で被災した朝鮮人家族は、関東大震災時の一連の事件を知る父親から、避難の途上で日本人に何を聞かれても決してことばを発してはならない、と厳命されていたと言う[*65]。「日本人」側の流言も、空襲被害の増大と比例するようにエスカレートしていった。憲兵司令部の資料では、一九四五年五月中の「造言飛語」の記録として、「内地に於ける朝鮮人の進出著しき為本土決戦時の混乱時に於ける朝鮮人の動向に対する危惧は蔽ひ難きものあり」「殊に朝鮮人密集地域に於ては嘗ての東京震災時の暴動云々を想起し斯種不安事態の惹起を恐るるの余り（中略）恐怖感を助長する造言散発したり」という一節が読まれる。[*66] そもそも、当時の治安当局がキャッチした「造言」「流言」の多くは、一般の人々の側からの情報提供がもたらしたものだった。川島高峰が見抜いたように、この時期の「日本人にとって「半島人」はもはや潜在的な「敵」になっていた」のだった。[*67]『戦中・戦後文化論』の赤澤史朗は、「国家や天皇に対する「無私」の献身が要求されたこの時代にあっては、「私」の領域の独自的存在理由を守り、「私」の日常的利益を擁護することが、抵抗の芽を育む」ことにつながる可能性があった、と書いている。[*68] だが、この赤澤の慎重な指摘は、もう一段掘り下げる必要があるのではないか。なるほど、「生」への欲望や「日常的利益」として意識された個人の私的領域をあくまで手放さなかった人々の声が、戦争末期の公的なプロパガンダ言説のイデオロギーを相対化する出発点となったことは確実だろう。しかし問題は、その「私」が同時に、植民地主義的な認識の主体でもあった、ということだ。換言すれば、戦争末期の「流言蜚語」の想像力は、戦争継続を至上命題とした権力に対する不満と批判の契機を含んでいたかもしれないが、植民地帝国という下部構造に根ざした日本社会のあり方に対する反省を根本的に欠いていたのである。言ってみれば、戦時末期の日本列島では、公的なプロパガンダ言説とは異なる回路で、帝国日本の〈内なる他者〉に対する不安と恐怖を梃子に「われわれ＝日本人」の想像的な共同性が再編され、強化されていたのだ。

誤解して欲しくないのだが、わたしは日本「内地」が戦場化していたら、関東大震災時のような出来事が起こったはずだ、と主張したいのではない。むしろ重要なのは、日本国家の敗北が迫る中、「帝国核心の人民」としての特権を喪失する危機に直面した「われわれ＝日本人」たちが、自分たちの不安を朝鮮人たちに倒錯的に投射していた事実を確認することだ。そのような想像力は、「国体護持」を優先させた権力が強いる戦争機械への挺身と、「いま・ここ」における自己自身と家族の生存の危機のはざまで、誰の生を生かし、誰を死の中に廃棄するかという選択＝判断にまちがいなく作用したはずである。現に、一九四五年三月の東京空襲の際、石川島造船所の朝鮮人徴用工たちは、逃亡を防ぐために施錠された寮から逃げ出せず、三〇〇人あまりが焼死した、という証言がある。[*69] 東京でも大阪でも、米軍の空襲による朝鮮人被害者の詳細は、長い間「空白」化されてきた。先掲の呉世宗は、沖縄戦とその記憶をめぐって、朝鮮人の存在が「不可視化」されてきたと指摘したが、[*70] 同様のことは、日本内地でも生起していたのである。

6 小括――日本敗戦と「脱＝帝国化」の挫折

詩人の鮎川信夫は、一九四二年一〇月に応召、病を得て一九四四年六月に日本内地に後送された。帰還した鮎川は、かつては「僕には一番近しい感じの街」だった一九四四年九月の「S街」＝新宿の様子を、次のように書きつけていた。文中の「作文館」は、かつて「ムーラン・ルージュ」と呼ばれた劇場である。

私は作文館を出てから一人勝手なことを考え乍らあっちこっちほっつき歩いた。土嚢を積み上げたものものしい駅前から、建築物のとり毀しにあって殺風景になった聚楽附近――。表通りの商店や裏階段の高層建築物の裏口や勝手などが裏通りからまる見えになり、その無残な取り乱した醜さは、私には傷々しいものに見え正視にたえぬものがあった。［略］敵の爆撃に会って破壊せられた建物よりも、こうして作ったときと同じ人たちの手によって作ったときよりも一層簡単にとり毀され、無様な鉄骨とセメントの堆積に変りはてた建物の形骸には悼ましいものがある。最も怖るべきことが公然と人々の無表情のうらで行われていくのである。しかも誰がその実行者であるかもわからない。

街はすっかり変りはてていた。その日のうちでおそらく変らないのは私だけであった。私は恨みを懐いてこの街を去った時と同じような服装で、また同じような顔をして歩いている。ただ私はかつての恨みではなく、この時は愛惜の気持の方が強かったかもしれぬ。ああしかし、恨みと愛惜とは如何によく似通った感情であろうか。私は過去の世界から未来の世界へ浮び上がってきた亡霊のようなものであった。「現在」は踏みにじられ、喘ぎ、群集の慌しい往来に拘らず彼らの夢を満すことの出来ぬ苦痛に顔をしかめているように見えた。[*71]

このあと鮎川は、街頭のわずかな雑炊食堂の前に、老若男女が延々と長蛇の列を作っている様子を書き取り、「殺気だった電車の乗降からは食品に対する鵜の目鷹の目」が交差するさまを記録した。人々は自分と近しい者たちの生存を第一義とする独善性にまみれているが、だからといって自分たちでこの状況をどうかしようとする気力もない。だから逆に、狡猾な手合いは「忠誠心」とか「愛国心」などという「甘い言葉の裏にかくれ」て、「利己主義」の発現に余念がない。そんな姿を見て取った鮎川は考える。「すべてが手遅れではないか」と。人々のこうしたありようを、一朝一夕のうちに変えることは不可能だ。「今までどおり惰性で転がりつづけ、行くところまで行かなくてはどうにもならないのだろう」[*72]――。

鮎川は、この手記を収めた本の「後記」で、「この手記を書いたのは、福井県三方郡の傷痍軍人療養所の病棟においてであって、一九四五年の二月の末頃から三月のはじめにかけてのことであった」と書いている[*73]。よって、観察された街の様子は日本空襲の本格化以前だが、書き置かれた言辞には、執筆当時の彼の認識が入り込んでいる可能性もある。じっさい、鮎川が描出した殺伐した街の雰囲気は、空襲下の日々を記した日記からも伝わってくる。青野季吉は、電車の中で新聞を読む男を注意した青年が、逆に「おれはあちらで人の一人や二人たたっ切ることは平気になったんだぞ」とくり返し脅迫された場面を書きとめた[*74]。高見順は、空襲被災地の人心について「焼け出された当座は、さっぱりしたなどと言っていても、やがて気持ちがひねくれ荒んでくる人々が多い」例として、見知らぬ家に上がり込んで「国のための犠牲者、罹災者なんだから泊めてくれ」と要求する者、「焼け残った家から、いろんな物を堂々と持ち出していく」者たちがいた、という「世間話」を記録した。[75] 永井荷風は、深川の焼跡にバラックを建てて棲みついた人々を憲兵が注意したところ、逆に集まってきた人々が憲兵を殴打した事件があったという風聞を記している。[76] 荻野富士夫は、敗戦後に米軍が行った戦略爆撃調査団による報告書を紹介しつつ、戦争末期の「戦意」の低下は「国民」の一体感を損ね、「国民はお互いを信用しなくなり、ますます粗暴となり、ますます利己的となり、ますます気が短くなり、ますますこづき合いをする傾向を強めた」とする。[77] 社会の緊張と不安は、まったく勝算が期待できない戦争が継続する中で、確実に高まっていたのだった。そのような状況下において、「われわれ＝日本人」の共同性は、どのように担保されたのか。

　そこでわたしが想起するのは、先掲の堀田善衛『方丈記私記』の一場面である。堀田は、彼が東京空襲の被害に「国民生活の全的崩壊、階級制度の全的崩壊」を幻視した一週間後、焼け残った永代橋から隅田川を渡り、門前仲町や洲崎弁天町、木場周辺が「平べったく、一切が焼け落ちてしまっていた」さまに、常軌を逸した「大量焚殺」が生じたことを想像して衝撃を受けた折も折、昭和天皇が被害地区の視察に訪れた場面と遭遇し、さらに驚くべき情景を目にしてしまう。空襲の被災者たちが、「本当に土下座をして、涙を流しながら、陛下、私たちの努力が足りませんでしたので、むざむざと焼いてしまいました、まことに申訳ない次第でございます」と口々に小声で呟いていた、というのである。この瞬間に堀田は、自らが想像した終末論的なビジョンの不可能性を悟った、と書いている。[78]

　ここで堀田が感得した「人民」の「優情」こそ、天皇裕仁を象徴として戴く「われわれ＝日本人」

による国民共同体を形作っていく情動に他なるまい。帝国日本の〈内なる他者〉であるところの朝鮮人たちに対する人種主義的なまなざしと、天皇の身体を媒介に現前した「優情」とは、明らかに通じ合っている。国家の存立危機事態のただ中で「日本人」たちは、戦争を続けるかやめるかをめぐって対立し、生き抜くために必要な資源をめぐって争い合っていたかもしれないが、人種主義的な不安と嫌悪によって裏付けられた「われわれ＝日本人」という想像の共同性の枠組みだけは、決して疑わなかったのである。「序」でわたしは、昭和天皇の「終戦詔書」では、「帝国臣民」と「わが民族」とがほぼ同義で語られていたことを指摘した。「流言蜚語」から推知される戦争末期の想像力は、こうした植民地支配責任の否認と明らかな共犯関係にある。

最後に、この章での議論を概括しよう。

まず確認したいのは、帝国日本の戦時末期は、しばしば誤解されるような、公的なプロパガンダ言説の声だけが響く単声的な空間ではなかった、ということだ。日本の戦争権力は当時の言論メディアをほぼ掌握していたが、とりわけ日本空襲の本格化以後、活字メディアの流通経路が不安定になったことで、口頭でのコミュニケーションを含む複数のチャンネルが並存する重層的なメディア空間が現出していた。その中で人々は、異なるメッセージを担った異なるメディアを往還し、伝達されたメッセージを解釈を加えながら受け止めることで、戦場化した現実を生きる自分たちにとっての「いま・ここ」を想像し、表象し、時に「うわさ話」として言語化して理解しようとしていた。言い換えれば、戦時末期の「内地」の人々は、与えられた情報を吟味し、解釈し、自分なりに加工して発信する、すぐれて能動的なオーディエンスでもあった。

だが一方で、そのような「内地」の人々の主体性を評価する際には、強い留保が求められる。戦争末期の公的なプロパガンダ言説では、帝国日本の敗北を「日本人」の滅亡へと短絡させる運命共同体としての「われわれ」というイメージが強迫的にくり返されていた。死に至るまでの戦争機械への挺身と過剰な自己規律化とを連動させることで、「日本人になること」を美学的な水準で定位したこのイデオロギーは、同時代の人々の「流言蜚語」の想像力によって相対化されていた。しかし、その同じ想像力は、帝国の〈内なる他者〉への不安と恐怖を媒介とした「われわれ＝日本人」意識を作り出してもいた。すなわち、この二つの語りは、それぞれの位相で「われわれ＝日本人」という共同性の境界を上書きし、より強固にしたという意味で、対抗的というよりは相補的に機能したと考えられる。この世界の滅亡を前に、より美しく清らかな「日本人」たろうとする自己純化に向かう態度と、植民地主義的な位階化を所与の前提とした上で、身近な他者を非＝「日本人」として名指し排除することで、「われわれ＝日本人」の境界を画定し、確認しようとする態度。言ってみれば、戦時末期のナショナリズムは、「日本人であること」の境界を当為のレベルと実定性のレベルとで二重化する「カラクリ」を有していたのだった。わたしはこれを、日本空襲下で析出された「二重底のナショナリズム」と呼びたく思う。

かつて司馬遼太郎は、戦時末期の日本列島を振り返って、軍部が日本を「占領」している感じがしたと述べたことがある。[*79] こうした司馬の実感は、陳光興の言う「帝国化」の問題と接続できる。[*80] 陳は、日本の植民地支配を念頭に「帝国化のプロセスは植民地化を進行させるだけでなく、また同時に帝国中心部でも進行する」と主張した。日中戦争期・アジア太平洋戦争期を通じて帝国日本は被植民者たちを「皇民化」しようと企てたが、同じように「帝国核心の人民」たちの間でも、規律訓練化による「皇民化」が進められていた、ということだ。

だからこそ陳は、「脱＝帝国化」は旧植民地と旧宗主国の双方でなされる必要があると述べたのだが、先に見た空襲下のナショナリズムの二重底性は、なぜ日本敗戦が日本の「脱＝帝国化」につながらなかったのかを考えるヒントとなる。つまり、日本敗戦は「帝国核心の人民」たちの「皇民化」のプロセス＝美しく清らかな「日本人になる」回路にひとまず終止符を打ったかもしれないが、「われわれ＝日本人」の植民地主義的な主体性の相対化や批判には届かなかった。言い換えれば、「八・一五」を神話的な起源とする戦後の一国主義的なナショナリズムの感性的土台は、実のところ帝国日本の崩壊過程において、行為遂行的に析出されていたのではないか。もしこの見立てが誤りでないのなら、戦時末期の空襲被害を引き合いに出しつつ、「戦争の悲惨さ」を訴えてきた戦後の語りのあり方にも再考が求められることになる。空襲下のナショナリズムが戦後の国民共同体の土台であるならば、こうした語りは、植民地主義的な想像力に支えられた「われわれ＝日本人」という共同性の起源を確認する、象徴的な儀式だったことになるからだ。

もう一つ指摘したいのは、戦争末期の終末論的な想像力が日本敗戦後の文学・文化に与えた影響である。「われわれ＝日本人」の全的滅亡の物語をナイーブに信じ、生きてしまった経験は、当時の年少世代を中心に、強烈な「傷」となって刻まれたのではないか。そしてその傷痕は、彼ら彼女らがのちに著した表現にも間歇的にあらわれ、複雑な陰影を与えていたのではないか。[*81] そう考えたときにすぐに思い浮かぶのは、吉本隆明や江藤淳や三島由紀夫のような文学者の名前だが、ここでは、坂口安吾「白痴」の問題に触れておきたい。

七北数人によれば、安吾は戦時末期の日本映画社時代に「アッツ島の幽霊が出る」映画の脚本を書いていた。[*82] この映画は製作されず、現在は安吾が書いたという脚本も失われているから、彼が戦争末期の「玉砕」の語りに何を付け加えようとしたかは分からない。しかし、「白痴」で安吾は、文化映画の演出家見習いと設定した伊沢に、まるで一九四五年三月の堀田善衞が夢見たような「新世界」への願望を語らせている。「あゝ日本は敗ける。泥人形のくづれるやうに同胞たちがバタ〳〵倒れ、吹きあげるコンクリートや煉瓦の屑と一緒くたに無数の首だの腕だの舞ひ上がり、木も建物も何もない平らな墓地になつてしまふ」。「けれどもそれはもし生き残ることができたら、その新鮮な再生のために、そして全然予測のつかない新世界、石屑だらけの野原の上の生活のために、伊沢はむしろ好奇心がうづくのだつた」。

一九四五年四月一五日の東京空襲に取材した「白痴」の描写の迫真性はこれまでも評価されてきた。事実、焼死して炭化した屍体がつむじ風と一緒に舞い上がっていたさまは、東京空襲の生存者たちが語る情景でもあった。だが、「白痴」が重要なのは、都市の無差別爆撃を生き延びた体験が詳細かつ具体的に言語化されたからだけではない。本書の議論にとって重要なのは、「白痴」の安吾が、あらゆるものを焼き尽くすかのように見えた空襲の業火が幻視させた世俗的なしがらみからの解放も、極限的な生の危機をともに乗り越えた経験が感受させたかけがえのない絆と見えたものも、ともに終末論的なスペクタクルが呼び寄せた観念的な物語でしかない、と斥けていることである。

まさに沖縄戦がそうだったように、徹底的な砲爆撃と烈しい戦闘によって上物を失った土地は「平ら」に見えてしまうかもしれない。しかし、そこに人々が生き残る限り、従前の社会的諸関係が完全にリセットされるわけでも、平準化されるわけでもない。加えて、しばしば誤解されるが、「白痴」の結末は、戦争＝後の時間を描いたものではない。伊沢と女がくぐり抜けたのはたった一度の空襲でしかない。だからこの作に刻まれたのは、「敵が上陸し、天地にあらゆる破壊が起」こるという予測が十分ありうると意識されていた、戦争末期の時間の感触に他ならなかった。戦争がもたらす破壊にそれ以上の観念的な意味はなく、その中でひとは「寒むすぎる」場所からあたたかい「ねぐら」を求めて、虫のように豚のように生き始め直す他にない、ということ。つまり「白痴」の安吾は、戦争末期の公的なプロパガンダ言説が描き出した運命共同体としての「われわれ」という幻想を徹底的に批判し、破壊と再生の黙示録的なロマンを脱臼させるところから、敗戦後の文学活動をスタートさせていたのではなかったか。

だとすれば次の問題は、個としての生存を優先させるかたちでしか生きられなかった空襲下の人々のありようを積極的に前景化させることから「白痴」の世界を織り上げた安吾が、植民地主義的な国民共同体としての「われわれ」とどう向き合ったかである。この問いについては、本書の最後にもう一度立ち戻ることになるだろう。

第2章　「文学」という業《ごう／わざ》
――決戦体制下の文学表現

1　空虚な祝祭

一九四四年一一月七日、火曜日の昼下がり。内田百閒は、友人との待ち合わせに向かった日比谷で、警戒警報のサイレンを耳にした。とにかく避難せねばと急ぎ足になったその後目で、百閒は晴れ渡った空を見上げた大勢の人々がいたことを見逃さなかった。彼の耳には、口さがない人々の声が飛び込んでくる。「見える見える。ほらあそこにいる。高射砲は届かないんだね。あれは砲弾の炸裂した煙だよ。煙よりずつと上の方をこつちへ向かつて飛んで来るではないか」[*1]。米軍の東京空襲は一九四四年一一月二四日以降に本格化したから、この日帝都の上空に現れたのは、おそらく偵察にやってきたB29だろう。日本軍の防空体制がかけ声倒れでしかないことを目の当たりにしてしまった人々の様子が、にもかかわらず、どこか緊張感を欠いているように感じられるのはそのためだ。しかし、この長閑な光景は、約三週間後から始まる破壊的な空襲の序曲に他ならなかった。

その五日後の一九四四年一一月一二日。同じく空襲警報が鳴り響く中国・南京で、第三回の大東亜文学者大会が始まった。主催は第一回・第二回の日本文学報国会から中日文化協会に交代し、戦争の完遂と「大東亜文学」の建設がテーマとされた。木田隆文と秦剛の尽力で発掘された上海の日本語文学雑誌『大陸』に、「空襲下の文学者大会」（池田克己「南京大会三日間」『大陸』一九四五年一月号）の様子が報じられている。[*2] それに拠れば、参加者総数は六〇余名。日本側からは長与善郎、豊島與志雄、高見順、芳賀檀、奥野信太郎、阿部知二、火野葦平ら一三名。日本代表団には朝鮮から李光洙（香山光郎）が加わったが、過去二回とは異なり、台湾の文学者は含まれなかった。満洲国からは八名。古丁、石軍らいわゆる「満系作家」の他、山田清三郎の名前もあった。中国の日本占領地域からは議長の銭稲孫、副議長の陶晶孫のほか、柳雨生、路易士、潘余且らが参加した。採択された大会宣言を朗読したのは当時二四歳の中国人文学者梅娘《ばいじょう》と、大会二日目に空路で南京入りした火野葦平だった。

　南雲智によれば、梅娘は当時、同じ一九二〇年生まれの張愛玲と並んで「南玲北梅」と称された気鋭の女性作家でもあった。[*3] 一九二〇年生まれと言えば、映画スターの李香蘭／山口淑子や原節子と同年齢である。ひとは生まれる時代と場所を選べない。世界戦争の時代の表現者たちは、いつ・どこで・誰とともに登場したかによって、まったく異なる道程を歩むことを余儀なくされた。この大会で梅娘は大東亜文学賞次賞を受賞したが、戦後は「梅娘」という筆名自体を捨て去り、「みずからの手で女性作家〝梅娘〟を地中深く埋め込むことでしか生きられなかった」（南雲）[*4]。彼女が朗読した宣言文の中には、「吾等は大東亜共栄圏内各民族の卓抜なる精神を凝集し、相互に補益し、以て大東亜建設の共同目標に邁進せんことを期す」「大東亜共栄圏内各民族の歴史と伝統を尊重し、大東亜民族精神の昂揚を期す」といった文言が含まれていた。

一方の火野葦平は、この大会のつい二ヶ月前まで、インパール作戦と中国雲南省の前線に立っていた。よく知られるように、一九四四年七月に作戦中止が下令されたインパール作戦は、日本軍の総兵力約一〇万のうち戦死・戦病死者約三万人、戦傷病者約四万五〇〇〇人という無惨な敗北に終わった。まさしく命の無駄遣いとしか言いようのない戦場だったが、それでも火野は、作戦中止後も前線に留まり、かつての所属部隊が展開していた中国・雲南省西部に向かおうと企てた。しかし、その場所はインドから中国に物資を輸送する、いわゆる「援蔣ルート」の要衝だった。一九四四年九月、日本軍の拉孟・騰越両守備隊は、米軍の兵器によって強化された国民政府雲南遠征軍の猛攻で「玉砕」、日本軍はこの戦域でも壊滅的な敗北を喫した。結局火野は、かつての戦友や知人たちと再会できないまま、後方に移動しなければならなかった。[*5]

すなわち火野葦平は、「白骨街道」と称された戦場で、圧倒的な戦力差の前に打ちひしがれ、司令官を呪い、飢えとマラリアに苦しむ兵士たちの姿を嫌というほど目撃していたのだった。火野はインパール作戦時の従軍手帖の中で、厳しい戦場に出ようとしない他の従軍作家を念頭に、「作家たる気魄があれば、いかなる困難を冒しても前線に出、どのような凄惨な情景をも眼を据えて見つめなければならぬ筈ではないか」と書きつけていた。[*6] 火野はいったいどんな思いで先の宣言文を読み上げたのか。当時中日文化協会にいた武田泰淳は、火野が南京から上海に戻る列車で、駅に到着するたび手当たり次第に「饅頭らしきもの、せんべいらしきもの、果実の砂糖漬らしきもの、ゆで卵や南京豆など」を買いあさっては作家たちに押しつけていた、と回想している[*7]。

この大会のあと火野は、今日出海・里村欣三らとともに、日本軍の苦戦が伝えられたフィリピンに向かうことになっていた。しかし、後発隊となった火野が出発しようとした一九四五年一月には、フィリピンでの日本軍部隊はほぼ壊滅状態だった。先発した今日出海は辛うじて台湾に脱出したが、里村はアジア太平洋戦争の従軍作家中唯一の戦死者となった。もとはプロレタリア文学作家として出発した里村は火野と同様、日中戦争に一兵士として従軍し、『第二の人生』（河出書房、一九四〇年）などの戦記を書いていた。火野は、戦死した里村のことを、自分の身代わりになってくれたような気がする、と語っていたという[*8]。火野にとってフィリピンは、アジア太平洋戦争初期に従軍し、一九四二年末まで滞在した場所でもあったから、見知った兵士たちの姿も脳裏をよぎったはずである。武田泰淳が描いたほとんど自棄的にも映る火野葦平のありようは、軍中央から見捨てられ、置き去りにされた最前線の兵士たちの表情と、日本政府の資金で南京に集った文学者たちの語る美辞麗句のギャップに耐えることができなかった彼の心中を想像させる。

従来の研究や批評でも、国策イベントとしての大東亜文学者大会の空疎さはしばしば語られてきた。その空しい祝祭に、帝国日本の勢力圏内の文学者たちを引っ張り出し続けたことの罪深さも。かつて尾崎秀樹は、そのことを「私たちの掌についた血のよごれ」と表現した[*9]。わけても、汪兆銘の客死というニュースとともに幕を開けた南京大会は、フィクションとしても使用期限切れが明らかだった「大東亜文学」という幻をいまだ実現可能なプロジェクトであるかのように語り合う、映画『ラスト・エンペラー』が描いた清朝崩壊後の紫禁城さながらの、ひどくシニカルな時間となった。例えば松本和也は、この大会で「大東亜文芸院」の設立を提言した豊島與志雄が、「公的な役割を忠実に果たしつつも、同時に私的な人間関係という別の回路を通した、《文学者の友好》のために活動していた」と指摘している[*10]。日本人文学者たちにとっても、「大東亜文化」なるキャッチコピーは半ば有名無実となっていたわけだ。

日本内地から参加した文学者の一行は、上海、北京と回って現地解散となった。派遣団のうち長与善郎と高見順は、第四回の大東亜文学者大会開催予定地となった満洲国の新京で「満洲文芸協会」の発会式に参加した。しかし、一九四四年一二月一四日、東京に戻った高見らを待っていたのは、米軍による大規模空襲にさらされる日々だった。

2　空襲下の文学出版

第1章でも触れたように、米軍による日本空襲は、日本語の文学言説を支えるインフラを直撃した。それ以前から、文学出版を取り巻く状況は悪化の一途をたどっていた。次ページの（表）は、一九四四年と一九四五年の講談社発行雑誌の刊行回数とページ数を記したものだ。この表を見れば明らかなように、雑誌は急激に薄くなっていった。出版用紙の供給が激減し、紙質も粗悪なものとなった。

昭和十九年
昭和二十年 各誌頁表

雑誌別	月別	一月	二月	三月	四月	五月	六月	七月	八月	九月	十月	十一月	十二月
現代	昭和十九年	一三〇頁	一三〇〃	一三〇〃	一三〇〃	九六〃	八〇〃	七二〃	七二〃	七二〃	七二〃	七二〃	七二〃
	昭和二十年	七二頁	七二〃	七二〃	七二〃	七二〃	本文共刷 三二〃	三二〃	三二〃	三二〃	表紙付 六四〃	六四〃	六四〃
冨士	昭和十九年	一〇八頁	一〇六〃	一〇八〃	一〇八〃	七六〃	六四〃	六四〃	六四〃	六四〃	六四〃	六四〃	五六〃
	昭和二十年	五六頁	五八〃	五八〃	五八〃	五・六合併 五〇〃			八・九合併 本文共刷 絵ナシ目次付 三二〃		表紙付 五〇〃	六六〃	六六〃
講談倶楽部	昭和十九年	一三四頁	一三四〃	一三四〃	一三四〃	九四〃	七八〃	七八〃	七八〃	七八〃	七八〃	八〇〃	七六〃
	昭和二十年	八〇頁	七八〃	七八〃				本文共刷 目次付 三二〃	八・九合併 本文共刷 本文共紙 三二〃		本文共紙 一色 六四〃	表紙付多色 六八〃	六八〃
婦人倶楽部	昭和十九年	一〇八頁	一〇八〃	一〇八〃	一〇八〃	七六〃	六〇〃	六〇〃	六〇〃	六〇〃	六〇〃	六〇〃	六〇〃
	昭和二十年	五六頁	五六〃	五六〃				戦時緊急版 本文共刷 三二〃	八・九合併 本文共刷 三二〃		表紙付 四八〃	十一・十二合併 六四〃	
少年倶楽部	昭和十九年	一一四頁	一一四〃	一一四〃	一一四〃	八二〃	六八〃	六八〃	六八〃	六八〃	六八〃	六八〃	六二〃
	昭和二十年	六四頁	六二〃	三・四合併 一色刷 六二〃		五・六合併 本文共刷 三二〃		本文共刷 三二〃	八・九合併 本文共刷 三二〃		表紙付多色 四八〃	十一・十二合併 五二〃	
少女倶楽部	昭和十九年	一一四頁	一一四〃	一一四〃	一一四〃	八二〃	六八〃	六八〃	六八〃	六八〃	六八〃	六八〃	六四〃
	昭和二十年	六四頁	六四〃	三・四合併 絵ナシ二色刷 決戦号 六四〃		五・六合併 本文共刷 三二〃		本文共刷 三二〃	八・九合併 本文共刷 三二〃		表紙付 四八〃	十一・十二合併 五二〃	

表　「昭和十九年昭和二十年各誌頁表」（『講談社が歩んだ五十年（昭和編）』）

日本政府は用紙節約のために、一九四四年九月二一日以降に出版する書籍の規格をA5・A6、またはB5・B6の四種とすると告示（「出版物は四規格版に」『出版弘報』一九四四年一〇月一日）、雑誌の判型も一回り小さくなった。限られたスペースをフル活用するため、活字も寸の詰まった平べったいものに変えられた。政府の意を体した日本出版会は、中小・零細事業者がほとんどだった出版社の整理・統合を強引に推し進め、書籍出版社は一七一七社から一七二社に、雑誌も「二百四十二の国民誌を九十七に一千三百九十一の職能誌を六百九十二、二百五十八の特殊雑誌を約百種に整理した」（『毎日年鑑　昭和二〇年版』）。情報局は、生き残った事業者向けに「新事業体書籍出版企画措置要綱」を発表し、書籍出版企画については事前に企画予定表の提出を義務づけた。出版物はすべて日本出版会の承認制となり、雑誌企画を担当する編集者は出版会が行う資格審査にパスすることが求められた。こうした措置に先立って、一九四四年八月には、かつて「文壇の桧舞台」と称された雑誌『中央公論』『改造』の両版元が「自発的廃業」を余儀なくされた。いわゆる「横浜事件」の事後処理のためである。

　このような措置は、いわゆる「決戦体制」の余波というだけではない。これも第1章で述べた通り、米軍による東京空襲は、印刷・製本・取次・小売書店と流れて行く書籍・雑誌の流通と受容のサイクルを壊滅させた。

　事実、空襲下の雑誌編集は困難を極めた。刊行状況を確認すると、大手印刷会社で唯一焼失を免れた大日本印刷市谷工場で印刷されていた河出書房『文藝』は、一九四五年五・六月号と七・八月号を合併号として発行（ただし、七・八月号の発刊は日本敗戦後）[*11]。『主婦之友』も、一九四五年七月号まで何とか命脈を保った。講談社の雑誌は『現代』『婦人倶楽部』『少年倶楽部』『少女倶楽部』がやはり合併号を交えつつ刊行を継続したが、看板雑誌の『富士』（『キング』改題）は、一九四五年五・六月合併号が戦時下での最終号となった。『文藝春秋』『新太陽』（『モダン日本』改題）、大阪で刊行されていた文学雑誌『新文学』は一九四五年三月号まで、『新潮』と博文館の『新青年』は一九四五年二月号で刊行が途絶した。『新女苑』は一九四五年五月号まで、同人雑誌統合の結果生まれた『日本文学者』は一月号、三月号、五月号を出したところで力尽きた。「創作指導雑誌」という名目で存続を許された『文藝首都』は一九四五年二月号まで、新小説社の『大衆文藝』は一九四四年一二月号までの刊行が確認できる[*12]。『早稲田文学』は一九四五年一月号、『三田文学』は一九四四年一一月号までが刊行された。『批評』は謄写版の形式で発行継続を模索したが、一九四五年二月以降の発行は確認されていない。

ただし、以上のデータはあくまで奥付の表記を基準にしたものだ。もともと遅れがちになっていた雑誌発行は空襲下でますます遅延し、書店や読者の手に届くタイミングも不規則なものとなっていた。例えば、保高徳蔵の書いた『文藝首都』一九四四年一〇月号の「編集後記」には、同年一〇月二〇日の神風特別攻撃隊の「軍神」たちへの感謝と、一一月四日の朝刊で発表された日本軍航空隊によるサイパン島・テニアン島への爆撃にかんする記述がある。この号の奥付に記された印刷日は一九四四年九月二五日、発行日が一〇月一日だが、この期日が形式的なものでしかないことは明白だ。こうした事態は決して例外的なものではない。『文藝』の一九四五年一月号が鎌倉の高見順のところに到着したのは一九四五年二月二七日だった。[*13] 日本文学報国会の機関誌『文学報国』の現存最終号は謄写版刷りの一九四五年四月一〇日号だが、この号には五月二五日の空襲で報国会事務所が被災したこと、六月一五日に久米正雄・川端康成・小島政二郎・高見順らが「交通道徳昂揚運動」打ち合わせで、小日山直登運輸大臣らと面会したという記事が掲げられている。いったいこの号は、いつ印刷され、いつ会員のところに届けられたのだろうか。荘司徳太郎の『私家版・日配史』には、五月二四日深更から翌二五日未明にかけて行われた空襲で、出版業界は「壊滅的大打撃を受け、この時から事実上、組織的な活動は出来なく」なり、以後日本敗戦までの期間は「〝罹災始末とゲリラ出版活動〟の時期であった」と概括している。[*14] 上記のような文学雑誌の発刊状況と考え合わせても、この観察は妥当なものだったと言ってよい。

実際に各誌の「編集後記」を追いかけると、この時期の編集担当者の苦闘が痛いほど伝わってくる。『日本文学者』三月号に、仮事務所設置の告知とともに「今般事故の為二月号は発行不能の止むなきに立到つた」と記されたのは、空襲被害の結果とみて間違いない。『文藝春秋』一九四五年三月号の「後記」には、「グラマンの跳梁を抑へて大空を乱舞する友軍飛行機の爆音、校正室の窓ガラスをピリピリ震はせて咆哮する高射砲の轟き、そして異様なる音響をたてて落下する砲弾に破片——これが戦場でなくて何であらう」と、空襲下の作業の様子が生々しく書き込まれた。野田宇太郎の署名がある『文藝』四月号の「後記」には、創作特輯となったこの号の作品のほとんどが「三月十日の東京来襲の日を中心に」書き上げられたという報告の他に、野田が遭遇した「空の要塞」の描写が差しはさまれている。

> B29の編隊の一機が、いきなり、ぐらりと頭を下げた。巨大な図体が中央部に五つのこぶを持つた一本の横棒にみえたかと思ふと、そのまゝ私の頭上にみるみる大きく迫つて来た。瞬間これは白昼夢ではないかと思つた。さう思ひ乍ら防空壕の中の者達をせき立て、避難の準備をした。一寸時間があつた。撃墜機の最後の方向を見定めて駈け出すつもりであつた。ゆらりゆらりと翻つてゐた敵機の横棒は又元の悪魔のやうな巨体を中天にぶら下げられた形になつてゐた、と、眼前数百米の所にだだつと落ちて真黒い毒気のやうな火煙を吹き上げては滅びてしまつた。
> ——この後記はその夜、やつとあたりが静かになって書いてゐるのであるが、中天からたたき落とされて執念深く私の頭上に襲ひかかつた憎々しい敵機がちらちらと文字と文字の間から眼前に

迫つて来るのである。

東京空襲にかんする史書をひもとくと、米軍は一九四五年三月から、高度一〇〇〇～四〇〇〇メートルという低空からの爆撃を開始した。野田が描いたのはB29が撃墜された場面だが、彼の筆致に高揚は感じられない。黒煙を噴きながら空を蔽い、自分たちに向かって落ちてくる「悪魔のやうな巨体」に、心底から恐怖し、身震いした様子が伝わってくる。

こうした恐怖や不安の中でも、編集担当者たちは危険を省みず、文字通り東奔西走した。疎開や徴用でバラバラになった書き手たちとやっとのことで連絡を付けて、原稿の束を預かり、どうにか操業を続ける印刷所に持ち込んでいく。一九四五年一月三〇日付の大佛次郎の日記には、『新太陽』は長野県の工場で印刷しているらしい、という情報が記録されている。[*15] 容易に予想できるように、彼ら彼女らの奮闘が実を結ばなかったケースも少なくなかった。日本敗戦後に発行された『新青年』一九四五年一〇月号の「編集後記」に、「本号は本年度第三号である。三月号が見本の出来たところで焼かれ、全焼の印刷工場を督励して漸く第四号の出来上がるところ迄漕ぎつけた途端、平和帰来の鐘を聴く。従つて内実は本号も第五号に当るわけだ」とあるのは、敗戦後に内容が差し替えられたことを示唆するものだ。似たような事例は他にもある。当時の小さくなった新聞広告を追いかけると、『三田文学』は一九四四年一二月号、一九四五年一月号、同二月号の広告が出ているが、いずれも刊行されなかった（図2－1～2－3）。『新潮』は一九四五年三月号の広告を三月と五月の新聞紙面に掲げて

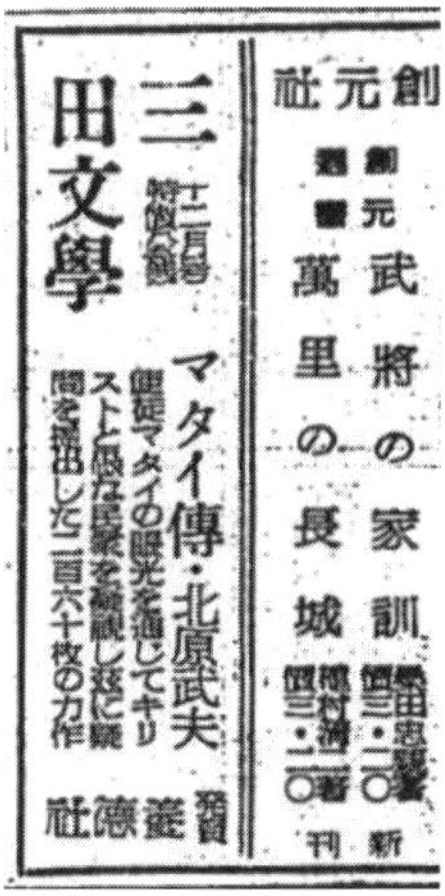

図 2-1 『三田文学』1944 年 12 月号広告（『朝日新聞』1944 年 12 月 26 日）

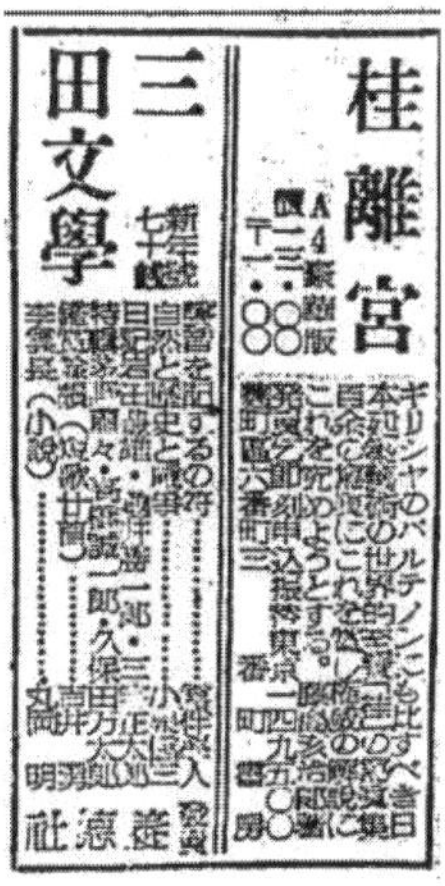

図 2-2 『三田文学』1945 年 1 月号広告（『朝日新聞』1945 年 1 月 29 日）

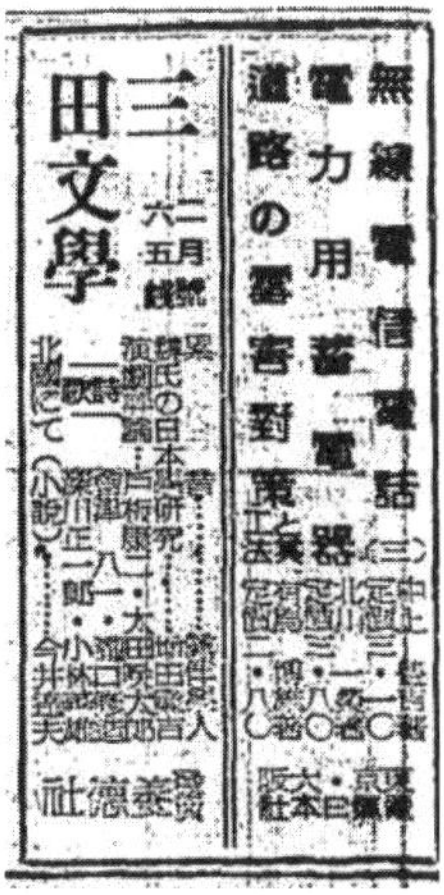

図 2-3 『三田文学』1945 年 2 月号広告（『朝日新聞』1945 年 2 月 28 日）

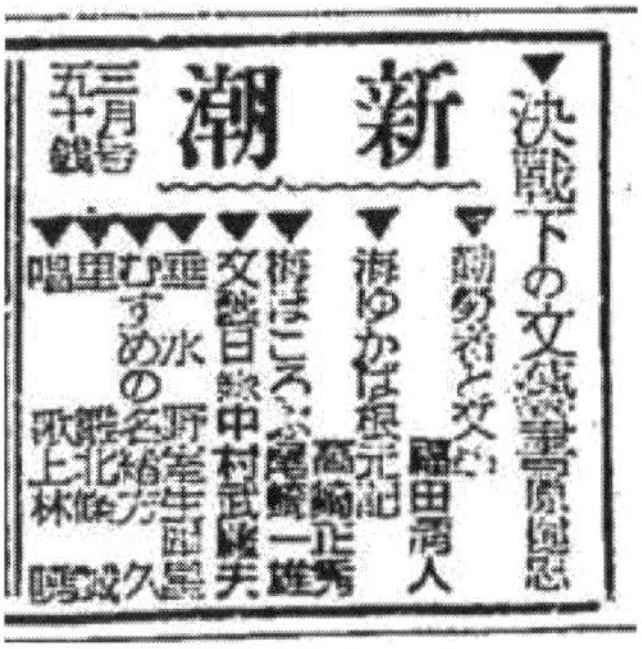

図 2-4 『新潮』1945 年 3 月号広告（『朝日新聞』1945 年 3 月 16 日）

図 2-5 『新潮』1945 年 3 月号広告（『朝日新聞』1945 年 5 月 13 日）

いて、どうかして集まった記事を世に出したいという執念を感じさせる（図2－4・2－5）。『早稲田文学』の敗戦後最初の号となった一九四五年一一月号の「編輯後記」には、同誌は一九四五年一月号で「休刊」したが、空襲下でも「二回編輯の仕直しをして印刷所に廻したが、いろいろな故障のため、雑誌という具体的な姿にして諸氏の手許に贈るところまでこぎつける事が出来なかつた」とある（傍点は引用者。以下同じ）。

おそらく、この「贈る」は誤字だと思う。だが、そう書きたくなる気持ちは痛いほど理解できる。米軍による空襲は、戦争遂行を直接支える軍事工場から、帝国日本の人々の市民生活や「戦意」をターゲットとしたものへとシフトしていた。しかし、文学に携わる者たちは、それでも文学の灯だけは消してはならないと懸命の努力を続けていた。徴兵されて軍務に就いた者、疎開先でまずは生きるための準備を優先しなければならなかった者。徴用先で慣れない工場労働や与えられた書類仕事に疲弊している者。そうした人々の分までと、文学のことばを守り、何とか読者に送りとどけようと、国家の戦争とは別の戦いを続けた人々が確かにいたのだった。

「決戦体制」下の文学者たちの意識を考える際にわたしが想起するのは、太宰治『津軽』（小山書店、一九四四年）の最後の一節である。『津軽』の奥付発行日は一九四四年一一月一五日。これは、冒頭で触れた第三回大東亜文学者大会の三日後、東京空襲が本格化する約一〇日前にあたる。出版物の配給を行う統制会社日配の機関誌『出版弘報』によれば、『津軽』の印刷予定部数は三〇〇〇部。出来予定日は一九四四年一一月二一日から三〇日の間だと記されていた。

さて、古聖人の獲麟を気取るわけでもないけれど、聖戦下の津軽風土記も、作者のこの獲友の告白を以て、ひとまづペンをとどめて大過ないかと思はれる。まだまだ書きたい事が、あれこれとあつたのだが、津軽の生きてゐる雰囲気は、以上でだいたい語り尽くしたやうにも思はれる。私は虚飾を行わなかつた。読者をだましはしなかつた。さらば読者よ、命あらばまた他日。元気で行かう。絶望するな。では、失敬。

「獲麟」の語は、中国古典の『春秋』に由来する。辞書類を引くと、『春秋』の記事が、魯の哀公が「麟」を得たという文字で終わっていることから、擱筆、絶筆の意味で用いられるようになったとある。いかにも太宰らしい気取りが感じられる一節だが、同時代の文学の担い手たちは、このことばをどう読んだだろうか。いま書いている文字が、文学者として最後のものとなるかもしれない、ということ。読者にしても同様である。いま手にしているこの本が、人生で最後に触れる文学、文字になるかもしれない。永井荷風や谷崎潤一郎が、疎開や避難のたびごとに自作の原稿を携行し続けたことはよく知られる。『筑摩書房の三十年』には、当時を回想した上林暁の小説をもとに、社主の古田晁が、焼け出された永井荷風から受領した「踊子」他の原稿を懸命に書き写している様子が描かれた。古田は上林にも空襲に備え、原稿の写しを取っておくことを勧めたという[*16]。戦場への動員こそ免れたものの、昼間は別に勤めを持っていて、夜にしか「仕事」が出来なかった若い作家たちは、「今にもブウが鳴るか鳴るかと気にしながら」、灯火管制の暗い明かりの下で机に向かい続けた（無署名「青文立言」『日本文学者』一九四五年一月）。そのように考えれば、同時代の作者・読者それぞれにとって、戦時末期の「いま・ここ」を刻んだ文学の本や雑誌が、貴重な「贈り物」に見えたとしても不思議はなかった。

　とりわけ日本空襲の本格化以後、「内地」の文学者たちは、自分のことばが確実に読者に届くことを前提にはできなくなった。日に日に拡大する空襲の被害は、書かれたけれども公刊されず、烏有に帰してしまった幻の作品を生み出していた。運よく書物の形にできたとしても、それがいつ、誰に読まれるかはまったくもって不透明だった。いわゆる「外地」では、石川巧が発見した『月刊毎日』や先に紹介した『大陸』など、軍や国策会社と結び付いたメディアで、文学作品を発表できる媒体が生き残ってはいた。[*17] しかし、豊田三郎が「友に寄せて」（『新潮』一九四五年二月号。目次では「友によせて」）でいみじくも述べたように、「たとへ誰かの仕事が発表されたとしてもその雑誌を入手するのはむづかしい」し、「このごろは北支とか中支とか台湾とか北海道といふふうに一つの地域にかぎられた雑誌があり、さうしたところでの仕事は友人知己にはまつたく読まれない」という状況だった。その意味で、戦時末期の文学言説は、いつ、誰に届くか分からない、受け取り手のない手紙にも似ていた。

　では、そのような中で文学者たちは、いったいどんな表現を紡ぎ、どんな文字を刻みつけていたのか。以下の節でわたしは、一九四五年の時評家になったつもりで、日本空襲が本格化して以後の文学テクストの「問題」を捉え返してみたい。

3　「文学」という業

表紙に「昭和十九年十月」と記された大政翼賛会調査部の秘密資料『一億憤激米英撃摧運動資料』の冒頭には、「レイテ湾頭に日本的戦術の粋を発揮し、莞爾として悠久の大義に生ける神風特別攻撃隊の忠烈に続き」、人々を奮い立たせるために、「米英人の本質に根ざす野獣性」「米英人の人種的差別感を剔抉」しなければならない、と規定された。こうした世論指導の方針に従って、戦時末期のメディアには、日本降伏の際には住民は奴隷化され、「日本人の血」が根絶やしにされる、と恐怖を煽る文言が躍った（無署名「敵アメリカはこう言っているぞ！」『主婦之友』一九四四年一二月）。他の雑誌にも、ひどく煽情的なタイトルの記事が並んでいる。「米鬼吸血手帖」（廣野道太郎、『新青年』一九四四年一一月）「リメンバー・パアルハーバーよりキル・ヂャップ」（小倉一郎、『青年読売』一九四四年一一月）「敵の乾燥血液は同胞の血」（小原譲次、同）「米国の虐殺政策」（武藤貞一、『婦人倶楽部』一九四四年一二月）などである。帝国日本の軍・政府によるこうした悪質なプロパガンダが、サイパン島から沖縄へと続く集団死の強制につながったことは、よく知られる通りである。

それらの言説に比べると、同時期の内地の文学表現は拍子抜けするほど穏やかである。小出新「昭和の一青年は語る」（『公論』一九四四年一二月）のような、「現今所謂文学なる一切の文筆活動」は即時停止すべきで、黙して国に殉じる「純忠の行のみが文学だ」とする調子の高い文章がないわけではない。しかし、この記事は保田與重郎や影山正治が寄稿していた『公論』のメディア的特質によるものだろう。文学言説のレベルで、「祖国防衛戦争」（川島高峰[*18]）への絶対的挺身を説く議論は少数派だといってよい。

むしろ目に付くのは、新聞・雑誌統合で発表機会が激減する中でも文学を続けたいし、続けるべきだという決意の表明である。田宮虎彦は「文学が戦時下に生きてゆけないと思ふことは実に未熟な考へ方である」と、作家たちを鼓舞する（「文学者の自恃」『新潮』一九四四年一二月）。石川利光は、かりに執筆や発表の機会がなかったとしても、文学者としての「自己完成への追求」は可能である、「場合によつては五山文学の如くひそかに命脈を保たねばならぬほどの事態に至らうとも、自己完成を目ざし、ひたぶるに文学する心を押し進めてゆけばいいのである」と書きつけた（「強健なる精神」『日本文学者』一九四四年一二月）。石川の言い方は、空襲だけでなく、その後に予想される列島全体の戦場化も見据えているように受け取れる。言うまでもなくそれは、彼ひとりの感覚ではなかった。空襲下の東京に残った上林暁は、「事情がどうあれ、東京に留まる以上我々の使命は、力の許す限り、世の許す限り文学の生命を保持することになくてはならぬと思つてゐる」と書いた（「現実に即して」『新文学』一九四五年四月）。「力の許す限り」のあとで「世の許す限り」という語句を付け加えずにはいられなかった上林の文章からは、自分は目前の戦争よりも、あくまで文学にこそ生命を賭し続けるべきなのだ、という強い信念が伝わってくる。

何とか発行継続が許された貴重な媒体を大切にすべきという思いも語られていた。一九四四年一一月に『文学報国』誌上で匿名の参加者が行った「文芸雑誌合評会」では、『三田文学』の編集方針が問題視された。雑誌統合の際、慶應義塾が発行していた他の雑誌を合同する形式をとったため、戦時末期に衣替えした同誌には、小泉信三や高橋誠一郎ら、慶應義塾にゆかりのある学者・研究者のエッセイが並ぶこととなった。[*19]その点をとらえて参加者たちは、『三田文学』では「相当えらい人が随筆を書いて居る」が、「江戸時代の旅行の話とか、ローマの本屋の話」とか、まるで「敬老雑誌のようだ」と手厳しい（「文芸雑誌合評会」『文学報国』一九四四年一一月二〇日）。戦時末期に『三田文学』の編集委員に就いた柴田錬三郎は、「上林暁氏から、数尠い文学雑誌だから立派に育てて欲しいと励ましの便りを貰つて、僕は自分の怠惰を責められたやうな気がして、ひそかに赤面した」と書いていた（「編輯後記」『三田文学』一九四四年八月号）。限られた誌面を、誰の、どんなことばのために開放するか。戦時末期の文学者たちにとって、文学雑誌の誌面という領土を守り抜くことは、もはや歴史的な責任だったのだ。

　そうした文学への思いは、同時代の小説テクストにも書き込まれた。佐々三雄「内地にて」（『早稲田文学』一九四四年一一・一二月合併号）は、東京で下宿をしながら文学活動を続けている「お父うちやん」が、京都に残した娘の「ルミ子」に送った手紙という体裁を取った短篇である。小説の中では、日本空襲の本格化する直前の時期――作中には一九四四年一〇月の台湾沖航空戦が報じられた日の記述がある――の東京の夜の暗さの記述に混じって、かつての文学仲間たちへの思いが綴られていく。「あの頃の悪い友だちも、思へば今はみんな戦争に行つて」しまった、だから「せめて残つたお父うちゃん位が勉強しなければ、この世の誰が勉強するでせうか」「あの友だちたちが為残していつたことや、あの友だちたちがひそかに願つたこと、渇くやうにして期待したことをお父うちゃんがかはつて行けばいゝんです」。たとえ「最後の人」となろうとも、「戦争にいつた友だち」の分まで街を歩き、本を読み、考え、書き続けること。竹村八哥「茅齋書事」(『文藝』一九四五年四月)にも、昼は地域の金融機関の「貸付係」として働き、夜は睡魔と戦いながら「文学」に打ちこむ男の姿が綴られた。「この国の文学に心を向け、それによつてつねに生きがひをも感じてきたやうな自分としては、持つてゐる限り、自分のものでゆけるところまで見極めてゆきたい」。小説の最後には、妻と二人の子どもと三人で、男の書いた小説が掲載された『新潮』のページを何度も何度も開いた、という場面が書き込まれた。

どんな状況下でも文学を書きつづけることが文学者にとっての戦争なのだという認識は、今井潤「秋」(『日本文学者』一九四五年一月号)にも観取できる。米軍の東京空襲が迫る中、お産を控えた妻を実家に疎開させた中年男性が、一念発起して「表立つて小説のことなど口にすることも出来なかつた」下級官吏としての生活を捨て、著名な劇作家のつてで「文化的な仕事」を始める、というストーリー。この作は、男と同様に役人を勤め上げ、大森に小さな家を構えた老父が疎開を拒否し、こまめに家を手入れする様子にも焦点化している。すなわち、男が文学に本腰を入れようという決心と、空襲に負けず家を守り抜こうとする老父の「強靭な精神」とが重ねられているわけだ。

柳町健郎の短篇「最後の独身者」（『早稲田文学』一九四五年一月）にも同様のモチーフが観察できる。北海道出身の木根君平は、無愛想に見えるが情味のある「私」の大学時代の同級生。彼は結婚して一人娘を得たが、妻が早逝し、実家のある北海道に戻っていた。そんな彼が、しばらくぶりに東京の「私」を訪ねてくる。孫の成長を心配した彼の老母の勧めに従って、新潟で見合いをした帰りなのだという。しかし、上首尾に進むはずだったその縁談は最後に頓挫してしまう。小説を「一生、書き暮すつもり」だという君平のことばを聞きとがめた相手の父親が「もつと堅気の商売に入つて下さるわけにはいかんかな」と頼んだのを、君平が無下に断ってしまったからだった。小説の掉尾、わずかな酒に酔った君平は、「私」に向かって「なあ、君、文学は止められんなあ」と語りかける。「私」は相づちを打ちながらも、「北海道の田舎の駅に小さい孫の手を引いた阿母が、君平と花嫁を迎へに出る光景を想像して、暗然とした」と記されて、物語が閉じられる。

　これらの文章を読みながら、わたしは、柳町の小説の語り手とは違う意味で、腕組みをして考えこんでしまった。「文学」とは、何と業《ごう》の深い営みなのだろうか。なぜそこまでして彼らは、「文学」を続けたいのか。ここで「文学」にカギカッコを付したのは、彼らが想定しているのが個々のテクストでも、特定の立場や思想性に紐づけられたものでもない、この語で指示されうるすべてを包含する理念として想像された「文学」への憧れであるからだ。戦争末期、度重なる空襲の恐怖と不安の中でなお、書き手たちは「文学」を愛し、「文学」に魅せられ、誰に頼まれたわけでもないのに「文学」のタスキをつなぐランナーになりたい、と切望していた。そうした思いをつなぐべく、出版に従事する者たちは原稿やゲラを抱えて、空襲下の列島で移動を続けた。

むろん、この時期に書かれたのは、「文学」を続ける決意を語った戦時下の心境小説だけではない。戦争末期の「内地」メディアの文芸欄・創作欄が比較的静謐な印象を与えるのは、多くの小説が、戦争の中での人間の出会いと別れ、優しさやぬくもりを主題としたからである。

例えば、岩倉政治「娘と馬車」(『婦人倶楽部』一九四四年一二月)。栃木の里山近くの村から動員されて東京の東向島の工場で働く女子挺身隊員たちに、激励の野菜を届けようとする父娘が描かれたロードムービー風の小説である。父と娘は真夜中に村を出発、途中で出会う「金さえ出せば、人の親切でもなんでも、大根や菜ッ葉みたいに買えると思」っている都会の人間たちのあさましさに驚き呆れながら、まる一日がかりで目的の工場にたどりつき、同郷の少女たちに「四つの野菜籠」を送り届けた。娘のところには労働を終えた少女たちが歓声を挙げて集まり、父はそのさまを楽しげに見つめている。そんな父の心中を、語り手は次のように語ってみせる。「さあ、藷でも大根でもうんと食つてくんろ。なあんもスんぺえするこたねえ。わしらどんどん作つて、供出でも慰問でもしてやつかンな!」。

別離や再会の際に「絆」が美しいものと言祝がれるのは、戦争が人々の移動を強いたからでもある。「娘と馬車」の少女たちは、一方は都市の軍需工場に動員され、他方は村に農業要員として残され、離ればなれにされていた。もっと年齢が下がると、こんどは「疎開」の対象となる。窪川稲子「たたずまひ」(『月刊毎日』一九四五年三月)は、国民学校六年生の娘を集団疎開に送り出す母親の心情がテーマである。物語の舞台は、東京空襲がいよいよ本格化した一九四四年一二月ごろ。母、息子、娘の三人の暮らしの中で、いよいよ娘が出発する日、母親は他の親たちとともに、思わず駅のホームに向かって走り出してしまう。そこで彼女が目にしたのは、次に会うことができるのはいつになるのか分からない、親たちと子供たちとの別離の瞬間だった。「提灯を振つて、子供の名を呼びつゞける親たちが闇の中に立ちつくしてゐた。おもひ〳〵我が子の名を呼ぶ親の声が、跡切れもなく続」いたという場面は、出征する息子を追いかける懸命な母親の姿が情感たっぷりに描かれた、木下恵介監督の映画『陸軍』（一九四五年）の有名なラストシーンを思わせる描写となっている。

　家族との別れだけではない。戦時下最後の芥川賞受賞作である清水基吉「雁立」（『文藝春秋』一九四五年三月）は、中国戦線で戦う「僕」が、出征前の初恋を懐かしく想起する物語だった。「僕」は、たまたま出掛けた俳句の会で出会った女性に恋をする。裕福な家庭に育ち、女ばかりになってしまった家で暮らしていた彼女は、「僕」からのラブレターを拒まなかったが、「僕」が出征する直前に、彼女は見合いをすることになった、と告げる。戦地に届いた手紙で彼女の結婚を知った「僕」は、猛然と危険な敵前渡河に向かっていく、という内容である。清水の小説は、現在から見ればいかにも定型的で素朴な青春小説と言ってよい。だが、自国の圧倒的な劣勢下で軍隊に入り、妻や恋人、家族や親族、友人や知人から引き離されて戦場に向かうことを命じられた男たちにとって、過去の恋愛を振り切るように戦場で突進する「僕」の姿は、決して他人事には見えなかったに違いない。

　これらの小説は、離別の悲しみと、遠ざかっていく愛するひとたちへの思いを、それぞれのスタイルで定着させた。しかし、これらの物語が現在進行形の戦争に批判的だった、と結論づけるのは性急に過ぎる。確かに、描かれた別離は戦争という外的状況が強制したものである。なぜ自分たちは離れなければならないのか、この悲しみの原因は何かを突き詰めて考えれば、帝国日本の戦争に対する批判につながることは間違いない。だが、第1章で見たように、戦時末期の日本社会では、むしろ人心の荒廃、社会的な対立の方が問題として語られていた。そんな状況下において、さまざまな縁が結んだひとのつながりの価値を前景化させることは、描かれた情動が適切に管理される限り、つまりは、「公」の論理を貫徹させるために乗り越えねばならない「私」の個人的な感情として抑制的に描かれる限り、必ずしも現在進行形の戦争に対抗的なものとは見なされなかった。加えて重要なのは、こうした小説の中で描かれたつながりやかかわりが、「われわれ＝日本人」の枠外に出ることはほとんどない、ということだ。社会的な危機において見出された「われわれ」の絆を価値付けることは、戦時末期の戦争プロパガンダと文学言説とが、相互に妥協できるポイントだったのである。

4　彼らは何を守ったのか

おそらくそのことは、倉光俊夫「紅梅」（『文藝』一九四五年四月）に典型的に表現されている。作の冒頭で「空襲警報が二時間ばかりで解除になつた」とあるから、物語現在は一九四五年の一月から二月頃だろうか。語り手の「私」は、新橋から麹町方面に向かうバスの車内で、白いガーゼマスクを付けた若い女性が、大事そうに紅梅の鉢を抱えているさまに心づく。その様子から「私」は、三年前の夏、ラバウルでの取材時に出会った海軍パイロット・清水大尉と、その妻「雅子さん」のことを思い出す。「私」は、マリアナ沖で清水大尉が戦死した後、彼の生前の様子を伝えに出掛けたことをきっかけに、月命日には必ず清水家を訪れていたのである。

　このあと「私」の回想は、戦場での大尉との交友から、彼の死後、「雅子さん」や大尉の両親との思い出へと続いていく。彼女が大切にしているスナップ写真の中には、「春の若草が萌えてゐる土堤を背景にして雅子さんがそつと大尉に甘へてゐる情景を撮つ」た一枚が含まれていた。それを見た「私」は、わずか二ヶ月間に満たない結婚生活にもかかわらず、「雅子さんにとつて大尉は亡くなつた人ではない」と「はつきりと信じた」。「私」の感慨を見て取ったらしい大尉の両親も、「雅子はわたくしたちの間に生れた新しい生命なのであります」と、息子亡き後も彼女と共に生きていく決意を語る。物語のオチは、「私」がバスで見た紅梅のゆくえである。バスを降りて、清水大尉の家を訪れた「私」は、大尉の遺影の傍らに、あの紅梅の鉢が添えられていることに驚く。じつは車中の女性は「雅子さん」の妹で、出征する海軍中尉の夫を送り出した後、義兄の好きだった紅梅を手土産に持って来た、というわけなのだった。

　作者の倉光は、日中戦争の戦争報道の舞台裏を描いた「連絡員」（『正統』一九四二年一一月号）で、一九四三年の芥川賞を受賞した作家である。受賞後は軍の報道班員として前線の若者たちを描いたルポルタージュを多く執筆した。おそらくこの作も、その際の経験に取材したものだろう。あらすじだけでも分かると思うが、「紅梅」は、いかにも「いい話」である。鉢植えの紅梅の「簡勁な美しさ」に喩えられた清水大尉のひととなりと、その面影を抱きしめて生きようとする「雅子さん」の健気な姿には、論理的には不合理に見える選択をあえて選びとり、選んだことの責任を潔く引き受けていく凜乎とした生き方が定着されている。その感触は、「雅子さん」の妹が、彼女と同じ選択をしたという設定によって、より強固なものとされている。

だが、ひとはそう簡単に美談に感動すべきではない。笑顔で夫を戦場に送り出すこと、死別の悲しみを抑制すること、婚家に尽くし、夫の思い出とともに生きること。倉光の描いた物語に心を動かされることは、戦時下の日本で規範的とされた徳目を肯定することに直結する。この時期の文学言説が、人間どうしのつながりと「絆」の価値を積極的に前景化させていたことは先に述べた。言ってみれば、戦時末期の文学者たちは、戦時下の出会いと別れを美しく象りながら、そこに日本の戦争を支えるイデオロギーをすべり込ませることができる程度には、洗練された書法を自家薬籠中のものとしていたのである。

「紅梅」と同じ号に掲載された川端康成「冬の曲」（『文藝』一九四五年四月）にも触れておきたい。箏曲家・宮城道雄作の「冬の曲」をモチーフに、戦時末期の女性の社会参加を描いた掌編である。いかにも川端らしい詳細な設定が書き込まれない小説だが、視点人物の女性（固有名は示されない）は一〇名ほどの雇い人が働く商家の娘。母が体調を崩して入院したことで、「家事担当者」としての責任に加え、父から店の金銭の出納を任されているという。いっぽうで彼女は「両手に二十瓩で百米」を運ぶ「重量運搬」競技に参加し、予選トップになったという活発な女性でもある。

帝国日本の日中戦争・アジア太平洋戦争では、基本的に女性の軍事参加よりも既存のジェンダー秩序の維持が優先された。だが、戦局の悪化につれて、女性を軍需工場や軍事施設建設に動員せざるを得なくなっていたことは周知の通りである。この作の発表後に制定された「義勇兵役法」（一九四五年六月二三日施行）では、一七歳から四〇歳までの女性も「国民義勇戦闘隊」に組織されることが定められた。[20]「冬の曲」の視点人物の設定は、こうした同時代の動向を受けたものと考えてよい。しかし、同時にこの小説には、揺るぎないジェンダーの枷が設定されている。「冬の曲」の女性は、恋人の新平が出征直後に戦死したことを知って、「女なんて下らないもの、汚ならしくて馬鹿なもの、いくら死んでも勿体なくない、男の人の前に立つて弾よけに死ねないものか」と過剰に卑下しながら涙する。その悲しみが癒えなかったので、女学校時代の先生が持って来た縁談を断るが、こんどはその男性が戦死したと聞いて、「女の温い手がなかつたから、その人は死んでしまつた、あの縁談をことわつたから殺してしまつた」と自分を責める。つまり、ここで描かれたのは、個別的な愛の関係ではなくて、戦争に立ち向かう「日本人」の男性一般に対するセクシュアリティの発露なのである。

よく言われるように、川端と戦争とのかかわりは一筋縄ではいかないところがある。中村光夫の回想『憂しと見し世』には、一九四五年春に鎌倉の川端を訪ねた際、ふと立ち止まった川端が、溜息をつくような小声で「国難ですね。これは、ひどい国難ですね」と口にした際の「ひきつったような悲しみの表情」を見せたことが忘れられない、という一節がある。[21]しかし、少なくとも「冬の曲」の物語は、戦時末期の「日本人」女性に要請された役割とイデオロギーに背馳する内容となってはいない。先の競技会の決勝直前、「女の身を投げ出しても、男の命一つ死なせはしなかつた」と「熱い生きもののやうに砂嚢を抱き上げ」、スタートの号砲を待つ彼女の姿には、かりに戦場に動員した場合でもなお女性を従属的な位置に押しとどめようとする、統治権力のイデオロギーが重ね書きされてしまっている。

すでに述べたように、戦争末期の「内地」の文学表現は、この段階に至ってもなお、帝国日本の軍・政府に対抗的なものとは言えなかった。もちろん、敵国民を鬼や獣のようだと指弾するような醜態をさらすことはなかったし、一部の過激な論者を除いては、文学の場を自己否定する軽挙に奔る者もいなかった。しかし、あくまで文学を続けたいという願いのもとで書かれた作の中には、読者の情動を動かし、戦争を支える価値観を浸透させていくような物語も含まれていた。戦時期の文学言説を「狂信的《ファナティック》」の一語で否定した瞬間に、この時期のテクストが何を担ったか／担ってしまったかを吟味する視点が脱落してしまう。ジュディス・バトラーは、「戦争は、諸感覚にはたらきかけることでその慣行を維持するのであり、世界を選択的に感知するように諸感覚をつくりあげ、特定のイメージや音に応える情動を鈍らせ、他のイメージや音に対しては情動に満ちた応答を活性化させる」と論じた[*22]。ある種の物語は、ひとの情動に深いところで働きかけようとする。情動も文化やメディアによって構築されるものだが、身体的な反応を伴うがゆえに、より直接的なもの、言語によって分節化される以前の「自然的なもの」と意識されやすい。そうした反応を狙った感動的な物語は、戦争末期だけではなく、現在でも再生産されているはずである。

では、決戦体制下の文学表現は、こうした洗練された（？）プロパガンダ以外に見るべきものはないのだろうか。最後に、稲垣足穂の短篇「有楽町の思想——一徴用工の手帳から——」（『文藝』一九四五年五・六月合併号）を紹介して、この章を閉じることにしたい。

稲垣足穂は、一九四四年一一月から横浜市鶴見のヂーゼル自動車工場に徴用され、勤務した。[*23]「有楽町の思想」は、彼が勤務を始める直前の一九四四年一〇月八日から、一九四五年三月一五日までの日記の体裁を取ったスケッチ風の小品である。

戦争末期の日本語の文学言説は重苦しい沈鬱さを基調とする。その種のテクストに慣れた目には、本作の書き出しはひどく刺激的だ。「有楽町あたりのトワイライトには、未来的な夢が含まつてゐる」「雨に濡れてアスファルトの下にも別の街が打ち拡げられてゐる光景に、ふとミンコウスキーといふ名前を連想したことがあつた」という一節や、「燈火によつて透明になつた建物に電車のスパークが映じ、街角を交錯している群衆が切紙細工になつて見える一刻、時間は消滅して、遠い幾世紀の後が実現してゐるといふほどの謂であるが、こんな感覚を最初に捉へ得たのは未来派の人々であつたらう」といった記述は、一九二〇年代から三〇年代にかけて追求された実験的な表現とのつながりを連想させるに十分だ。この調子で足穂は、決戦体制下の東京と横浜で目にした情景を、モダニズムのフィルターを通して、重層的に美学化していくのである。

この作を一九二〇年代以来の足穂の芸術観とのかかわりで読み解いた高木彬は、「「有楽町の思想」は、戦争を美化しないままに、戦時下の工場景観を美化できたのだ」する。[*24] わたしは足穂のよい読者ではないので、高木の詳細な注釈には多くを教えられた。だが、このテクストで足穂が「美化」したのは「工場景観」だけではないだろう。その立場も、「機能主義の美学」だけではないと思う。というのも、「有楽町の思想」には、空襲を契機に発見された「美」が、複数のテクストの記憶と重ねられながら、丹念に描き込まれているからだ。

空襲警報によって街の灯りも電車内の灯りも消されたことで、いままで見ることができなかった都市の情景が浮かび上がる。ときにそれは、「我等のこの世界が現出して或期間存続せんがためには消滅せねばならなかつた所のあらゆる可能世界」の痕跡として描かれ（「十月八日」）、迷彩塗装された工業地帯のタンクや煙突は「傾向芸術のセット」と見替えられた（「十月十九日」）。行き帰りの電車内から見た情景も、くり返し詩的表現のかたちで点綴された。「窓の外を動いてゆく月夜の景色が夢幻的に見える。これは凍てついた森林、夢に見る荒涼たる世界の果の旅行、ふしぎな次元の彼方へ向ふ飛行船の窓べから眺めてゐる風景……」（「十二月八日」）。

東京空襲の激化につれて、足穂の表現はより神話的で、かつ切迫したものとなる。「朝、神楽坂の下の空が、クオヴアジスの主人公が眺めた羅馬の夜天のやうな真紅を呈してゐた」（「十一月二十五日」）。都市から夜の灯りが消え、「真の闇」の中で「銀河の荘厳」に打たれる瞬間が訪れるが、細く光ったサーチライトの向こう、「小石川の上空に火の屑をひいて七列の下り龍が見え」た、と描かれたのは米軍の焼夷弾が落下する情景だろう（「十二月十二日」）。一二月二七日の記述では、撃墜されたB29が、海空を舞うかもめと並記された。「友を失つた七機が青藍色に置いた白絣になつて海上の空へ縮まつてゆき、あとには鷗らが悠々と輪をゑがき、タンクもクレーンも煙突も雲片一つないお天気の下に浮き出してゐる一刻、前をゆくかもめの胴につばさの影が、ちやうどグライダーの側面に見るやうに、くつきりと斜めに落とされてゐるのを私は見た」。余程足穂の印象に残っていたのか、かもめの姿は、作中にくり返し描き込まれた。一九四五年二月一六日、米軍の空母艦載機による最初の空襲が行われた日、足穂の工場に置かれた機関砲も轟音をあげたが、むしろ彼が気にかけているのは、「空中戦におどろき散る鷗ら」の姿であり、「夕方のうしおに膨れ上つた運河のおもての油のやうな艶やかさ」の方なのだ。

足穂が挙げた「未来派」を想起するまでもなく、一般に二〇世紀の美学と戦争との関係は危ういものだ。「有楽町の思想」の中にも、「B29」という表記は「屍」という字に似ている、という記述がある。「三月十五日」という日付が書き置かれたテクストの末尾には、かりに東京の地が平板な「武蔵野」に還ったとしても、「玉敷の大内山を中心にした大放射路から緑の東京都が誕生する」はずだ、という威勢のよい文句も記されていた。具体的な空襲の場面は紅く染まった空として点綴されるだけで、一九四五年一月二八日の銀座空襲も、二月二五日の「神田駅の両側が焼野原にな」った大空襲も、焼跡を目にしたことがそっけなく記され、まるで「アッシャー館の崩壊」のようだ、という感慨が記されるのみである。

しかし、このテクストは、サーチライトの光と焼夷弾による猛火の間で逃げまどった人々のことを、決して忘れているわけではない。

宿直。ガラスが取れた所から風が吹き込んで、遮光幕がしきりに煽られてゐるので、畳を一枚そこに立てかけた。夜中すぎに相変らず風は激しく、東京の空の真紅なことを告げられたが、スヰツチは切つてあるので、別に起きなかつた。三月十日。

有楽町界隈で近頃真夜中すぎになると大勢の呻き声がすると云ふ。あつて差支へないことである。この種の放射線の痕跡は霧箱のやうな装置で撮影されるかも知れないと、私は思つてゐる。
三月十一日。

「有楽町の思想」の末尾には、「われらは仮象」でしかなく、「あの世紀末的なユークリッド式積木細工はわれらはほとんど愛してゐなかつた」と書かれている。しかし、このテクストで足穂が描いたのは、なすすべなく破壊されていく「積木細工」たちへの哀惜と哀悼ではなかったか。それだけではない。先の引用からも明らかなように、足穂にとっての三月十日は、猛火にさらされた人々の姿を想像する時間としてあった。彼のまなざしは、宇宙から降りそそぐ放射線を可視化させる「霧箱」のように、東京の中空を漂う無告の死者たちの霊魂を文字として顕現させる。「有楽町の思想」は、モダニズムの美学が決して人間不在の思想ではないことを教えてくれる、というまとめは大仰に過ぎるだろうか。確かに足穂は、他の文学者たちのように、国家が敗れても日本語の文学の領土を守らねば、と力み返っていたわけではない。しかし、彼が書きつけた文字は、戦争が現出させる「美しさ」と正面切って向き合った批評的な思考の痕跡を、確かに刻みつけている。

本章では、激しい空襲下においてなお、日本語の「文学」を守ろうとした担い手たちに焦点化した。残された資料をたどりながら、戦禍がすぐそこまで迫る中で、なおまだ見ぬ読者とのつながりを希求し、書物として「文学」をこの世界に残そうとした人々の献身的な努力には、ほんとうに頭が下がる思いだった。また、確実な読者が想定できない状況だったからこそ、あるいは、自己と読者の死を意識せざるを得なかった状況だったからこそ、「文学」への夢や憧れがより直截に、率直に表現されていたことも事実だろう。

しかし、くり返すが、ひとはそう簡単に美談に感動してはならない。現在の文学読者たるわれわれは、彼らはいったい何を守ったのか、という問いを手放すべきではない。あえて厳しい言い方をするが、結局のところ彼らが守ったのは、帝国日本の中で作り上げられた既存の「文学」のイメージであり、文学言説の業界ではなかったか。すなわちそれは、日本語の文学が一九世紀末以来積み重ねてきた階級とジェンダー、エスニシティによる価値付けの体系であり、書き手や版元のヘゲモニーであり、書かれた表現を不断に文学と文学ならざるものへと差異化していく選別と排除のシステムではなかったか。そのようなことばの差別化の枠組みこそが三度にわたる「大東亜文学者大会」を実現させ、その枠組みが基本的に維持されたからこそ日本敗戦後はその歴史的責任が矮小化され、切り捨てられていったのではないか。

「文学」の場を次代につなぐことの大切さはよくわかる。しかし、真に重要なことは、「文学」をどのような場としてつなげていくか、ではないのか。既存の「文学」のイメージと批判的に対峙する表現と思考の挑戦を忘れてしまった瞬間に、「文学」は表現者を選別する美談の生産装置へと容易に堕落してしまう。稲垣足穂の不敵なテクストは、現在の文学読者にそのことを教えてくれる。

第3章　敗北の想像力

――保田與重郎『南山踏雲録』を読む

1　はじめに――問題の所在

ひとは、言葉の上でいくらでも危機を語ることができる。他の人々が自覚していない事態の深刻さを指摘したいという善意から、自らの主張の切実さを訴えたいという誠実さから、鮮烈な表象を呈示することで人々の思考を縛りつけたいという策略から、やがて訪れるかもしれない危機について言葉を費やし、最悪の事態を想定した破局の物語とさえ戯れることもできる。批評（criticism）は危機（crisis）に通じるとは人口に膾炙した定型句だけれど、確かに、批判的な言辞のインパクトのいくぶんかは、そこで語られている危機のイメージによって支えられている。だが、あくまで言葉として語ったり書いたり煽り立てたり弄んだりしたその危機が現実のものとなってしまったとき、いったいひとは何を思い、どんな口調で、どんな言葉を口にするのだろうか。

保田與重郎は、文学者としての出発以来、一貫して「敗北」を主題とした思索を展開してきた。先行する論者の多くは、保田は日本帝国の敗北を予期していたし、彼にとって国家の敗北自体は大して重要ではなかったと書いている。よく知られるように保田は、軍事的政治的な敗北において「隠遁の詩人」となった後鳥羽院に着目し、彼から始まる文芸の系譜を構想していた。山城むつみは『万葉集の精神　その成立と大伴家持』（筑摩書房、一九四二年）について、「「一切が滅びる」敗北が必至だからこそ、彼は戦争の遂行を積極的に待望」しており、「現実世界における滅亡と敗北を必定と見据えた上で、この絶対的な危機にあってはじめて点り、カタストロフィの余燼の中でも燃え続けうる「詩の火」を自己のうちに見出していた」と論じた[*1]。桶谷秀昭は、「大東亜戦争が激しくなるにしたがひ」、近代戦争としての戦局に関心を示さなくなった保田は、「敗戦への予感とその待望」に生きた、と書いている[*2]。だとするなら、彼のその希求は、一九四〇年代の折り返し点が近づくにつれ、疑いを容れないほど明確に現実化しつつあった。そのとき保田は何を思い、どんな言葉を刻んだのか。この問いは、単に保田與重郎にとっての「書くことの倫理」というだけではない、複数の論点を浮上させるように思う。

そこで参照したいのは、福田和也の所説である。福田によれば、保田與重郎は、日本帝国がついに明確な目的を示せなかった中国大陸での戦争を「いかなる、理論も構想もなく、ただ戦い、戦闘の光景で大陸を埋めていく」ロマン主義的な純粋さにおいて捉え返すことで、文字通りの意味で「聖戦の権化」となった。そして、近代戦争における日本の敗北を誰よりも真剣に受けとめた保田は、ひとり「故山に帰農」し、日本の文芸の系譜の継承者たらんとすることで、彼の「大東亜戦争」を継続したのだ、と[*3]。

福田の指摘が重要なのは、保田の転回がポツダム宣言受諾＝帝国日本の無条件降伏を契機としたものではない、とした点だ。保田は敗戦後に発表した「にひなめ　と　としごひ」（『不二』一九四九年四月。初出題「にひなめとしごひの祭」）の中で、「昭和十八年夏以後に於て、直面しつゝ、ある大事を痛感した時、今こそまことの日本のいのちなる道徳の本質を明らかにすべき時」だと悟った、と述べている。もちろん敗戦後の文章なので、戦時下の発言に対する自己合理化である可能性は否定できない。しかし、保田が「昭和十八年夏」と時間を特定しながら、彼にとっての「大事」に「直面」していたと語ったことは無視できない。

なぜ「昭和十八年夏」なのか。この時期は、第1章で詳述したように、日本語のメディアの読者にも、帝国日本の敗勢が明確に告げ知らされたタイミングに当たっていた。一九四三年五月、連合艦隊司令長官・山本五十六の戦死と北太平洋アッツ島での日本軍部隊の「玉砕」が伝えられた。七月二五日には同盟国イタリアでムッソリーニが拘束され、ピエトロ・バドリオを首班とする政権が成立していた。

一方、著作年譜を繰ると、保田與重郎は一九四三年七月、自身二四冊目の単行本である『南山踏雲録』を擱筆、同年一一月に小学館から刊行している。[*4]『南山踏雲録』は、保田が郷里の先達として敬愛した幕末の国学者、伴林光平《ともばやしみつひら》の同題の著書を軸に、光平の事績について論じたものである。光平は一八六三（文久三）年、尊王倒幕を志す過激派による挙兵事件である天忠組（一般には「天誅組」とされるが、保田は一貫してこの表記を用いる。本章もそれに従った）蹶起に参加し、逮捕・投獄さ

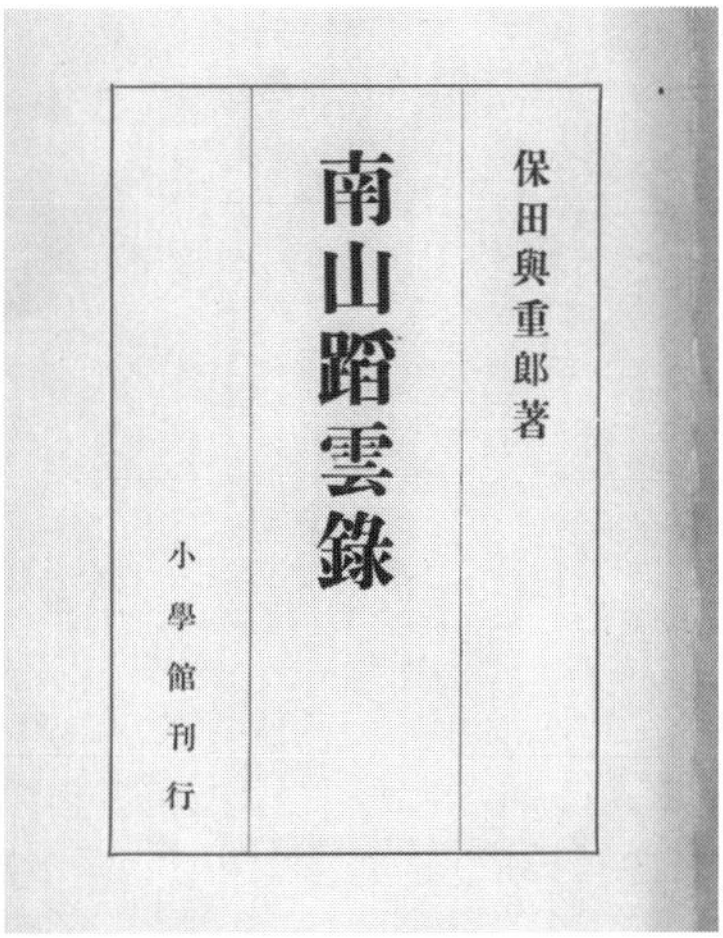

図 3-1　『南山踏雲録』表紙

れ、処刑された。光平の『南山踏雲録』は、捕縛後の獄中で、彼の目から見た蹶起の経緯を日録形式で綴ったものである。保田は、光平著に対する「評註」と、その「思想を注釈するため」の二つのエッセイ「花のなごり」「残花余語」を配し、さらに光平の残した和歌をもとにした略伝「『樫の下』私抄」と、天忠組関連の資料、主要メンバーの紹介を合わせて、自らの『南山踏雲録』を編んだ。

　保田の『南山踏雲録』にかんする先行研究は多くない。川村二郎『イロニアの大和』は『南山踏雲録』に注目したほぼ唯一の書籍だが、川村の関心の中心は、「醒めた傍観者には白々しいお題目としかひびかない」イデオロギー的な標語を真正直に受けとめ、歴史の流れに翻弄されていく伴林光平の人物像の方に置かれている。[*5] 保田にとっての「昭和十年代」を思考せんとした神谷忠孝は『南山踏雲録』が『萬葉集の精神』の脱稿直後に着手されたことを確認しながらも、政治的行動の主体としての伴林光平への注目は「保田の美学にそぐわない」し、記述自体にも「保田の個性は認められない」と一蹴している。[*6]

　過去の人物のうち、誰の、どんな事蹟を記憶すべきものと位置づけるか。共同体が公的な記憶のインデックスとして記念するできごとや人物は、時代の支配的なイデオロギーに大きく左右される。現在の読者にとって伴林光平の名は縁遠いものだろうが、日中戦争期・アジア太平洋戦争期には、誰もが知っているとまでは言えなくとも、尊皇攘夷の志士たちを顕彰する文脈でしばしば言及されていた。だから、神谷が指摘する通り、主題自体に保田の独創は見られない。むしろ大事なことは、批評家としての保田が光平のテクストをどのように読み、どんな問いを見出したか、ということだ。

保田は自著に「評註」の対象とした書物と同じタイトルを付した。ややこしいと言う他にないが、この選択は、戦争末期の保田が、蹶起し処刑された国学者に自らを擬えたことを物語る。実際に保田の『南山踏雲録』を読み進めていくと、保田は伴林光平の道行きに仮託しながら、当時の彼自身にとって決定的な問いと向き合おうとしていたことが見えてくる。では、日本の敗北がいよいよ現実の問題と意識され始めたタイミングで保田は、光平の文言を媒介に、いかなる問いと正対しようとしていたのか。本章でわたしは、『南山踏雲録』を手がかりに、保田が言うところの「昭和十八年夏」の「大事」の内実を掘り下げてみたいのである。

2　物語としての註釈

保田與重郎は、『南山踏雲録』冒頭に掲げた「例言」で、「本書の目的は、（伴林著の――引用者註）「南山踏雲録」を思想書として解説せんとし、それによって国学の思想がどのような深淵に己を挺して、しかもその道の学を全うしたかを見る点にある」と立言している。だから、巻頭に置かれた「評

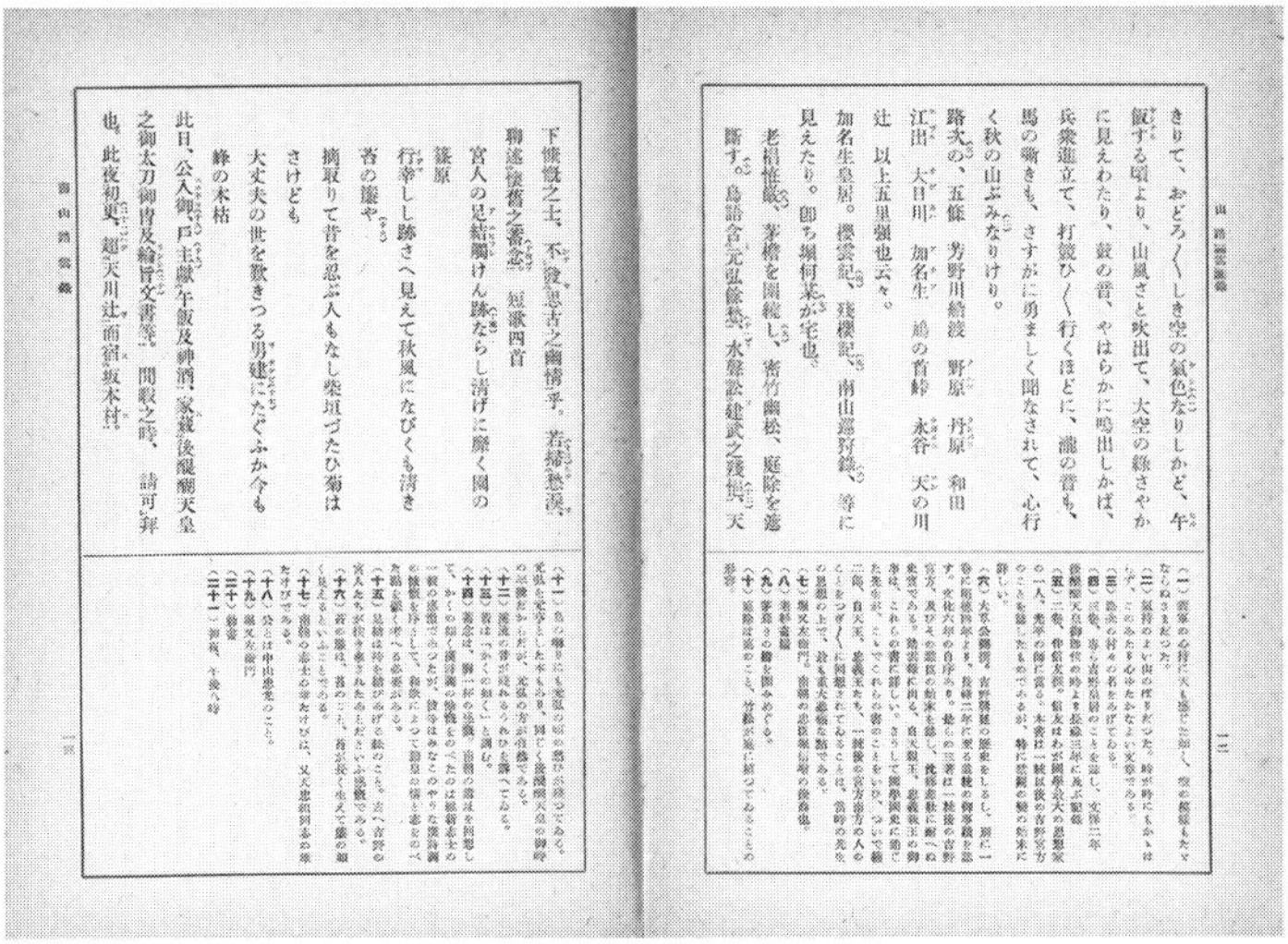
きりて、おどろ〳〵しき空の氣色なりしかど、午飯する頃より、山風さと吹出て、大空の綠さやかに見えわたり、鼓の音、やはらかに鳴出しかば、兵衆進立て、打鼓ひゞく行くほどに、濤の音も、馬の嘶きも、さすがに勇ましく聞なされて、心行く秋の山ぶみなりけり。
路次の、五條　芳野川綃渡　野原　丹原　和田
江出　大日川　加名生　嶋の背峠　永谷　天の川
辻　以上五里强也云々。
加名生皇居。櫻雲記、殘櫻記、南山踏狩錄、等に見えたり。卽ち堀何某が宅也。
老樹惟蔽、茅檐を圍繞し、脩竹幽松、庭除を遮斷す。鳥語含元弘餘恨、水聲訟建武之殘恨、天下慷慨之士、不覺思古之幽情乎。若掃愁淚、聊述懷舊之蓄念、短歌四首
宮人の足結觸けん跡ならし淸げに靡く國の
篠原
行幸しし跡さへ見えて秋風になびくも淸き
谷の篠や
摘取りて昔を忍ぶ人もなし柴垣づたひ菊は
さけども
大丈夫の世を歎きつる男建にたぐふか今も
峰の木枯
此日、公入御、戶主獻午飯及神酒、家藏後醍醐天皇之御太刀御眥及綸旨文書等。間暇之時、請可拜也。此夜初更、超天川辻、而宿坂本村。

図 3-2　『南山踏雲録』本文

註　南山踏雲録」は、上段に伴林著の本文を置き、下段にその解説を書き込む研究書めいた体裁を取ってはいるが、単なる訓詁註釈のたぐいではない。保田は「本書註釈の趣旨」として、「近世の文学を註釈するについての私見に従ひ」「原文中に現はれる史実について、特に深く意を用ひ、それによつて先生の精神と思想を現在に現さんと努めた」と書いている。そのため、「評註」として付されるコメントは、逐語的な解説や内容という以上に、その時の光平がどこで何を考えたのか、いかなる「国史上の事実」が思い合わされていたかを想像する記述が重視される。保田の考えによれば、「当時の人々は、己の思想を、思想の言葉で語つた場合よりも、国史上の事実を組合せて、いのちを以て行ふべき道の思想を現してゐる例が多い」からである。

行論の必要もあるので、光平が参加した天忠組

事件の経緯を確認しておこう。そもそもこの事件の直接の端緒は、一八六三年八月一三日に宣布されたという孝明天皇の大和行幸・攘夷親征の詔勅だった。天皇自ら奈良に赴き、神武陵を参拝したのち「御親征軍議」を開催、さらに伊勢神宮に向かうというこの計画は、言を左右にしながら攘夷実行を延引する幕府を譴責するという意味で、「主として長州の推進により、三条実美ら激派公卿によって企てられた、一種のクーデタ」（大岡昇平[*7]）としてあった。ただし、八月一四日に始まる天忠組グループの行動は、一九三〇年代の少壮軍人たちを思わせる独断専行だったと見るのが現在の通説だろう。少なくとも彼らとしては、いちはやくこの詔勅に呼応するという大義を掲げ、その先陣を切るべく立ち上がったのだった。

だが、天皇動座を必須とするこの計画は、宮中の反対勢力からの猛烈な巻き返しに遭うことになる。八月一八日未明、中川宮（のちの久邇宮《くにのみや》朝彦《あさひと》。昭和天皇の皇后良子《ながこ》の祖父にあたる）が参内、孝明天皇から大和行幸停止の勅を引き出した。宮中の警備は会津・薩摩両藩が中心となり、長州藩はその任を解かれた。三条実美以下尊攘派公卿の参内が禁じられ、三条らは京からの脱出を余儀なくされた。いわゆる「八月一八日の政変」である。

これに先立つ八月一七日に、天忠組一党は大和五条の代官所を襲撃し、代官以下の首級を曝していた。決して若いとは言えない身体に鞭打って長駆馳せ参じた伴林光平が天忠組に合流したのは、その日の夜のことである。京都政変の報が早馬によってもたらされたのは、八月一九日の夜だったという。この時点で天忠組は蹶起の直接的な根拠を失い、もはや後戻りのできない状況の中で、長期戦の

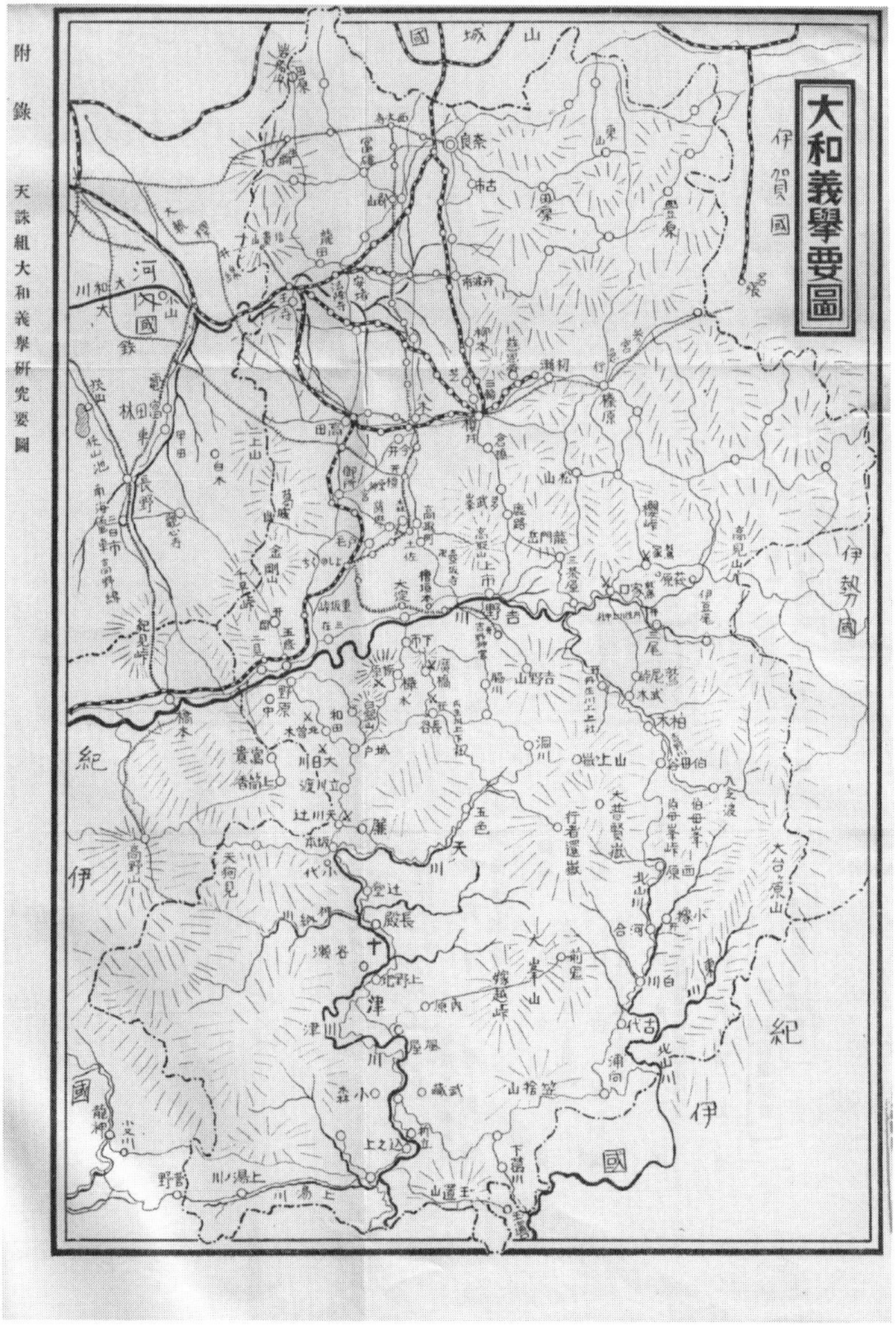

図 3-3　「大和義挙要図」（『いわゆる天誅組の大和義挙の研究』）

構えを強いられることになった。

　西村将洋は、保田の思考の特徴を「ポスト表象の時代という出発点から、〈書かれない部分〉を作り出し、その空白に強度を注ぎ込む」ことだ、と指摘した。[*8] 保田はこの「評釈」でも、光平の文に「精神と思想」の物語を読み込む余白を作り出すことから始めている。例えば、伴林光平の書物は、「長月末つかた、志す要事ありて、南山を立ち出で、潜に京に赴かんとて」と起筆されるが、保田はここに「十津川を脱走したことを、志す要事ありてと云うてあるところに、その志を思ふべく、文章としては心して学ぶべきところである」（傍点は引用者。以下同じ）という註を付けている。また、やはり冒頭近くで光平は、幕吏の取り調べについて「裁断所に出て、県令の問糺すまに〳〵、有し事のさまを、有し様に答ふ」と淡々と書いたが、保田はこの文に「敗残の満身傷痍とも云ふべき、心身の疲労困憊を激しく耐へたさまが深くにじみ、悲痛な文章である」「百も云ふべきことを、一つに申された大丈夫の志を十分にくみとるべし」と、語られた言葉の背後に表出されなかった鬱勃たる思いが込められている、と読者に訴えかける。その上で保田は、自らの評言が押し拡げた光平の内なる「志」の記号内容として、天忠組一党の中で唯一、光平だけが直面したという重大な問いがあった、と主張する。保田の筆は、光平の心事を次のように想像してみせる。当代一流の国学者だった伴林光平は、はからずも、師である「伴信友大人の申された神道の歴史」を、「筆硯に誌される代りに、生命の血で描かれ、行為の中に写される思想」（「『南山踏雲録』自序」）として確かめることになったのである、と。

では、保田は光平にどんな問いを見出したのか。ヒントになるのは、天忠組が五条を脱出、吉野山中に陣を遷した路程をたどる記述である。光平が「加名生皇居。桜雲記、残桜記、南山巡狩録、等に見えたり」と誌した箇所に保田は、以下のような「註」を付している。

(五)(「桜雲記」の註として――引用者。以下同じ)三巻、専ら吉野皇居のことを誌し、文保二年後醍醐天皇御即位の時より長禄三年に及ぶ記録

(六)(「残桜記」の註として)二巻、伴信友撰。信友はわが国学最大の思想家の一人、光平の師に当る。本書は一統以後の吉野宮方のことを誌したものであるが、特に禁闕の変の始末に詳しい。

(七)(「南山巡狩録」の註として)大草公弼撰。吉野朝廷の歴史をしるし、別に一巻に明徳四年より、長禄二年に到る遺統の御事蹟を誌す。文化六年の自序あり。是らの三著は一統後の吉野宮方、及びその遺臣の始末を誌し、沈痛悲壮に耐へぬ史実である。踏雲録に出る、自天親王、忠義親王の御事は、これらの書に詳しい。さうして国学国史に通じた先生が、こゝでこれらの書のことをいひ、ついで楠二郎、自天王、忠義王たち、一統後の宮方南方の人のことをつぎ〲に回想されてゐることは、当時の先生の思想の上で、最も重大悲痛な点である(傍線は引用者。以下同じ)。

つとに川村二郎も指摘しているように、文字通りに読むならば、伴林光平の「『南山踏雲録』で後南朝に言及している箇所はさして多くない」。その後の記述も「定式的な吉野懐古の修辞が連なって

いるにすぎない」[*9]。保田の「評註」に先行する島田兵三『天忠組の戦誌　南山踏雲録評釈』（あけび発行所、一九三九年）では、「加名生皇居」に「現今は賀名生《あのう》と書く」と記し、『国史大辞典』の関連記述を引用した上で、光平の挙げた『桜雲記』『残桜記』『南山巡狩録』三著の書誌事項が書かれるのみである。保田の著作と同時期に刊行された栗山理一校註『南山踏雲録』（春陽堂書店、一九四四年）では、「加名生皇居」について「吉野郡賀名生村にあり、吉野朝蒙塵の砌《みぎり》に行在所となりし皇居」と説くだけである。つまり、保田が加えた「註」は明らかに過剰なのである。この場所がかつての天皇の在所として三つの書物に登場すると書かれただけの部分に費やされた言葉の量がいかにも不自然だし、特定の文脈を前景化させようという意図が歴然としている。どうやら保田は、その中で「禁闕《きんけつ》の変の始末」「楠二郎、自天王、忠義王たち、一統後の宮方南方の人のこと」、いわゆる〈後南朝〉の問題をとくに前景化させたいようなのだ。

　日本史上に〈南北朝時代〉と称される時期があったことは学校の授業で教えられるが、〈後南朝〉が何を指すか、すぐに思い当たる読者は多くないだろう。歴史学者の森茂暁によれば、〈後南朝〉とは、一四世紀末に足利義満の主導で行われた南北朝合一後に「旧南朝の皇位回復をめざした動向」の総体を指している[*10]。いわゆる南北朝の統一は、南朝・後亀山天皇、北朝・後小松天皇との間で「御譲国の儀式」を執り行う建て前をとったが、そこで約束された条件は、北朝方―幕府によってほとんど反故同然にされた。旧南朝方は皇位継承の機会自体を与えられず、唯一にして最大の交渉カードでもあった神聖とされた三つの器物ともども、半ば接収されてしまったのである。こうした経緯に不満を募らせた彼らは、幕府中枢に対する反抗勢力と結んで、散発的な武装蜂起をくり返した。

その中で最も時の政権を震撼させたのが、一四四三（嘉吉三）年九月二三日に起こった神器奪取事件（禁闕の変）である。旧南朝勢力は武装して宮中に押し入り、皇位継承のしるしとされた三つの器物のうち、唯一紛失や焼亡を免れた（ということになっている）「神璽」を強奪、「一ノ宮」「二ノ宮」と呼ばれた皇胤を擁し、独自の年号を掲げて奥吉野に立て籠もった。谷崎潤一郎中期の名作『吉野葛』が、作者が書くことができなかった幻の歴史小説の筋書きとして、〈後南朝〉と禁闕の変の顚末を紹介していたことは有名だ。[*11] さらに、これも周知の通り、大日本帝国憲法体制の建て前では天皇はあくまで「万世一系」でなければならなかった。一九一一年の南北朝正閏論争の際、歴史教育の場面でこの建て前と一四世紀の南北朝並立期の矛盾を問われた政府は、「神器」を擁した南朝側を「正統」としたが、その決定は北朝系の子孫たる「いま・ここ」の天皇家の系譜との間で、深刻な矛盾を抱えることを意味していた。いわゆる「皇国史観」の呪縛から解放される以前は、歴史学研究の場面でも、南北朝合一以後の〈後南朝〉関連の話題は取扱注意と認識されていた。[*12] 先の註釈で保田が言及したのは、まさにその「遺統の御事蹟」に他ならない。

だが、ここが重要だが、先に見た保田の註釈は過剰であるだけでなく、内容的にも不適切である。なぜなら、『桜雲記』『残桜記』『南山巡狩録』の三著は、必ずしも「一統後の吉野宮方、及びその遺臣の始末を誌し、沈痛悲壮に耐へぬ史実」を書いたものとは言えないからだ。著者不詳の『桜雲記』と大草公弼『南山巡狩録』は、基本的には後醍醐以下の南朝政権にかんする書物であり、〈後南朝〉についてはわずかな言及が存在しているだけである。伴信友『残桜記』は、南北朝合一後の〈後南朝〉の事蹟、とくに嘉吉三年の「禁闕の変」とその後の経緯を叙したものだが、下巻の「附論」では、治承・寿永の乱の安徳天皇の入水と後鳥羽天皇の即位、元弘の乱の際の光厳天皇と後醍醐天皇との争闘など、皇位継承と「神器」の所在が一致しなかった事例を取り上げた考証的な記述となっている（本居太平による「残桜記後書」には、『残桜記』について「私心はいさゝかもまじへず」「天津御志るし」＝「神器」の所在について考究した、と誌されている）[*13]。

加えてこの「加名生」という場所は、あくまで後醍醐の史蹟である。よって「鳥語含元弘余愁、水声訟建武之残悒」という漢詩の一節は、そこに刻まれた二つの元号に鑑みても、後醍醐とその股肱を思いやる内容とは言えるが、「楠二郎、自天王、忠義王たち、一統後の宮方南方の人のこと」までを想起したと言える根拠はない。同様のことは、「九月十日夜ふけて」、十津川村で「大塔宮の古事」を聞く光平について、「元弘のころ」のことから進んで「『残桜記』に描かれたものを、ひし〳〵感じられた」「踏雲録の思想を見れば、まず賀名生で残桜記の時代の回想が始り、それより楠二郎、自天王、忠義王の史蹟と一貫し、最後においては、ついに鏡宮を回想した」と説いたことにも言える。最後に記された「鏡宮」とは、聖武天皇の時代に九州で挙兵し鎮圧された藤原広嗣の霊を祀った神社を指す。すなわち保田は、捕らえられた光平が獄中で広嗣のことを思いやり、「曇りなき心のいろもうつしみむ　鏡の宮やいづこなるらむ」と詠んだという記述を手がかりに、『萬葉集』の時代の藤原広嗣――〈後南朝〉――天忠組と連なる反抗者たちの系譜を作り上げようとしている[*14]。

くり返せば、伴林光平の『南山踏雲録』本文に〈後南朝〉にかかわる記事がないわけではない。例えば、天忠組本隊の退路を探すために光平が十津川村を脱出した後、「人跡絶たる」嶮隘な山中の道をどうにか越えて、〈後南朝〉の故地でもある「北山郷」「川上郷」を訪れて何日か滞在し、温泉に浸かって身体を休めたという記述がある。また光平は、その場所に「かの大河内の御所に在かりし忠義王の御具足」を分け持つ二四ヶ村があるという土地の老人の話を書き取ってもいる。この「御具足」が〈後南朝〉の王を祀った聖なる器物と伝わるものだが、光平の文にそれ以上立ち入った記事は見られない。保田が触れた「楠二郎」や「自天王」の名はついに書かれることはなく、ましてや「禁闕の変」以後の〈後南朝〉勢力の話など一言も出てこない。保田は伴林光平と師・伴信友との思想的・精神的なつながりを強調しつつ、伴信友を「一統後の吉野宮方」＝〈後南朝〉に格別の思いを寄せた人物として象っている。もし信友と光平の関係が保田の言う通りならば、光平が『南山踏雲録』で「北山郷」「川上郷」に落ち延びた経験を記す際、信友や彼の書物を想起しても不思議ではない。だが、光平の著書には、そのような記述は存在しない。そもそも光平は、「評註」で保田が訂正しているように、〈後南朝〉で天皇として奉じられた「一ノ宮」＝「自天親王」と、その弟とされる「二ノ宮」＝「忠義親王」とを取り違えて書いているのである。

よって、ここでも保田の「註」は過剰なのである。[*15] 保田は、光平が書き入れた文字から必要以上に〈後南朝〉の系譜を強調し、直接には問題となっていないはずの部分にも、まるでそれにつながる重大な伏線があるかのような文言をわざわざ書き置いている。これはいったい、どういうことなのか。

なぜ保田は、天忠組から〈後南朝〉に遡る線をくり返し想像＝創造してみせるのか。

3　疑懼する人間

そこで注目したいのは、光平『南山踏雲録』の八月一四日条、遅れて天忠組に参加した光平が、ひとり我が身をふり返り、「子もたず、妻だにもたぬ若人達は、只姦賊を悪む思む心競ひに、深くも思ひたどらで、此党には与もしつらむ」と書いたくだりに対する註釈である。天忠組の中で唯一「齢五十に余れる翁」である伴林光平の、どう見ても気弱な述懐に対して保田は、次のような解釈を書きつけている。

……世情のことをあれこれと考へないで、たゞ熱情の赴くまゝに一挙に加はつたことであらう、との意味。〔略〕（他の天忠組参加者たちは――引用者）現に先生の考へてゐるほどに思想上の問題を悲痛に考へてゐないかもしれぬのである。即ち先生の考へたことは、師の信友さえ、その残桜記の中で不十分に残したものを、道の学の上で、生命を投じて明らかに決定したのである。これは悲痛なことだし、又一層畏怖すべきことで、国学者としての先生は、この畏怖の心を最も深く知り、先人未踏の形で道の学の思想上の決定をした。

おそらく保田が言いたいのは、次のようなことだろう。天忠組蹶起の最中に光平が直面したのは、師の信友さえ、十分には問わなかった問題である。それはすなわち、「南山の悲史の、一きわ悲史たるもの」（「花のなごり」）であるところの「禁闕の変」の始末、〈後南朝〉にかかわる問題である。その問いについて考えをめぐらせること自体が「悲痛なことだし、又一層畏怖すべきこと」だが、にもかかわらず光平は、この「畏怖の心」を抱えた煩悶の末に、「先人未踏の形で」「思想上の決定をした」——。決して保田は、必要以上に韜晦しているわけではない。同じ局所をぐるぐる低徊しているように見える彼の言葉は、逡巡しているように見えながら、確実に一つの局所ににじり寄っている。

読まれるように、「評註」の保田與重郎は、テクストを大きく逸脱し、天皇家の系譜にかかわる問題含みの話題を意識的に導入しつつ、『残桜記』を書く伴信友が投げ出した問いを現実に生きた人物として、伴林光平を想像＝創造してみせた。保田の『南山踏雲録』で「評註」の次に収録された「花のなごり」は、まさにこの問いの内実に焦点化したエッセイである。

「花のなごり」という章題は、伴信友が『残桜記』の掉尾に書き置いた和歌から取ったものである。「芳野山花のなごりのこのもとをなほさりあへぬ人もありけり」。桜の名所である吉野という場の記憶に重ねて、南朝方の人々の事蹟を思いやった歌である。これを手がかりに保田は、『残桜記』の内容を祖述しつつ、再度伴林光平の心事に迫ろうとする。

この歌について保田は「南山の史蹟を考へた者の窮極の声」「千秋尽きざる歎息」を読み取ることができる、と書いた。そして伴林光平は、天忠組の蹶起に際して、他ならぬこの心思を、「刻々いのちをかけた思想」として生きた人物である、とした。光平は、天忠組と行動を共にしたことで、問題のありかに気がついてしまった信友が悚然と立ち尽くし、歌に思いを込めることしかできなかったことがらと正面から向き合い、「己が思ひの中に重畳する密雲」をかき分けて、「最後のいのちの断崖」で考え抜き、決断し、行為した。

光平の心中をそのように描き出した上で保田は、改めて一八六三年八月二〇日、天忠組一行が後醍醐天皇の賀名生宮址に立ち寄った場面に焦点を当てる。保田はその日が、天忠組に「京都政変の報」がもたらされた翌日だったことを強調する。つまり、このとき彼らは、廟議一変、「朝命として、浪士追悼の命が下つてゐた」ことを知っていた。先にも見たように、天忠組は「八月一八日の政変」の前日に幕府の代官所を襲撃、武装闘争を始めてしまっていた。「大義」を奉じて立ち上がったはずの自分たちが一転して、一介の「浪士」、「南山乱暴の士」として、「朝命」に追われる存在となってしまった。保田は、彼ら自身、こうした運命の変転をよく理解していたはずだ、と強調する。

日本列島におけるペリー来航から戊辰戦争に至る政治過程は複雑きわまりない。他者としての欧米諸国とどう向き合うかを主要な論点としながら、天皇と幕府の関係も諸藩の合従連衡も各藩内のパワーバランスも二転三転したから、敵と味方がめまぐるしく入れかわった。その結果、誰が天皇のそばで主導権を握るのか、天皇の名で発せられた「勅」をどう解釈するかが抗争の焦点ともなった。

確認すれば、天忠組の行動を正当化する唯一の根拠は、一八六三年八月一三日、孝明天皇の名で布告された大和行幸・攘夷親征の詔勅だった。だから、保田の考えでは、このとき彼らは、決定的な判断と選択の局面に立たされていたことになる。天皇を奉じて外敵と戦うことを目指した決起と行動とが窮極において「正義」に叶うものと信じるなら、自分たちを「追討」するという「朝命」を、どう受け止めるのか。保田は、まさにこのとき国学者・伴林光平は、自らの信じる「道」に殉じる、という「思想上の決定」を行った、と書きつけた。すなわち光平は、天皇の名において出された天忠組解散の「大命」を「拝辞」した。

　この点は、保田の同時代に天忠組や伴林光平を顕彰する目的で書かれたテクストが頭を悩ませたところに他ならなかった。例えば、菊池寛の歴史小説『天誅組罷通る』（大日本雄弁会講談社、一九四一年）では、八月一八日の宮廷クーデターを「天誅組の理想も目的も計画も、それらの凡てを吹つとばすやうな最悪の政変」と論評、義士たちは形の上では「朝敵」とされたが、「輿論」は彼等に同情的だった、と強調していた。土橋真吉は天忠組追討の命令は、中川宮の令旨と幕閣の指示によるもの（『伴林光平――勤皇歌人の生涯――』全国書房、一九四二年）とし、保田の『南山踏雲録』にも参考資料として掲げられた上司小剣『伴林光平』（厚生閣、一九四二年）は、中川宮の沙汰を京都守護職・京都所司代が体した結果だと記述された。つまり、一週間もしないうちに矛盾する二つの詔勅が出された事実を明示しないか、尊皇の「正義」「大義」の所在を曖昧にする語り方が選ばれていた。だが保田は、「浪士追討の令」を、端的に「朝命」とだけ書いている。また保田は、「八月一八日の政変」で長州に逃れた尊攘派公卿は「封建的道徳」から言えば、三度「大命に抗したことになる」が、「攘夷は不変なりとの勅語の下つたことを以てしても、解散の大命を拝辞するといふことは、神意に通じない幕府的封建儒教の思想によつては、思ひよらぬ身の処し方である」とも書いている。彼一流のまわりくどい言いまわしだが、言わんとすることは明らかである。おそらく保田は、一八六三年八月二〇日の伴林光平に仮託しつつ、天皇の名のもとに発せられる言葉＝「勅」を受け入れない可能性を考えている。おそらくそのことだけを考えたい保田は、伴林光平のテクストを曲解することさえ厭わない。

例えば、光平『南山踏雲録』本文には、討伐軍の将から届いた説得の文章に対して、以下の返書を認めたという記述がある。

「抑形義《カタチ》と情実《コゝロ》とは、何れか尊き、何れか卑き。我が正義徒、よしや形は暴なるにもせよ、其情実においては、尤尊皇攘夷の正義なり。汝等は浪士鎮撫の勅令を唱へ居れば、其形に於ては正なれども、其内実は聖明正白、天聴を擁閉し奉り（学習院ヲ毀ツコレソノ明証ナリ）私に勅令を偽り造りて、正義の士を苅尽さんとする姦賊等の命に従つて、奔走馳駆する心中の乱暴天下誰人か悪まざらんや。故に汝は、形は正にして、心は賊なり。吾は形は暴なれども、心は正義也。此差別を、とくと会得《コゝロエ》て、急ぎ我旗下に降参し、正義の士に従ひて、天朝に周旋し奉るべき」よし、言遣りければ、いかゞ思ひけん、其後は書翰も来ず。

光平がこのように書いたとき、天忠組の周囲には、紀州藩・津藩・彦根藩・郡山藩からの追っ手が迫っていた。その後も動員は続き、幕府は合計一八藩に討伐への参加を求めた。五条代官所の奇襲には成功したものの、その後の戦闘で手痛い敗北を喫した天忠組は山中に退き、グループ内での路線対立も顕在化していた。[*16] しかし、光平の文字はあくまで強気である。

重要な部分なので、光平の議論の筋道を丁寧に確認したい。ここでは、①目的の方が手段に優先するとして「尊皇攘夷の正義」を掲げつつ、②討伐軍は「天聴を擁閉」し、「私に勅令を偽り造」る「姦賊」らの命令に従い、「正義の士を苅尽さんと」しているのだ、と主張している。すなわち、自分たちこそが真の「勅」を奉じる「正義」の士であることを疑わない立場から立論している。

だが、保田が描く伴林光平は、自分たちに下された解散の「大命」＝「鎮撫」の「勅令」をニセモノとは考えていない。攘夷親征の言葉も、自分たちを追いつめる言葉も同じく「勅」であり、そこにホンモノもニセモノもない（ニセモノと考えているなら「拝辞」という敬語を使う必要はない）。先の引用部について「評註」での保田は、光平の主張の中身を具体的に記述することを慎重に回避しながら、「これは歴史に対する我々の考へ方見方として、深く心を注いで沈思すべきところである」「かゝる見解は皇神に通ずる至誠心によつてのみなしうる絶対思想であつて、この神ながらの自覚がなければ勤皇はないのである」と書き込んでいた。すなわちこの書簡は、光平が彼自身の実存をかけて行った決断の結果としての文字である、とした。時を違えて発せられた相反する「勅」のどれを受け取り、どれを受け取らないのか、という究極の選択と決断。くり返せば、そこで光平は、解散の「大命」の方を「拝辞」した。

保田與重郎は、まさしくそのとき光平は〈後南朝〉の事蹟を想起したはずだ、と言うのである。「『残桜記』をしかと回想しつゝ」、孤独な道のりであろうところの、「わがゆくみちの千代の古道を念じられた」と言うのである。

一五世紀の「禁闕の変」について記した『残桜記』の記述をひもとけば、宮中に押し入った「南方宮方の軍兵」が「長刀を打振りて、主上に近付奉る者ありけるが、匆目眩れたる様にて、をどりのきて倒れ」たという一節を読むことができる。つまり、天皇に直接刃を向けた者がいたことが記されている。保田の「花のなごり」には、『残桜記』を「最も重大なことにふれてゐる史書」と規定しているが、保田がなぜそう考えたかは書かれない。だが、嘉吉年間の「禁闕の変」からちょうど五〇〇年後にあたる一九四三年の問いとして考えても、先の議論はなかなか穏やかではない。ともかくも南北朝が統一された後に生きた人々である〈後南朝〉勢力にとっての「勤皇の志」とは、「いま・ここ」に存在している天皇を否定することにおいて貫かれるからである。

先にも述べた通り、光平『南山踏雲録』には、〈後南朝〉関連記事はほとんどなかった。だからこれは、あくまで保田が考え、保田が思い描いた伴林光平像の問題である。その上で保田は、彼の考える伴林光平が「いま・ここ」の現身の天皇の言葉を受け入れないことの精神史的な根拠として、〈後南朝〉を発見した、と言っているのではないか。「道の学」としての国学は「史蹟を己の生きる生命のみちとして学ぶ学問に他ならぬ」という保田の言辞に従うなら、〈後南朝〉の史蹟を「いのちの原理」とし、その場所を踏破することにおいて行われる「思想」とは、まさにそのことだったのではあるまいか。

もちろん、保田は一方で、光平の行動に一言でも「言をはさむことは必ず当世の理に陥り、不測の罪をなすに到る」とも述べて、防御の線を引いているようにも見える。だがその直後に「古の所作に学ぶものは、かゝる情態に対する合理的想像といふ人為人工の思弁を、大いに無視しうる」という文を続けている。保田は、光平の決断（と考えるもの）の正当性を語る際、「わが皇朝の志」と「封建儒教の大義名分論」という区分を持ち込んでいる。だが、天皇の名の下に相反するメッセージが出されたときに、何が「神意」「神機」に叶うかを判断する根拠はない。事後的な、あるいは結果論による合理化は可能かもしれない。しかし、事に当たった者としての「いま・ここ」での決断と行動は、究極的には無根拠なものでしかありえない。「花のなごり」には、「真淵の道の学の主旨」が次のように紹介されている。「皇国はすべてことを先にし、理をあとにする」。まず行動せよ、理屈はその後からでも付けられる、ということだろうか。だとすればそれは、典型的なテロリズムの論理だと言ってよい。一九四三年の保田與重郎は、二・二六事件の青年将校たちが辿った道のりと同じ理路で、国体としての天皇を守ることが「いま・ここ」の現身の天皇の否定を意味するという神学的な問いの形姿をかいま見たのではあるまいか[*17]。

誤解のないよう付け加えるが、わたしは保田が日本降伏に先立って、例えば半藤一利が『日本のいちばん長い日』（文藝春秋社、一九六五年）で活写した一九四五年八月一四日深更の「宮城事件」のような直接行動を念頭に置いていた、と言いたいのではない。奥吉野に伝わる「自天王忠義王の御招魂の祭事こそ、我国に伝へられた尊いことの中でも、最も大きいものの一つ」と書きつけた保田が、日本敗戦後・天皇制廃止後のレジスタンスの可能性を考えたという想像はひどく魅力的だけれど、保田の他のテクストからそうした思考の痕跡は読みとれない。また、『南山踏雲録』中で保田は、応仁の乱の際に「南方宮方の歴史は終焉した」と書いているので、のちに熊澤天皇問題として顕在化した、現在の天皇家の系譜に対する疑念を表明したかったわけでもないだろう。おそらくこれは、思惟の上での可能性として考えられたことである。「花のなごり」の保田が一八六三年八月の伴林光平の身体を通じて開いてしまった問いの地平は、あくまで観念的な問いのレベルの問題と見るべきだろう。

　河田和子の指摘にもあるように、アジア太平洋戦争下での保田の言説は「厳しい言論統制の中で不満や鬱情を抱いていた人々を誘引する」だけの、一定の対抗性を保持していた。[*18]「皇国しきしまのみちを伝へる文人は、今こそ時務情勢論の伴奏者に堕してはならぬ」という保田『南山踏雲録』自序の言葉は、決して一回きりのものではない。たしかに保田は、一貫して文学者・文化人の「信念に立脚せぬ情勢便乗」に批判的な姿勢を取り続けた（「文学者の使命」『読売新聞』一九四三年一月二二日〜二三日）。「今日の文化現象に見られ、しかも日本の過去にかつて見なかつたことは、一切の文化が、軽率に権力の指導下に身を投じ、又他面に於いて文武官こぞつて文化の指導といふことを、得意として言挙げする風潮である」（『皇臣伝』講談社、一九四三年）等、激しい言葉を書きつけることもたびたびだった。彼はいわゆる翼賛体制には否定的だったし、情勢論をふりかざすことで危機の中での専制を目指す勢力を、幕府的存在と名指して批判していた。保田を取り上げた批評でしばしば言及されるように、大戦末期の彼が軍の一部から警戒され、マークされていたという証言も存在する。*19

だが、論理的に考えてみれば、幕府的存在に向けられた保田の批判を徹底すると、そのような勢力によって推され、いいように利用されている「いま・ここ」の天皇に対する懐疑が生じるのは自明の理路ではある。伴林光平の思想と行動をなぞりながら保田は、自己自身に問いかけていたのではないか。いまこの時点、あるいはそう遠くない将来において、幕府的勢力に「天聴」を「擁閉」されてしまった天皇の口から、〈攘夷の中止〉＝〈戦争の終わり〉が告知されたとき、それをどのように受け止めるべきなのか、と。

「花のなごり」の保田は、ことばをうまく操れない自らの筆の拙さを何度も嘆きながら、「激動と傾斜の瞬間」の危うさについて語っている。応召直前に書いた文章の中で保田は、「私はある種のなりゆきに従つて、それの指すまゝをあくまで努力して為すことが、義務を行ふといふ意味だと思うてゐる」と書き、自己の文業を「神州と皇民の原理に立脚し、民族の不滅の信を描くために、永遠の祭祀に仕へ奉らうとする微志の表現」だった、と総括した（「『天杖記』あとがき」）。だが、「花のなごり」で語られた「傾斜」にそのまま身を委ねることは、「皇神の道義」を高く掲げ、「皇国しきしまの道」を伝える文人たらんと志した彼自身を、文字通りの意味で厳しく問い詰めていく場所に導くことになりかねない。そのことをまるで感知したかのように保田は、そしらぬ顔でこの局所から急角度で回頭し、転回していくのである。

4　一九四三年の転回

保田與重郎は、「花のなごり」を発表した雑誌と同月号の『コギト』に、「残花余語（花のなごり附録）」（『コギト』一九四三年三月）という文章を寄せている。その副題が示すように、明らかに「花のなごり」脱稿直後に着手されたと思しきこのテクストは、しかし、単なる補遺・補足として書かれていない。「残花余語」の保田は、「「花のなごり」の物語を誌して、人に示したのち、なほわが文章にあきぬ心のしきりに動くものがあつて、「心あらば花に問はまし木がくれて神のみたからありしその世を」とひそかに口にした」という一文から稿を起こしている。「神のみたから」に過去形で言及する含蓄ある歌と思うが、そのこころを書こうとすれば「再び「花のなごり」の意趣」をくり返すことになるという保田の言葉を、テクストはあからさまに裏切っていく。例えば、冒頭近くの一節を見ればよい。

> その南方の人々の志は、言葉を絶して憐れであつたけれど、なほ今の大御世のわれらの心には、理と情との相そぐはぬやうな深いきれめが味へ、さらに考へてゐる自分が、あまりに激しく頻りな傾斜に、わが立つ場所を定め難いと思ふ切なさを、やはり無下には否定も裁決もできないのである。しかしこゝに云ふ理とは、漢意にいふ理ではない。やはり理といふより、国の自然の

情の一面かもしれぬ。それは理と云うても、漢意の場合の如くに、理として行ひの指針とならぬものを指すのである。

この「傾斜」とは、先に「花のなごり」でも見たそれだろう。だが、ここで保田は、〈後南朝〉とその一党の「志」を「憐れ」と思う「情」と対立的なものとして、それとは異質なものとして「理」という概念を再提示している。しかもその「理」は、単なる物事の道理や理屈ではない。ここでの保田は、「理」を行動の指針とする考え方を「漢意」と意味づけ、否定的に言及している。彼の考える「理」と行動との間に深いくさびを打ち込んだ保田は、以下のように続ける。

> 史蹟から身の所作を学ぶといふ考へ方にしても、史蹟を先例としてみるのであつてはならない。先例としてみて、その大義名分を論ひ、彼の先人の為たことは我も行ふべきであると考へ、或いは我も行つて正しいと思ひ、形の結果を明らめて人為の策を立てるといふことは、やはり漢意である。さういふ考へ方の中には、わが国の教への自然と神意は現れてゐないのである。先例から理をたて、それをかやうな形で云ふのは、幕府風のものの考へ方である。また過去の史蹟を、あらぬ方にまで想像し、その想像が観念上で合理的だといふことから、その想像された場面を先人の志を楯として合理づけ、今の己の上に強弁することも、私意として私は排斥する。

見られるように、「残花余語」の保田は、「花のなごり」とはまるで逆のことを言っている。ここでの彼は、過去に悲運の敗北を生きた人々と同様の道を行く存在として「いま・ここ」の自己自身を定立する振る舞いそれ自体を否定している。だが、第3節での議論を想起してほしい。そもそも「過去の史蹟を、あらぬ方にまで想像し、その想像が観念上で合理的だといふことから、その想像された場面を先人の志を楯として合理づけ、今の己の上に強弁」した存在こそ、保田が直前まで熱心に議論していた伴林光平の姿ではなかったか。

「残花余語」の保田は、自らの心にくすぶる火種を入念に踏み消すかのように、そして、自らのことばが何らかの行動を呼び寄せること、その行動の根拠とされてしまうことを懼れるかのように、言いまわしを少しずつ入れ換えながら、何度も同じことを説いている。曰く、「大化の時に、大廷を驚愕させた事実を、形の上でみるといふ例から、今日の所作を合理づけるといふやうな考え方」は「儒風の論理」に囚われた発想である。曰く、「我々が歴史に於て道の学を立てるといふこと」は、もし自分ならどうするかという「志」で今を学ぶことであって、「形定まつた後を、さかしらにうべなひ、さかしらの法を立てて、今の世にくりかへす」ことではまったくない。曰く、「過去の史蹟を例として、その場合に、かく〳〵のことも想像されるとし、その想像される事例を、策謀の根拠とし、また弁解とする如き思想」は、到底「至誠」に通じるものとは言い得ない――。ご丁寧にも保田は、「あらかじめ非常の策を立てて、内に至誠忠心あれば云々といふ如き」論は、承久の乱で後鳥羽院に刃を向けた北条泰時流の考えた「論理」であるとして、同時代の保田の愛読者たちが「朝敵」と見なした人物を引き合いに出しながら、そうした考えの道すじ自体を禁止してみせるのだ。

ならば、「道の学の肝心」とは何なのか。ひとは、「過去の史蹟」から何を学ぶべきなのか。「残花余語」は、このように教えている。もし「我々が古き壬申の臣であれば、又南方執心の民であれば」どう行為すべきかという問いに、具体的な「形」を与えることは重要ではない。大切なのは、その問いの前に立ち尽くし、「嘆きの情」を燃やすことなのだ。確かに、「嘉吉禁闕の変の当事者たち」の「心情」には、一点の曇りもなかったろう。だが、それ以上に大事なことは、そのような「禍事」を未然に防ぐことであり、「不祥をみてその未萌の源」を考えることなのだ、と。その上で保田は、自らの『南山踏雲録』の筆が向かって行く先を、『太平記』『吉野拾遺物語』が記した、南朝方の公卿・万里公路藤房の隠遁と悲恋に、あるいは、南朝宮方が足利家の継嗣争いに利用されることを嫌い宮廷を去った朴翁という隠士の事蹟に移動させていく。ここにはもはや、極限状況での決断を生きた（と保田が描いた）伴林光平の影はない。というより、「花のなごり」と共に伴林著『南山踏雲録』の「思想を註釈するための作品」であるはずの「残花余語」には、そもそも天忠組も光平も出てこないのである。つまり保田は、明らかに話題をずらしている。

保田の単行本『南山踏雲録』では、このあと、光平の残した歌を評釈する「『橿の下』私抄」が置かれている。だが、ここで再登場する伴林光平の造型は、「大御稜威を中間でさえぎる」幕府的存在の批判者へと、慎ましく調整されてしまっている。

『南山踏雲録』の保田與重郎は、自らの思いを裏切る天皇の命令をどう受け止めるかという問いに一度はにじり寄りながら、まるでその問い自体を懼れるかのように、そそくさと遠ざかった。以後、保田の体調は、日本にとっての戦局に比例するかのごとく、急速に悪化していく。列島への空襲が本格化した一九四五年一月、保田のもとを訪れた若き三島由紀夫は、師の清水文雄に対して、保田は「肺炎から来た肺浸潤とやらで、気息えん〳〵としてゐられる」と書き送っていた。[*20] そのような中で保田は、残された体力と気力を振りしぼるように、神話的な始源の光景について語った。一九四五年三月の応召直前まで手が入れられ、妻・典子に託し置かれたという二つの著書『天杖記』『鳥見のひかり』を見てみよう。

巻末の「後記」に一九四五年二月二〇日付の一文が上書きされた『天杖記』は、一八八〇年代に何度か実施された明治天皇・皇后の多摩地域での「御狩」「御遊」の様子と、当時の廷臣たちや土地の人々との微笑ましくも美しい交流とを、悠然たる筆致で書き取ったものである。ここで描かれた睦仁は、大臣はやめられるが自分はそうではないとひとりごちた、「代々の天皇は、みな皇御孫尊の御一体」であることを実感させる、神々しい存在である。とはいえ、このテクストでの彼は、葦簀張りの簡素な小屋で時を過ごし、河原に立ってはもの珍しげに鮎漁を眺め、風を薫らせた谷間の春蘭を自らの杖で掘り起こして、皇后への土産物とするような人物でもある。

保田は、そんな王と人々との挿話を、日本語による古典籍の物語世界と重ねながら、まるでいとおしむかのように丹念に描きとっていく。多摩を訪れた一行を出迎えた土地の人々は、「皇御孫尊の巡幸の大御前に罷出た国つ神」たちのようだった、と語られる。一八八五年の皇后美子《はるこ》による「御鮎漁」は、平安の物語絵巻を思わせるほど「宮廷の典雅」を尽くした、「東の国の始つてよりこの方のみやび事」だったと記される。かように偉大で親しみぶかくもあった王の前では、歴史的にはさまざまな褒貶もあろう高官たちでさえ、「みな同じ列の臣として」神々しい風儀を漂わせた。なぜなら、「わが国ぶりの真底に於ては、民はいづれも一つらになる」のだから。『天杖記』というタイトルは、睦仁が多摩での何度目かの狩りの際に、自ら折った自然木の杖が聖遺物として祀られた故事によるが、まるで保田は、二度と目にすることのできない古きよき世界の記録として、この物語を書き連ねたかのようである。

『天杖記』が近き世の神話だとすれば、『鳥見のひかり』は、上つ世のそれであろう。齋部広成『古語拾遺』を引きながら、人皇第一代神武天皇の鳥見山親祭を「肇国大祭」と位置づける保田は、「神勅に完全に仕へ奉る」こと、すなわち「高天原の故事をそのまゝに伝へて、かくて神の事依さししまゝに仕へ奉つた時に、祭は完成される」とする。もっと人間らしい言語に翻訳すれば、保田の考える日本の祭りとは、天孫降臨の時に下された「齋庭《ゆにわ》之穂の神勅」に則り、コメ作りのために祈り、コメの収穫のあとに産霊のカミの力に感謝し、奉告することを一年として、この生活を「万代不変」にくり返すことである。これらの言葉が刻まれたのは、食糧増産のかけ声の下、知識人・文化人の「帰農」が盛んに叫ばれていた時期だった。しかし保田は、自らが言挙げしてみせた「農」とは、社会学的・経済学的な一業種の謂ではない、と断言する。「武士の菜園場や、読書人の園芸農」や「近代的農場経営」とは似て非なるものだという彼の考える「農」の世界は、「知識ないし権力に立つて、生産者を配置し、動員し、生産物を集貨し、分配し、合はせて支配する」という観念を持たない、つまりは貨幣経済の存在しないユートピアである。よって、いかなる「国家形態」「政治形態」にも該当しない、つまりはいかなる「国家形態」「政治形態」にも左右されない世界である。井口時男は、保田の「「究極の農本主義」は、現実的実効性の一切を欠いている」と指摘した上で、そこには歴史も、権力も、労働も、思考もないと書いた。[*21] それが抽象的な理念であり思い描かれたユートピアであるならば、保田の議論に対して、日本列島の農業は決して稲作中心ではなかったという事実や、急激に生産力を低下させていた戦時末期の農村の荒廃を云々しても、批判としては響かないだろう。

　だが、その場所がどこにもないということは、要するにどこでもよいということでもある。翻って考えれば、一九四四年の保田は「大御命のまに〳〵仕へ奉つて、この度の人為の大世界戦の荒廃を救ひ、来るべき文化の母胎となるものは、かゝる神を信じて生きてゐる民の中にあることを信ずるが良い」と書いていた（『校註　祝詞』私家版、一九四四年）。彼は、いたずらに「戦争の人為的終結を企」てれば想像を超えた混乱が起こるだろうと荘重に予言する一方で、「古代より伝る、日本人の道に即する信仰」であるところの「ことだまの信仰」を守るには、「場合によつては、異国の語でもよい」（『鳥見のひかり』）と語ってもいた。すなわち、彼の思い願う「信仰」が、日本語では語られない可能性さえ考えていた。この驚くべき記述は、日本敗戦と日本国家の廃絶の可能性を想定した上で、なお「日本人の道」をどう守るのかという問題提起以外ではない。

保田與重郎『南山踏雲録』をひもとき、「評註　南山踏雲録」「花のなごり」「残花余語」を続けて読む読者は、〈行為せよ。だが、行為するな〉という矛盾したメッセージを受け取る。これは二重拘束でなければ、イロニーである。もちろん、井口時男が言う通り「イロニーとは一般に、そこで述べられていることの真偽を、あるいは書き手が本気なのかふざけているのかを、そこに書かれている言葉の形だけからは決して決定できないような性質の言説」なのだから、保田の言葉を真に受けること自体がそもそも誤りという考え方はあり得ると思う。[*22]また、とりわけ戦時期の保田のテクストは、複数の解釈を可能にする文脈を埋め込んだ装われた多声性を特徴とする以上、迂闊に読めば足もとをすくわれかねないことも事実である。話題としても、『萬葉集の精神』が壬申の乱以後の柿本人麻呂の文業から説き起こされたことを思えば、天皇家の系譜にかかる内乱が続いて取り上げられただけにも見える。だが問題は、彼がいつ・どんな敗北を、どのように想像したかではないか。

　戦時下の日本語による文学・文化を考える際に忘れてならないことは、当時を生きた人々は、この戦争がいつ・どのように終わるかを本当には分かっていなかった、ということである。現在のわれわれは、日本時間の一九四五年八月一四日にポツダム宣言受諾が打電され、その翌日には裕仁の聞き分けがたい声で「臣民」たちに敗北が告知されたことを知っている。だが、実際にその時空を共有していた人々は、軍や政権の中枢にいた者も含め、この戦争がいつまで続き・どこまで戦場が拡大し・戦争後の世界がどんなものとなるのか、本当には確信の持てないまま、外を眺め、ラジオに耳を傾け、明日をも知れない人々と共に過ごしていたはずである。

しかし、国家の敗北は、そこに住む人間たちの滅びと同義ではない。帝国日本の敗北によってはじめて新たな始まりを生きられると感じた人々は多くいたし、かりに戦争が継続して沖縄だけでなく東京や名古屋や京都や大阪の街並みが完膚なきまでに破壊されたとしてもなお、どこかでひとは生きたはずである。国の名前や国旗や国歌や領土の境界や政治体制や公用語がどう変わったかはわからないが、それでも、かつて日本と呼ばれた土地で、どうかしてひとは生きたはずである。そして、この戦争の終わりが迫っているという把握のもと、自身の生存とは別のレベルで、敗北という終わりの後の始まりを考えた書き手は、確実に存在したはずである。

福田和也は、敗戦後の保田の「帰農」は、彼なりの「大東亜戦争」の継続であり、「南朝の吉野還幸にも似た、敗戦後のパルチザンであった」とするが、敗戦後の保田の言行にそこまで一貫した強烈な思想性があったかどうか。[*23] 前田英樹は、ポスト資本主義の世界を見据えたエコロジカルでロハス（？）的な思想の担い手として保田を再評価しようと試みているが、前田は保田の議論がどんな歴史的条件の下で書かれたかを（おそらく意図的に）無視している。[*24] 本書の議論にとって重要なのは、一九四三年から一九四四年にかけての保田與重郎が、彼の生きた「聖戦」にかかる問いの地平を、国家の政治制度や経済体制ではなく、美的で観念的な生活様式のレベルに落とし込むことで、「神州不滅」の信念を再定義しようと企てたことに他ならない。かりに国家が敗北し、どんな体制の中で人々が生きるとしても、しかるべき仕方でコメをつくり、しかるべき仕方でカミに感謝することを忘れなければ、「神州」は滅びない。つまり保田は、「敗北」の定義を動かすことで、観念的に日本敗戦を乗り越えようとしたのである。

べつにわたしは、保田與重郎が、「いま・ここ」の天皇に対する反抗を思念した「不敬文学者」（渡部直己）[*25]だったと言いたいのではない。そうした指摘が、保田の文業の再評価につながるとも思わない。大事なことは、「日本の至尊はつねに批評を超越した御存在」（『萬葉集の精神』）と書いていた保田が、一九四三年夏に自らの主張の破れ目と出会いかけ、そして、自らが開きかけたはずの問いの地平をすぐに縫い合わせたさまを確認できることである。そして、この後の「補論」で論じるように、保田の敗戦後の代表的な論考である『絶対平和論』（まさき会祖國社、一九五〇年）には、こうした転回の帰結として見出された、彼にとっての戦時末期の経験が明確に刻印されている。極限まで切り縮められた祭政一致のくらしと、コメ作りを軸に永遠に反復される神話的時間というヴィジョンは、神なきあとの世界でいかに信仰を維持するかという問いに対する、保田なりの解答であるのだろう。神々は神話を作らない。神話とは、神を信じられなくなった人間が、そのことへの痛みを覚えつつ書く物語に他ならない。

補論　独語としての対話
——蓮田善明『有心』を読む保田與重郎

1　批評と待つこと

批評とはいかにも厄介なジャンルである。現在への問題意識を欠いた単なるジャーナリズム上での自己宣伝でないのなら、それはつねに、すでに書かれた何かに対する応答であり、すでに起こった何かについての立論であり、すでに流通しているイメージにかんする検証としてある。批評とは本性的に二次的な言説なので、つまるところ批評は、ひとりで思考を紡ぎ出すことができない。だから批評家たちは、「いま・ここ」でみずからの思考の同伴者となってくれるテクストを必死になって探し求める。同じ時代に活躍している書き手の著作にそれが見付けられた批評家は幸運だ。懸命にアンテナを張っても見当たらなければ、過去のテクストのアーカイブを探すこともできる。古典テクストを含めて考えれば、日本語には一三〇〇年分ぐらいの文の蓄積はあるのだし、異なる言語で書いたり考えたりしたものだってある。実際に日本語の文脈でも、少なくない批評家たちが、翻訳を通して出会ったテクストや思考と協働し、読者にとっての「いま・ここ」へと引き出してきたはずである。

それでも適切なテクストが見当たらない場合はどうするか？　批評家は原則としては読み手でしかないから、到来するテクストをじっと待ち続けることしかできない。あるいは、そんなテクストが訪れうるコンテクストを、期待の地平を、辛抱強く耕し続けるほかにないだろう。「諸君は多数派である」とブルジョワたちに呼びかけた「一八四六年のサロン」のボードレールが、「正当であるためには、つまり存在理由をもつためには、批評というものは偏向的で、情熱的で、政治的でなければならない、つまり、排他的な観点、だが最も多くの地平を開く観点に立ってなされなければならない」と書いたのは、まさしくそのような意味ではなかったか。[*1]

だが、あくまでそれは机の上での話である。ひとはなかなかそこまで辛抱強くなれないものだ。とりわけ、「いま・ここ」の読者に直截に訴えたいという思いが強いほど、批評家は焦り苛立ち、テクストを、作家を待ちきれなくなるだろう。そうなれば、少しでも自分にとって望ましい思考に通じるテクストと出会ったと直観してしまったとき、いささか強引にでもみずからの論脈に引き寄せて、ことさらに言挙げし、言祝いでしまうという事態が起こりうる。テクストの論理を特定の立場から代補し、過度に我有化する批評家の陥穽にはまり込んでしまうのだ。わたしが思うに、一九五〇年の保田與重郎にとって、蓮田善明『有心（今ものがたり）』（『祖國』一九五〇年五・六月）とは、そのようなテクストではなかったか。

保田は、『有心』特輯が組まれた『祖國』一九五〇年一一月号に、この作について次の「感想」を寄せている。

小生の感想の結論――むしろ発足点を云へば、もしこの「小説」が、戦後の年若い作家の携へてきたものだつたなら、自分はどれ程うれしく心躍らせただらうかといふことである。といふのは、もうそれによつて、日本文学の明日が安心できるからだ。戦後の若い作家の描くものは、健康とか、頽廃とか、肉体とか、虚無とか、絶望などとはいつてゐるけれど、それはこゝ「有心」に描かれてゐるものの、皮相にさへたどりついてゐない。

しかし「有心」は戦前の人、しかも遺作として、この作者の後の作を望めない。異常の気持をもちつゝありふれたことに広大無辺な感動を味ひ、つねにありふれたことの奥に広大無辺なかのものと眺めることの出来た「この眼」、この「古代の眼」は、今はない。(「古代の眼――「有心」に対する感想――」。傍点は原文、以下同じ)

保田は、『有心』の書き手が「いま・ここ」にいないことを、心から惜しんでいる。それは、戦時期に「後鳥羽院以後隠遁詩人の列伝をものしてきた文人」として、生活世界からの退隠・隠遁を主題とした『有心』に、思想上の親縁性を感じたというだけではたぶんない。ここから始められるはずなのに、永遠に始めることができないという思い。喜びの中に哀しみが、出会いの感激と別れの絶望とが複雑に入り混じったこの両義的な感慨は、同じ号に保田が寄せた次の立言を重ねてはじめて、その真剣さと深刻さを理解することができる。「我々はこの思想を、文学として小説として描く、一人の天才の出現を期待してゐます」「その天才の名によつて、この思想は記録されるべきです。この思想はさういふ文学作品によつて、初めて完全に、あまねく、けだかい、「慟哭」の形象を具して表現されるからです」(「絶対平和論拾遺」『祖國』一九五〇年一一月)。

すなわち、保田與重郎は衷心から待っていたのである。『絶対平和論』の思想に、小説として文学として生命を吹きこんでくれる書き手のことを。「日本の最もすぐれた精神の、その魂の中にかくれて存在してゐるおもひを、描く人」の到来を。『有心』は、そんな保田によって改めて見出され、読み直されていく。だから保田の『有心』の読みには、彼の問題意識・問題関心にもとづく、微妙だが決定的な傾斜が加えられてしまっている。

本論でのわたしの関心は、一九五〇年の保田與重郎が『有心』をどう読んだのか、ということにある。よって、以下の論述は蓮田善明の思索を取り上げた考究ではないし、テクストとしての『有心』自体の解釈を深めることを目的としていない。『絶対平和論』を書きついでいた保田は、『有心』の何を見、何を見ず、このテクストの言葉をどんな文脈へと位置づけようとしていたのか。あるいはわたしは、ひどく些細な問題にこだわっているのかもしれない。しかし、ここではあえて、保田と『有心』との出会い/損ねについて、少し立ち止まって考えてみたいのである。

2 『絶対平和論』とは何が「絶対」なのか

一九四八年以来「公職追放」処分下にあった保田與重郎は、当時の活動拠点だった雑誌『祖國』一九五〇年一月号の社論「祖國正論」の冒頭に、「絶対平和の根拠と日本人の心構」と題した論説を発表した（初出発表時は無署名）。やはり当初は無署名で発表され、のちに敗戦後の保田の代表的な著作となる『絶対平和論』（まさき会祖國社、一九五〇年）の起点となった文章である。

　日本占領の終わりが云々されてきた時期をとらえて「講和問題があわたゞしく論議され始めた」という一文から稿を起こす保田は、「日本人が永世平和をうち立てるについて、一二の国家、あるひは国際的連合勢力の被護又は保証によつて、可能であると云つた甘い考へ方を、日本人は果してすて得るであらうか」と問いかける。一九四八年八月の大韓民国政府樹立、翌九月の朝鮮民主主義人民共和国政府建国、一九四九年五月のドイツ連邦共和国臨時政府と一〇月のドイツ民主共和国の成立、同じく一〇月の中華人民共和国の成立と一二月の蒋介石国民政府台湾撤退と、アジアとヨーロッパで冷戦体制下の国際秩序が急速に構築されていく中で、アメリカ合州国を主軸とする西側との「単独講和」でも、ソビエト連邦など東側諸国を含めた「全面講和」でもない、「万世の平和を築く」ための道を開くこと。つまりは他国の「植民地ないし属国」にならず、「予想される戦争」にも「まき込まれない」方策を追究すること。そのためにまずなすべきは、「第一に近代的生活への憧れを棄て去ることである」。そして、「日本人の六十パーセントを占める農民生活が、全日本人の生活だと了知することである」。つまり、近代文明の尺度からすれば、あえて貧困にとどまることである。「万世の平和」という理念に生きるために「日本人は、今日の近代の文明文化の意識と全然別箇の文化の理念のあることを確信し、これが日本の伝統と生活の中にあることを知」る必要がある。

　問答体のスタイルで新たに書き下ろした「絶対平和論」（『祖國』一九五〇年三月）で保田は、この「生活」を「戦争する余力も、必要も、さういふ考へも起こつてこないやうな、さういふ生活」と敷衍し、「日本の古い伝へ」「日本民族の神話の伝へ」と結びつける。曰く、水田耕作を「原理」とした「わが民族」にはそもそも「民族移動」という観念も「侵略」という考え方も存在しなかった（それは「文明開化」の思想がもたらしたものである）。日本の神話は、武器としての神器だった「天叢雲剣」を、草を刈る鎌（「草薙剣」）に変えてしまうほどの精神に貫かれているのだから。古からの伝えのままにコメを作り、しかるべく祭祀を行う日本人の「本質生活」に立ち返ることで、すなわち「道義と一体である生活」をあえて選び取っていくことで、「倫理としての日本」を実現するべきだ。保田はそう書きつける。

　極端で急進的な立場を取るからこそ見えてくるものは確かにある。その意味で、「絶対平和論」以降、「続絶対平和論」（一九五〇年九月）「続々絶対平和論」（一九五〇年一〇月）「絶対平和論拾遺」（一九五〇年一一月）と『祖國』誌上に相次いで掲げられた論考は、歴史的観察として貴重な内容を含むことは事実である。「日本国憲法」の精神とは、侵略国の「戦車のまへに横臥して、なすにまかせるといふ大勇猛心」の発露に他ならないとか、「原子力」の「建設的用途」などはまやかしであって、「原子爆弾を作つた人間の智恵は決して、戦争を停止し得ない智恵」であるというすがすがしい断言は、いま読み直すととても新鮮に感じられる。「米国が日本人を傭兵として採用」することは考えにくいが、「さういふことが実現した場合、米国はアジア諸民族の不評に当面する覚悟が必要」になろうと述べる一方で、朝鮮戦争の勃発はアジア各地の政権に日本の「「近代的実力」（工業力）をたよりにする」傾向を醸成するだろうという見通しは、一九五〇年代の東アジアにおける国家間秩序が構築されていく途上の発言として興味を惹く。戦後日本社会の厭戦意識が、「戦争は避け近代生活は享楽したい——他人が戦争してゐる日に中立的利益だけ享受したい」という無自覚な自己中心性から自由になれなかったことも、保田の見立て通りではあった。

加えて保田は、問答体の利点を生かし、時々刻々と変化する国内外の政治情勢にかなり鋭敏に反応している。日本国憲法は個別的自衛権を否定していない、という一九五〇年初頭のマッカーサー発言を皮切りに、同月のコミンフォルム批判とその反響、六月二五日の朝鮮戦争開戦以後いよいよ切迫さを増した講和問題と日本再軍備をめぐる論調、「五月頃より一せいに全面講和論を放棄した」新聞メディアの「事大主義」が結果した言論統制の感触など、この時期の言説の場を検討する上で、主要メディアのそれとは異なる視座を提供していることは確実だろう。

もちろん、そうした意味での批評性と、『絶対平和論』の内容自体の問題とは別して考えるべきである。昔ながらのコメ作りと神事との一体性を説く保田の議論は、ことによると、エコ・ナショナリズムの先駆として発見されてしまう可能性もある。たとえば「保田の言う「正食観」を離れて、ほんとうは、まともな身体があろうはずはないのです」と説く前田英樹は、敗戦後の保田の思想は「西洋の物質文明」とは異なる、「自然の永久の循環に還」る暮らしをめざす「私たち」の「希望」だ、と揚言している。[*2] しかし、「反抗せず協力せず誘惑されない」「絶対平和」という結論が、そこに至る手段としての保田の論述や論拠を正当化するわけではない。日本には本来的に「侵略」の思想がなかったとは冗談にしてもタチが悪すぎるし、そもそも日本列島の農業はコメ作りだけで成り立ってきたわけではまったくなかった。だが、『絶対平和論』を論じる上では、こうした個別の論点に対する検証と批判だけでは不十分だとわたしは思う。大事なことは、保田がこうした発想をいつ、どんな経緯で、いかなる論理の下に育てあげていったか、ということだ。

　そこでまず指摘したいのは、保田が行った論理操作の問題である。保田は、一連のテクストの中で、何度か「我々の云ふ絶対平和生活は、平和を守らうといふ必要から考へた思想ではなく、日本の神々の時代から、日本の道として伝へてきた道」であり、そこに回帰することが「終戦の大詔の教え」「陛下の御念願」に他ならない、という意味のことを書いている。すなわち、一九四五年八月一五日に聞き分けがたいラジオの音声で「忠良ナル爾臣民」たちに告げ知らされた勅語の文字通りの実践と位置づけている。なるほど「堪ヘ難キヲ堪ヘ忍ヒ難キヲ忍ヒ以テ万世ノ為ニ太平ヲ開カムト欲ス」という文句のみが反復的に想起されてきた裕仁の言葉を少していねいに読んでいけば、「神州ノ不滅ヲ信シ」「道義ヲ篤クシ志操ヲ鞏クシ誓テ国体ノ精華ヲ発揚」せよ、という一節を看取できる。天皇の言葉によって開かれた「太平」を、「道義」と「国体ノ精華」という概念へと固く固く結び付けること。いってみれば『絶対平和論』とは、裏返しの「八・一五革命」説なのだ。

　松本健一は、「昭和二十年八月十五日、日本に無血革命があった。――この壮大な仮構（フィクシヨン）こそ、その本質において政治思想史学者だった丸山真男をして、あたかも「戦後最大の思想家」とでもいうようなアウラを獲得せしめたゆえんのものであった」と書いた。[*3] その「仮構」の根拠は、「戦後民主主義」の大憲章《マグナ・カルタ》となった論文「超国家主義の論理と心理」（『世界』一九四六年五月）の掉尾に書き置かれた一節である。「日本帝国主義に終止符が打たれた八・一五の日はまた同時に、超国家主義の全体系の基盤たる国体がその絶対性を喪失し今や始めて自由なる主体となつた日本国民にその運命を委ねた日でもあつた」。しかし、米谷匡史は、その丸山の主張には「隠蔽と偽造」があった、と論じている。第6章で改めて詳しく論じるが、米谷によれば、敗戦直後の丸山は、立憲君主制をよしとする「戦前の考え方」を保持していたが、戦争放棄条項と象徴天皇制とを共に書き入れた政府提出新憲法草案（三月六日草案）の衝撃から、占領軍の諸改革を事後的に追認しつつ、「八・一五」という日付を、新たな始まりの象徴的起点として意味づけ直した。[*4] つまり、「八・一五革命」説とは、まぎれもなく政治的発明としてあった「象徴天皇制」という装置の作為性を「戦後日本」の起点とされた日付と結びつけることで隠蔽し、あたかもそれが自然な道のりであったかのように錯覚させていく物語に他ならなかった。

　じつは、時間のベクトルこそ違うが、類似の問題は『絶対平和論』にも指摘できる。ポイントになるのは、初出では「続々絶対平和論」として発表された文中の一節である。

問　絶対平和生活の各個の基体は、戦争や戦力と無関係でせうか。

答　我々は戦争の最中、かの本土決戦の掛声の中で、それもよろしい、日本はその形で生き残るべきだと主張したのです。我々は戦争状態の中で、軍隊を放棄せよと云うたのです。国民全部が軍人になるのでなく、「国民生活」が抗戦基体となるべきだといふ意味です。誰も理解しませんでした。この「生活」といふ言葉は、特別な内容をもつてゐます。普通いはれることばではありません。

我々の抵抗線を、国民の自給自足生活の点に解決せよといふ主張です。当時これは空論だといはれる代りに、何かの革命思想だと思はれました。我々は反軍的でないやうに細心の注意をしました。我々は主義や理想を重んずるのでなく、つねに日本を第一義と考へるからです。〔略〕永遠のものは、つひに不滅でした。勝つことはないが敗れることはない――だが、さういふ立場を、多数が初めから考へてゐたなら、汚名の一切を避け得た筈です。考へてゐた人もゐたのです。

しかしその当時は混沌として、戦局日々に切迫してゐましたので、唯一最後の対戦思想は、誰にもなかつたのです。根柢の日本を考へた我々は、当時の情勢と、軍部の思想とを考へた時不安でした。そこで我々は愕然としたのです。国を具体的に如何にするかといふ点に於てです。

「我々は戦争の最中、かの本土決戦の掛声の中で、それもよろしい、日本はその形で生き残るべきだと主張した」――。この一節が、先の第3章で論じた保田與重郎の転回とかかわることは明らかである。「大東亜戦争」での敗北が目睫の間に迫っていると意識した保田は、『南山踏雲録』（小学館、一九四三年）での自問を経て、神話世界への傾斜を強めていく。それは、「本土決戦」以後、天皇制や日本国家の存続と存立が許されなかったとしてもなお、思想としての「日本」をいかに存置するか、という思惟の結果に他ならなかった。だから問題は、こうした想像的な抵抗の原理を「八・一五」から始まる物語に接ぎ木してしまったことに由来する。丸山は、一九四六年三月六日の衝撃を「八・一五」に遡及させて物語を仮構したが、保田與重郎は、戦時末期の危機意識がもたらした着想で「八・一五」の裕仁の言葉を合理化した。自らの主張は決して「運動」ではなく、「国民抵抗線」の発現だと主張する一九五〇年の保田は、いってみれば、思想戦の論理の延長線上で、戦後日本の「平和」について語っているのだ。

そのことは、『絶対平和論』に頻出する「恢弘」という語の用法を見れば明白である。「恢弘」とは「そのものを良いこと・意義あることとして押し広めること」を意味している。よって、日本人は古くから伝わるコメ作りの生活という「伝統」を、「正しい生活」として世界に「恢弘」しなければならないという主張には、まぎれもなく「日本」を卓越化させようとする契機が入りこんでいる。しかもそのことが、「道義」「道徳」といった語彙で語られることで、倫理のレベルの問題に節合される。すなわち、始源の段階から日本人は「水田という共同的な生産生活の中に、「神ながら」と呼んだ道をみた」。そのような生活を、神から承け継いだものとして受け止め、神に感謝しながら生きてきた。その生活の正しさをつきつめ、「近代生活と近代文明の放棄」へと進みゆくこと。そして、その「精神と道徳の文明」を、世界に向かって「恢弘」していくこと。坂元昌樹は、「保田の「絶対平和論」の論理は時代状況さえ変化すれば、即座に〈絶対戦争論〉へと転化する可能性を秘めていた」と書いている。[*5] わたしなりに言い直せば、保田の『絶対平和論』は〈絶対戦争論〉の裏返し以外ではない。一九五〇年の彼は、天皇の「八・一五」の言葉にかこつけながら、新たなる「思想戦」に乗り出そうとしていたのである。

そのように考えれば、『絶対平和論』で語られる「アジア」が、きわめて抽象的なイメージしか結ばないことも説明できる。ここでの「アジア」とは、河田和子が正しく指摘した通り、ほとんど史的唯物論で言うところの「アジア的停滞」「アジア的生産様式」の表象と同義だが、[*6] 興味深いことに、『絶対平和論』の「アジア」を「大東亜」という語で置き換えても、ほとんど文意は変わらない。つまりこの表象には、地理的な実定性も歴史的な裏付けも存在しない。あくまでアジアの道義的・道徳的中心として「日本」を再定立するために持ち出された、すぐれて戦略的なものでしかないのである。

3　根源と起源

改めて確認すれば、蓮田善明にとって「生涯ものしたたゞ一篇の小説」（小高根二郎）としての『有心（今ものがたり）』は、複雑な成立と発表の経緯をたどったテクストである。[*7] 一九四一年一月、中国戦線で受傷した身体と荒んだ心とを休めようと出立した阿蘇垂玉温泉での体験をもとに起筆されたが、その時点では書き上げられず、そのまま筐底に収められた。その後、一九四三年一〇月の二度目の応召時、門司港に向かう「貨車の穴倉めく車掌室」でギリギリまで改稿と最終章の追補がなされ、『有心』と題されて、同人雑誌『文藝文化』の盟友だった清水文雄のもとに送られた。しかし、このテクストが初めて世に出るまでには、さらに七年近くの時間が必要だった。さきに見た通り、初出は『祖國』一九五〇年五月号・六月号だから、ちょうど『絶対平和論』の連載にはさまれるかたちで掲げられたことになる。たとえ偶然だったとしても、このタイミングは重要だ。事実、テクストとしての『有心』の特質は、『絶対平和論』との比較において見えてくるところがある。『有心』の内容分析を踏まえながら、具体的に検討してみよう。

　まず注目すべきは、蓮田の師・斎藤清衛が当初から指摘していたように、『有心』の「私」が、自己と世界との間に決定的な懸隔・根底的な不一致を抱え込んだ人物として描かれたことだろう（「蓮田善明と有心」『祖國』一九五〇年一一月）。テクストの冒頭部、駅で汽車を待つ「私」が、本当にここが駅なのか・本当にここに時間通りに汽車が来るのかという疑念に追い立てられているのは象徴的である。「すぐ事実と自分とが離れて、隙間風がその間に吹き込」んでしまうような感覚にしても、「現実と自分との二枚の像が一寸ずれてゐてぴつたりと密着しない感じ」にしても、『有心』の「私」は、「いま・ここ」の自分と現実世界との関係を調整できない戸惑いの中にいると表現できる。自分自身の言動や行動にかかわる現実感が稀薄だから、他者としての妻や子と思うようにかかわれない。そのことが、「私」をさらに孤独へと追いつめる。

しかも、「私」が感じている「世間と自分との何としても密着しないずれ」は、自己と世界との媒介としてのことばへの不信に直結している。内海琢己は、「蓮田はこの作品の中では、意図的に「ことば」を消去しているのではないか」と疑っている。[*8] じつはこれは、『有心』というテクストの論理の帰結でもある。「私」は、自らにとっての「いま・ここ」を、言葉がそれ自体の意味ではなく「目的とか弁解を立てて言ふ時のみ言葉が通ずる」時代として描出する。別の部分には、「今日は根本から言葉が腐臭をもつてゐて、その腐臭から到底脱し得ないと思はれる」ような時代だ、というくだりもある。「言葉そのものの不信任」を、他ならぬその言語によって刻みつけること。「私」が、みずからを「書かない詩人」という矛盾した言いまわしで同定していくのは、決して理由のないことではない。

この観点からすると、『有心』の「私」の思考・発想の多くを論理的に説明することが可能である。なぜ「私」は、とくに戦地からの帰還以後、現実世界とのズレに悩まされるようになったのか。井口時男は、『有心』に表現された蓮田の思考について、戦場での「死へと身を投じる行為の直接性に魅惑された蓮田は、言葉というものの迂遠な間接性が耐えられない」とまとめている。[*9] 間違いなくそれは、彼の戦場体験がもたらした感覚である。火野葦平は、「兵隊の言葉」は「日本の言葉のうちで、最も緊迫した、火花の散るやうな、要約した言葉である」、「心身ともに直ちに国の運命に通じ、国の運命に殉ずる者の言葉は、一切の無駄を避ける。それは、そつけないばかりに単純になり、その単純さの中に、無限の意味を含む」のだ、と語った（「兵隊の言葉」『随筆珊瑚礁』東峰書房、一九四二年）。温泉宿の部屋でひとり詩人の使命について内省を深める「私」が、軍隊における命令受領の場面を想起していることを見逃すべきではない。命令受領の申告は、つねに同語反復のかたちで行われ、一字一句の変更も許されない。解釈が揺らぐ余地のない言葉。「私」は「非常に潔癖な程この申告を立派にする癖をもつてゐた」のである。

また、ことばそれ自体への不信は、記号論の語彙を使えば、辞書的な語義（デノテーション）だけでなく、いわば二次的で潜在的な意味（コノテーション）をはらんでしまうことへの懐疑につながっている。それゆえ、『有心』では、媒介なしの直接性やそれ以外に解釈の余地がない直情性が高く評価される。温泉地に向かう汽車の車中で、「私」は、朝鮮人の少女が泣きじゃくる場面と遭遇する。

> この理由の分らない嗚咽は自分を間誤つかせた。しかも女の子は、もう汽車の騒音よりも高い声で泣き続けて、子供らしく、憚りなく、しきりに泣いて泣きやまないのであつた。女もそれを強ひてきつく止めるといふのでもなく、泣くのを叱るよりも子供の泣き入つてゐるのを抱きとつてゐてやるといつた恰好であつた。自分はわざと目を彼女等に注ぐのを遠慮して本に向けてゐた。するとその泣いて〳〵やまない、憚りのない泣声、どうかすると泣くことが一等自分の気に入つてゐるのだとでもいふ風にしやくり上げしやくり上げして、声ばかりはおーオ〳〵と泣いてゐるその声が、何かそこ（二人の女）だけを静かに包んでゐるやうな或るものが感ぜられて来、またその泣声が何か絶対な響きを以て、うつくしいものに聞えてくるのであつた。自分は本から目を外らし、その声を十分に聴き取らうとするかのやうに、耳を、心を、全身を、空ろにしやう

と身構へる自分を気づいた。（四）

なぜこの少女が泣いているのか、「私」にはまるで分からない。しかし興味深いことに、車中に響き渡るほど「おーおうと声を出して泣き出し」た少女を、「私」は決して不快に思っていないし、奇異の目でも見ていない。それどころか、全身の意識を集注させてその「泣声」自体を受け止めようと「身構へる」のだ。これに先立つ場面でも「私」は、「けたゝましい竹鉄砲」で遊ぶ男の子たちの様子に心を打たれた、と述べていた。直後のシーンでは、大人の問いかけに「気まり悪げな恥らい」を見せつつ、「ハイ」「イイエ」としか応接できない少年の姿に「感動」を隠さない。つまり「私」は、遊びたいように遊び、泣くときは思うさま泣き、照れるときには恥じらいを隠さない、裏表のない少女少年たちの振る舞いを絶対的に肯定し、「外界との触合ひがたいずれが突然おしのけられ」、「ちひさなのぞみ」さえ感じてしまっているのだ。

ここまで来てようやく『有心』の読者は、なぜ「私」が阿蘇垂玉温泉に『平家物語』に加えて「リルケの「ロダン」といふ読本」と「金剛巌の「能と能面」」を持ち来たったかを理解することができる。すなわち「私」は、人間が裸形になる（ならざるを得ない）湯治場で、そのものの本質としての「自然的なもの」「原型的なもの」への遡行を企てているのである。「総じてこの衣服を纏わない裸の山々」に抱かれた場所で、作為を排した自然性、外見的な形相に左右されない本質、つまりは「清らかな純粋な形式」を見つめ見出すこと。だから「私」は、農民たちのいかにも農民らしい身体や、若い女の生命力溢れる匂い立つ身体に「天から与へられたものを純粋にはたらかせてゐる愉しさといつたやうなもの」を感じ取り、「あらわに好色でさへある」混浴の情景を愉しむのだ。池田勉は、このテクストに「意識過剰」という病に苦しむ現代人が「原初的なものへと帰つて行かうとする健かな憧れ」を読み取っている（「遺稿「有心」をめぐって」『祖國』一九五〇年一一月）。まさしく『有心』は、そのような意味での「思想小説」（保田與重郎「古代の眼」）なのである。

しかし、まさにその「思想」にこそ、『絶対平和論』と『有心』とを分かつ契機がはらまれているのではないか。一見この二つのテクストは、同じベクトルを向いていると思われるかもしれない。あるいは、保田與重郎と蓮田善明の思想信条や主義思想の近しさがそうした判断を後押しするかもしれない。たしかに『絶対平和論』も『有心』も、現在の現実を否認し、ものごとの本質を見きわめてそれに依拠しようとする志向性を共有している。しかし、『絶対平和論』の「我々」が徹底して始源の風景への回帰＝時間的な遡行を目睹しているとすれば、『有心』の「私」は、あくまで現象学的・方法的な還元を意図していると言うべきだ。事実、『有心』本文には、外側も内側も飾らない湯治場の客たちを、一度は「原始的といへば原始的だらう」と思いなしながら、直後に返す刀で「「原始的」といふ言葉はここには向かない、「原始的」といふ言葉は別な人種に対して使はれるべきか、或は現代人の自己弁護の為にする言葉でしかない」ときっぱりと言い改めていく場面がある。つまり、テクストの最後で人間の内なる情熱と大地のマグマとを重ね合わせる『有心』は、過去への遡行というよりは内省と省察を徹底的に突きつめていくことで、自己と世界とを和解させる論理を見出そうとする問題関心に貫かれているのだ。ベンヤミンを論じた小林康夫の語を借りれば、『有心』が追究しているのは、始まりとしての〈起源〉の物語ではなく、理念への問いから見出される〈根源〉なのである。[*10]

おそらく、同じことは別の観点からも議論できる。『絶対平和論』に対する最も単純だが根底的な批判は、保田が夢想する始源のイメージを「日本」と呼ぶ必要はまったくない、ということだ。その時期、産業化されていない流儀でのコメ作りなら、それこそ東アジア・東南アジアのあちこちで実践されていたはずだ。日本列島での稲作がどうしてそこまで特権化・絶対化されなければならないのか？　理由は簡単で、『絶対平和論』の主張が、日本国家の崩壊と滅亡を織り込んだレジスタンスの論理に出発しているからである。日本国家なきあとも、日本列島以外の場で自らを「日本人」と同定する人々もふくめ、民族の生存の思想的な根拠として構想された議論だったからである。だが、他のあらゆるナショナリズムがそうであるように、抵抗のための思想が肯定されるべき理念の主張へと転化したとき、疑いなくそこには、同調圧力と自民族中心主義の契機が前景化する。そのことは、本論でも先に指摘した通りである。

そして、ここが大事なのだが、テクストとしての『有心』それ自体には、基本的に偏狭で独善的なナショナリズムへの傾斜が見られないのである。もちろん蓮田善明当人は、「日本を神国とし世界に比類のない光明の国とする観念」（渡辺京二[*11]）の虜だったかもしれない。しかし、あくまで〈根源〉に向かう原理的な思索に貫かれた『有心』には、論理の必然として、個別性特殊性としての「日本」

の称揚や絶対化が入り込む余地がない。テクストには、湯治場に向かって独歩する「私」が、踏みしめる地面の感触に「この土だつたのだ」と感じ入る場面がある。中国の戦場で「粘りついて足を取り、油断するとつるりと靴を滑らせ」た記憶との対比において浮上する感覚だが、むしろこれは慣れ親しんだ故郷の大地への追懐と読むべきだろう。そもそも「日本」の地と血を特権化したいなら、先の朝鮮人少女をめぐる記述はまったく不要であるはずだ。

保田の『絶対平和論』が、自説を「日本」の神話へと結びつけ、根拠づけようとしていたことはさきに触れた。だが、原初的なものへの憧憬は、必ずしも共同体にとっての始源の情景への回帰と同義ではない。その意味で、テクストとしての『有心』は、それ自体が『絶対平和論』の論理に対する重要な批判として屹立しているのである。

だとすれば、『祖國』誌上で『有心』を論じた保田與重郎が、このテクストには「古代の眼と心」が生きている、と述べていたことが問題になる（「古代の眼」）。この「昭和の国学者」の「作品を一読した時、これを題材にして、昨今の自分の心理と思想をのべたい衝動を頻りに味つた」と書いた保田は、「蓮田善明はもつと生々しく、天地創造の始めの、即ち神の訪れといふ事実を、こゝで「ぴたりと」今日の世事人情にわたつて描いてゐる」と書いた。しかしくり返せば、『有心』には歴史的な「古代」にかかわる記述は存在しない。「天地創造」「神の訪れ」を思わせる記述も見られない。保田の評論は、『祖國』の『有心』特輯号（一九五〇年一一月号）に掲げられたが、ごく短い文章の中で

「古代と近代とは断れてゐるのだらうか、つながつてゐるのだらうか」と書きつけた浅野晃「『有心』読後」以外に、このテクストに「古代」を読んだ者はいないのである。斎藤清衛は、作中で言及されたプルーストやドストエフスキーの心理小説との「連繋」を指摘している（「蓮田善明と有心」）。既述のように、池田勉は近代人ならではの「意識過剰の悲しみ」を読み取っている（「遺稿「有心」をめぐって」）。坂村真民は、ゲーテやリルケの詩句に通じる「清冽」「清浄」の方を強調している（「有心の悲情について」）。すなわち、『有心』を読む保田與重郎の解釈は、やはりどう見ても過剰という他にない。

おそらく、だから保田は、『有心』に心動かされながらも、このテクストを手放しで賞賛していない。『有心』の書き手が「年若い作家」だったなら「日本文学の明日が安心できる」という言い方は、むしろ『有心』から始まるはずだった可能性への期待と読むべきだろう。保田にとって『有心』は、「昨今の自分の心理と思想」たる『絶対平和論』の内容を委ねるには、やはり不十分なテクストだった。じつに皮肉なことに、一九五〇年の保田與重郎が言祝いだテクストは、まさにその時点で彼が訴えようとしていた言説を根底的に問い直す論点を潜ませていた。

批評家としての保田與重郎が蓮田善明をどう評価していたかは、別して考えられるべきテーマであろう。その逆も然りである。しかし、ここで少なくとも言えることは、テクストとしての『有心』が、一九五〇年の保田の思考を捉えかえす重要な視座を提供している、ということだ。問答体の叙述がすなわちダイアローグではないように、すべての批評がテクストと対話しているわけではない。

『有心』を読む保田は、テクストが自らの立場や論理に包摂できないことを、どこかで気づいていたのかもしれない。

第4章　石川達三の東京裁判

――『生きてゐる兵隊』戦後版の受容をめぐって

1　「南京事件」の記憶と石川達三

一九四六年五月一一日朝、極東国際軍事裁判（東京裁判）の法廷が置かれた市ヶ谷台の旧陸軍省ビルに、石川達三の姿があった。ＧＨＱ国際検察局（International Prosecution Section）の尋問を受けるためである。約一週間前の五月三日には東京裁判が開廷、六月四日からスタートする検察側立証段階に向けて急ピッチに準備が進められていただろうタイミングでのことだった。のちの回想で石川は、この日の経験について、「ジープが迎えに来て私を裁判所の検事調べ室へつれて行った」「彼等は「協力しなければ逮捕する」と言った」と記している。[*1]

国際検察局が石川に注目した理由はさしあたり明白である。彼が『生きてゐる兵隊』の著者だったからだ。一九三七年の南京侵攻作戦に参加した兵士たちに取材したこのテクストに対し、当時の日本の検閲当局が厳しい姿勢で臨んだことは、拙著『プロパガンダの文学　日中戦争下の表現者たち』（共和国、二〇一八年）で詳述した。改めて確認すると、掲載誌『中央公論』一九三八年三月号は発売禁止処分を受けたが、差し押さえを免れた一部の雑誌が上海で中国語に抄訳・紹介され、日本人作家が日本軍の残虐行為を描写した作として、中国側の宣伝材料として用いられた。日本の外交当局が、英語とロシア語への翻訳作業が進められているという情報をキャッチし、慌てて出版の差し止めに動いたという記録もある。[*2] この小説がもたらした波紋の大きさに狼狽した検閲当局は、石川と『中央公論』の編集者・発行人を新聞紙法違反として起訴、石川は執行猶予つきの実刑判決を受けていた。つまり石川達三は、同じテクストをめぐって、まったく異なる立場から二度、司法の場での尋問を受けていたことになる。

日本敗戦直後の一九四五年一二月に河出書房から単行書として刊行された『生きてゐる兵隊』の受容をめぐっては、歴史学者の笠原十九司による論及がある。笠原は、『生きてゐる兵隊』に加え、一九五五年に発表・発行された二つの小説――三島由紀夫の『牡丹』と堀田善衞『時間』――とを取り上げて、当時の文学者たちにとっては「南京事件を記憶していることはほぼ常識」だったが、これらの作品は「広く国民に読まれる」ことはなく、「当時の日本国民の南京虐殺の記憶化に、ほとんど影響を与えなかった」とする。[*3] 現在の日本における日中戦争史研究の第一人者である笠原の議論は、豊富な資料に裏付けられた重厚なものだ。とくに『生きてゐる兵隊』にかんしては、石川が「直接現場を見学したか、あるいは（石川が取材をした――引用者註）歩兵三三連隊『南京付近戦闘詳報』や他の部隊の戦闘詳報類を見たかしなければ、不可能と思われるくらい具体的で詳細である」と、記録的な価値を高く評価している。[*4] だがわたしが問題と思うのは、そのような作としての『生きてゐる兵隊』が、なぜ敗戦後の「南京虐殺の記憶化」にほとんど影響を与えなかったのか、ということだ。そのことを考えるためには、この作がいつ、どんなテクストとして日本語の言説の場にあらわれたのか、そこでどのように評価されたのか、という受容のコンテクストを見ていく必要がある。

さらに本章では、戦後版『生きてゐる兵隊』のもう一つの受容の現場として、国際検察局による石川の尋問記録にも注目したい。後述するように、気が遠くなるほど膨大に残された国際検察局関係資料の中で、石川にかかる文書は管見の限り二点にとどまる。彼が東京裁判に証人として出廷することはなかったし、石川の供述が証拠として採用されたという記録も見つかっていない。だから、本章での議論は東京裁判研究に直接資するものではない。しかし、小説テクストの受容という観点からすれば、検閲が特異な読書空間でもあったのと同じ意味で、司法の場での尋問と応答も、権力のまなざしの下で記録された貴重な解釈の現場と言える。じっさい、通訳を介したぎこちないやりとりではあったものの、国際検察局による尋問の記録は、日本軍の中国での侵略行為を立証するという検察官の意図とは別に、石川のテクストの特質を浮上させる興味深いやりとりを含んでしまっている。

しばしば指摘されるように、記憶はモノのように自立的な存在ではない。偶然の出会いがきっかけとなる場合も含め、誰かや何かに触発されて引き出されるものであり、引き出され方や受け止められ方によって微妙にその輪廓を変化させるものでもある。くり返し想起される記憶は濃密になるが、その代わりに定型化するおそれもはらんでいる。逆に、語ることができない／許されない記憶は個々の身体や共同体に澱のように沈殿し、意志をもって封印されていくこともある。そのような流動性をはらんだものであるからこそ、記憶が語られる文脈や、位置づけられる枠組みへの問いが重要になる。

『生きてゐる兵隊』は、南京戦直後の日本軍兵士たちの生々しい記憶に依拠して書かれた。取材で南京を訪れた石川自身も、事件の現場となった市内の凄惨な情景を目の当たりにしていた。そのような経験にもとづくテクストが一九四五年末に刊行された際、どんな立場の人々からどのように読まれ、どのようには読まれなかったのか。本章でわたしは、戦時・戦後を跨ぐ石川の文学実践をめぐる近年の研究も踏まえつつ、日本敗戦後にこのテクストが経験したもう一つのドラマを素描してみたいと思う。

2　『生きてゐる兵隊』戦後版のコンテクスト

『生きてゐる兵隊』は、日本語の近代文学史上でも類例がないほど複雑な過程を経て本文が作られたテクストと言ってよい。この問題については一部、前出の『プロパガンダの文学』でも言及したが、行論の都合上、改めてていねいに確認しておきたい。

まず、このテクストは初出本文の確定が事実上不可能である。初出誌『中央公論』の編集プロセスで大幅な伏字化の作業が行われたことは周知の事実だが、問題はその先である。白石喜彦と牧義之の詳細な調査は、当該号の『中央公論』が「印刷途中で機械を止めて鉛版を削る作業を、複数回にわたって行なった」（牧）結果、削除箇所の異なる複数の本文が生成されていたことを明らかにした。[*5] 白石の調査を検証・修正した牧は、少なくとも「四種類のヴァリアント」を確認している。この事実は当時の検閲当局も把握しており、『中央公論』編集部が検閲逃れを画策したのではないかという嫌疑を受けることにもつながった。

それだけではない。河出書房版『生きてゐる兵隊』の本文は全12章で構成されているが、『中央公論』での初出時には、はじめから11章・12章が掲載されていない。また、先掲の牧は、第10章の一部も現在残された諸本からは確認できないとし、「鉛版では元々活字が組まれなかった可能性がある」と示唆している。[*6] つまり、初出時にこのテクストは、編集段階で大量の伏字化が行われ、どこかの段階で作の後半部分が大きくカットされた上で、さらに印刷段階で複数回鉛版削除が行われた結果、複数の本文が同時に生成され、その一部が当局の処分をすり抜けるかたちで市場に出回っていた。読者の立場からすると、辛うじて流通した『中央公論』で『生きてゐる兵隊』に触れられたとしても、同じ本文を読むことができたとは限らないことになる。

まさに満身創痍と言ってよい状況だが、その後も『生きてゐる兵隊』の受難（?）は続いた。このテクストの顕著な特徴は、さまざまな立場のエージェントによって本文の一部が切り出され、書き写されていたことだ。たとえば、検閲担当部局である内務省警保局の内部資料『出版警察報』一一一号（一九三八年二月分）「内地出版物取締状況」には、当局が検閲のコードに抵触すると判断した箇所が一五ページにわたって書き抜かれている。一九三八年三月に石川達三を取り調べた警視庁検閲係の清水文二警部が作成した『「生きてゐる兵隊」事件　警視庁清水文二　意見書聴取書』（秋田市立中央図書館明徳館石川達三記念室蔵。以下、『意見書聴取書』と記す）[*7]にも、問題と見なされた箇所が押収した原稿の記述と照合されるかたちで書き出されている。さらに、同年八月三一日付の東京区裁判所での一審判決文中でも、『中央公論』から三つの場面が引用された。[*8] 上海の中国語新聞『大美晩報』に掲載された抄訳版（中国語題は「未死的兵」、一九三八年三月一八日～四月八日）や、渡辺考が上海の図書館で確認した同作の挿絵付き単行本版も含めて考えれば[*9]、『生きてゐる兵隊』は、あちこちでくり返し切りきざまれ、切り出されたテクストなのである。しかも、書き出された断片が場面に応じた情報を付加されて、新たな意味を受け取りながら流通したという意味では、まさに「散種」されたテクストでもあった。

日本敗戦後に刊行された河出書房版の単行本も、このテクストがたどった数奇な旅の一環として位置づける必要がある。そう考えると、石川達三が同書の冒頭に寄せた文章も、一度は疑ってかかる必要がありそうだ。

> 此の作品が原文のまゝで刊行される日があらうとは私は考へて居なかつた。筆禍を蒙つて以来、原稿は証拠書類として裁判所に押収せられ、今春の戦災で恐らくは裁判所と共に焼失してしまつたであらう。到るところに削除の赤インキの入つた紙屑のやうな初校刷を中央公論社から貰ひ受け、爾来七年半、深く筐底に秘してゐた。誰にも見せることのできない作品であつたが、作者としては忘れ難い生涯の記念であつた。（「誌」）

現在、『生きてゐる兵隊』の本文は、カバーで「伏字復元版」「完全復元版」と謳った中公文庫を含め、河出書房版のそれに依拠している。だが、その本文はほんとうに「原文のまゝ」なのか。そもそも、石川の言う「原文」とは何を指すのか。

戦前・戦時の日本内務省による検閲と、敗戦後の占領軍検閲とのスキームの違いも問題となる。河原理子が紹介した石川達三の日記には、一九四五年一〇月二八日に「(生きている兵隊)を河出書房から刊行することにして、今日校正を見る」という記述がある。[*10] 占領軍は一九四五年九月二二日付「降伏後における米国の初期の対日方針」にもとづき、日本政府を介さず直接メディア統制を行うことを決定、一〇月には新聞の事前検閲がスタートしている。[*11] 石川の記述に従えば、河出書房版は、まさに占領軍検閲が本格化した当初のタイミングで編集され、刊行されたことになる。

よく知られるように、占領軍の検閲では、検閲行為の存在を示す伏字などの記号の使用が禁止された。つまり河出書房版の編集時には、印刷時の削除に加え、編集段階で行われた大量の伏字を埋め直す必要があった。先の引用によれば、石川は手もとにあった「紙屑のやうな初校刷」を手掛かりにその作業を行ったとあるが、現時点でその「初校刷」の所在はわかっていない。よって、このとき石川がどんな作業を行ったかを検証することは不可能である。

だが、確実に言えることは、石川達三がはじめに原稿に書いた文字をすべて復元したわけではなかったことだ。先に紹介した清水文二警部による『意見書聴取書』に転記された本文の中に、河出書房版には存在しない一文が書き込まれていたのである。以下、『意見書聴取書』の該当部分を引用する。傍線を引いた部分が、河出書房版には存在しない。

彼等は窓口で切符を買ひ長い列の間に入つて待つた
一人が鉄格子の間から出て来る次《（ママ）》の一人を入れる　出て来た男はバンドを締め直しながら行列に向つてにやりと笑ひ肩を振りふり帰つて行く
それが慰安された表情であつた
露路を入ると両側に五六軒の小さな家が並んでゐてそこに一人づゝ、女がゐる女は支那姑娘であつた断髪に頬紅をつけて彼女はこのときに当つてもなほ化粧をする心の余裕をもつてゐたのである
そして言葉も分らない素性も知れない敵国の軍人に対して三十分間のお相手をするのだ
彼女等の身の安全を守るために鉄格子の入口に憲兵が銃剣をつけて立つてゐた（中略）
将校の為には別に慰安所が設けられて朝鮮の同胞が行つてゐるといふ噂であつた

（原稿　一八五―一八七頁　参照）

第9章、南京占領後、日本軍兵士のために開かれた「南部慰安所」に、笠原伍長と近藤一等兵が向かうというシーンである。[*12] ここでの「（中略）」は転記者である清水によるもの。河出書房版の本文（現行も同様）では「鉄格子の入口には憲兵が銃剣をつけて立つてゐた」という部分のあとに改行が

入り、「却つて帰り途は鬱屈した心になるのであつた」という一文が記される。清水の仕事が正確ならば、「（中略）」と記されている以上、問題の一文の前にも何かの文言があったことになる。

この『意見書聴取書』で清水は、五七ページにわたって問題とした箇所を逐一書き写している。そのうち『中央公論』掲載部分は、初出誌での該当ページと原稿でのページとが並記された。ここは「原稿」という表記しかないので、『中央公論』本誌ではカットされた場所だと了解できる。ちなみにこの『意見書聴取書』には、河出書房版の第11章・第12章から転記した箇所もあるので、原稿段階でこれらの章が存在したことも裏づけられる。

では、なぜ石川は、南京での朝鮮人従軍慰安婦の存在を伝える一文を復元しなかったのか。『意見書聴取書』も石川の手もとにあったことは確実なので、敗戦後のどこかの段階でこの書き抜きを参照することも可能だったはずなのだ。

現時点では確定的なことは言えないが、少なくとも河出書房版の本文にかんしては、占領軍検閲を考慮した自主規制である可能性は否定できない。傍証となるのが、川崎賢子が紹介した田村泰次郎「春婦伝」（『日本小説』一九四七年四月掲載予定。単行本は一九四七年五月、銀座出版社より刊行）の事例である。谷口千吉監督、山口淑子・池部良が出演した『暁の脱走』（新東宝、一九五〇年）の原作に当たる小説だが、この作の脚本が占領軍の検閲によって何度も書き直されていたことは、平野共余子が詳述した通りである。[*13] 川崎は、小説「春婦伝」の方も、初出段階で“Criticism of Korean”との理由で公表禁止となったこと、単行本化の際にも朝鮮人従軍慰安婦を指示する語句がチェックされ、書き改められていたことを明らかにした。[*14] 川崎は、「被占領下の言語空間は、戦時中の外地の慰安婦たちについて、ほぼ沈黙におおわれている」と述べたが、そうした処置は占領軍検閲の開始当初から始まっていたのだろうか。[*15] いずれにしても、『生きてゐる兵隊』での朝鮮人従軍慰安婦にかんする言及は、戦時下も敗戦後も、テクストの文字として現前することはなかった。

わたしがこの問題にこだわるのは、河出書房版の『生きてゐる兵隊』が、帝国日本の戦争犯罪・戦争責任をめぐる議論が本格化するタイミングで公刊されていたからだ。[*16] 既述の通り、河出書房版の奥付発行日は一九四五年一二月二〇日。連合国軍最高司令官ダグラス・マッカーサーが、GHQ内に国際裁判による日本人戦犯の訴追を担当する国際検察局を設置し、ジョゼフ・キーナンをトップに任命したのが一二月八日である。帝国日本の対米英宣戦布告から四年目にあたるこの日には、民間情報教育局（CIE）主導で、主要日刊新聞各紙に「太平洋戦争史」の連載も始まった。[*17]「日本の軍国主義者が国民に対して犯した罪は枚挙に遑がないほどであるが、そのうち幾分かは既に公表されてゐるものの、その多くは未だ白日の下に曝されてをらず、時のたつに従つて次次に動かすことの出来ぬやうな明瞭な資料によつて発表されて行くことにならう」と書き起こされたこの連載記事の中では、南京での日本軍の行為は「恐るべき悪虐行為」と位置づけられ、「日本兵はます〱狂暴性を発揮し、一般市民に対し殺人、暴行を初《（ママ）》めあらゆる苦痛を味はしめた」と語られた（「満洲事変から降伏調印まで　連合軍司令部の記述せる太平洋戦争史」『毎日新聞』一九四五年一二月八日）。一般の日本語読者は、この記事をもって、南京事件のあらましを初めて公的に告知されたことになる。[*18]

翌一二月九日には、フィリピン・マニラでの軍事法廷で山下奉文が絞首刑を宣告された、と報じられた（「残虐行為を放任　山下対象の判決文　絞首刑を明示」『毎日新聞』一九四五年一二月九日）。一二月一七日からは横浜でBC級戦犯の裁判がスタートすることも伝えられた（「戦争犯罪国内初の公判」『毎日新聞』一九四五年一二月一一日）。一方、一二月一六日には戦犯指名を受けた元首相・近衛文麿が自殺、その翌々日の一八日には『朝日新聞』紙上に近衛の手記「御前会議と日米交渉の経過」が掲載されている。CIEの肝煎りで一九四六年二月一七日にスタートしたラジオ放送「真相箱」でも、上記「太平洋戦争史」の記述をリライトするかたちで、南京では日本軍による「集団的な掠奪、テロ行為、暴行等人道上許すべからざる行為」が行われた、と語られた。[*19]『人民評論』一九四六年三月号には、金子廉二によって、南京事件直後に日本軍の蛮行を英語で報じたティンパーレー『戦争とは何か　中国における日本の暴虐』の内容が紹介された。そこでは、同書に記述されたことがらは「日本軍の占領下にあつた全地域に於て長い間中国の民衆に加へられた蛮行のほんの微細な一部に過ぎない」と記された。

こうして見ると、『生きてゐる兵隊』の歴史的な重要性が改めて確認できる。この作は、南京戦における日本軍将兵の暴虐を同時代の日本語で記述した貴重な記録であるだけでなく、敗戦直後の日本語の言語空間に、中国での日本軍の加害行為にかんする具体的なイメージを提供した「明瞭な資料」、最も早いテクストの一つでもあった。発禁処分から七年後にようやく公刊されたテクストは、今度は日本の戦争犯罪をめぐる議論の渦中に置かれることになったのである。

だからこそ、河出書房版の本文がどう作られたかを知ることが重要なのだ。日中戦争時の日本軍の加害の記憶について、どんなできごとを、どのような文字で言説の場に登記するのか。占領軍検閲が『生きてゐる兵隊』本文にどう影響したかは現時点では確言できない。しかし、一方で考慮すべきは、東京裁判では検察側も弁護側も、帝国日本の植民地支配責任についてほとんど議論しなかった、という事実である。[*20] 河出書房版の本文が朝鮮人従軍慰安婦にかんする記述をカットしたことは、帝国の宗主国の論理に即した戦争記憶の構成に、このテクストが参与してしまったことを意味している。

3　国際検察局資料をどう読むか

興味深いことに、公刊された『生きてゐる兵隊』の記録的価値にいちはやく注目したのは、ＧＨＱ国際検察局だった。東京裁判の開廷にあたって、南京事件問題を日本の戦争犯罪を立証するモデルケースとして位置づけていたからである。本節では、国際検察局資料に残された石川の調書の中身を確認してみよう。

米国国立公文書館蔵の国際検察局（ＩＰＳ）関係文書は、現在、国立国会図書館憲政資料室でマイクロフィルムの複写を閲覧することができる（その一部は「国会図書館デジタルコレクション」でインターネット公開されている）。先に述べたように、現時点でわたしが確認した石川関係の文書は以下の二点である。一点目は、Entry No.312 “Documents Assembled by the IPS for Use as Exhibits

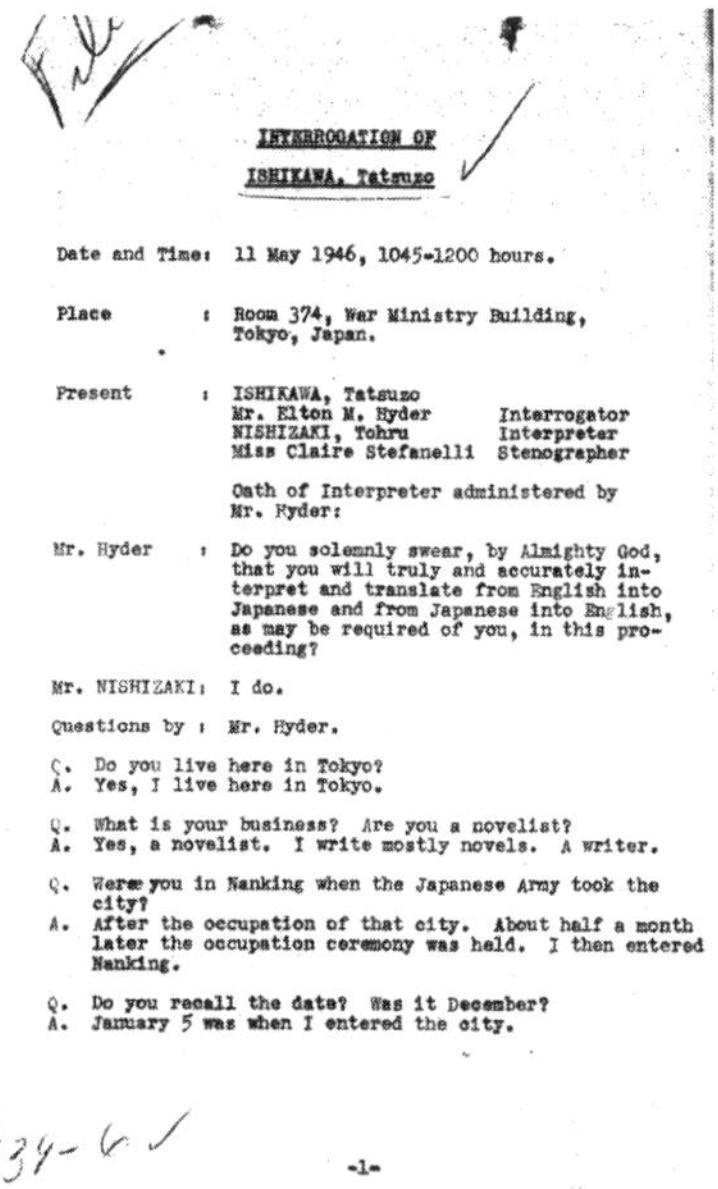

INTERROGATION OF

ISHIKAWA, Tatsuzo

Date and Time: 11 May 1946, 1045-1200 hours.

Place : Room 374, War Ministry Building, Tokyo, Japan.

Present : ISHIKAWA, Tatsuzo
Mr. Elton M. Hyder Interrogator
NISHIZAKI, Tohru Interpreter
Miss Claire Stefanelli Stenographer

Oath of Interpreter administered by Mr. Hyder:

Mr. Hyder : Do you solemnly swear, by Almighty God, that you will truly and accurately interpret and translate from English into Japanese and from Japanese into English, as may be required of you, in this proceeding?

Mr. NISHIZAKI: I do.

Questions by : Mr. Hyder.

Q. Do you live here in Tokyo?
A. Yes, I live here in Tokyo.

Q. What is your business? Are you a novelist?
A. Yes, a novelist. I write mostly novels. A writer.

Q. Were you in Nanking when the Japanese Army took the city?
A. After the occupation of that city. About half a month later the occupation ceremony was held. I then entered Nanking.

Q. Do you recall the date? Was it December?
A. January 5 was when I entered the city.

-1-

図 4-1　石川達三尋問調書（『国際検察局（IPS）尋問調書　第 50 巻』日本図書センター、1990 年）

before the IMTFE"（「極東国際軍事裁判に証拠として使用するため国際検察局が収集した文書」。IMTFEは「極東国際軍事裁判」の略称）中に、タイプライターで打ち直された英文一一ページにおよぶ石川の尋問調書と手書きのメモ、速記者による速記ノートの写しが収録されている。[*21] もう一つは、Entry No.329 "Numerical Evidentiary Documents Assembled as Evidence by the Prosecution for Use before the IMTFE, 1945-1947"（「極東国際軍事裁判に使用するため検察によって収集された番号順証拠文書」）に、英文三ページ分の石川の供述書（Affidavit）とされるものが残されている。[*22]

現在のところ、この二点の文書の関係はよくわからない。尋問調書と供述書はいずれもQ&A方式で記述されており、内容的にはほぼ重なるが、供述書にしかないやりとりもある。それぞれ担当した通訳の名前が異なっているので、石川は複数回召喚された可能性もある（供述書には日付の記載がないので、同じ日に二度やりとりが行われたとも考えられる）。供述書の方は、『生きてゐる兵隊』が誰から、どんな理由で発売禁止処分を受けたのか、石川がどんな罪に問われたかが短答式的に問われた内容となっている。[*23] ここでは、検察官と石川の詳しいやりとりが含まれた尋問調書に注目したい。

　東京裁判は「日本の戦争指導者や国策決定を審理するという大規模な裁判」（宇田川幸大）[*24] としてあったが、粟屋憲太郎『東京裁判への道』によれば、国際検察局は裁判準備にあたって、いくつかのグループに分かれて作業を行った。そのうち、二・二六事件から日中戦争前期（一九三六年二月〜一九三九年七月）の責任者となった米国人のT・H・モロー大佐は、一九四六年三月七日・八日に巣鴨プリズンで南京作戦時の中支那派遣軍司令官・松井石根に尋問を行った後、中国から検事団に参加していた向哲濬らと上海に向かい、約一ヶ月間、中国各地で日本の戦争犯罪にかかる証拠収集に従事した。[*25] その際、日本敗戦前から南京事件関連のインタビューなどを積極的に行っていた中国国民政府から多くの資料が提供されたという。[*26] 『生きてゐる兵隊』の中国での受容を考慮すれば、この段階で石川と彼のテクストの名前が挙がったとしても不思議はない。

　ちなみに、国際検察局の松井石根のフォルダ（#Case 61）には、彼らにとって貴重なインフォーマント役だった田中隆吉陸軍少将による松井にかんする供述（一九四六年三月二二日）に加え、同年四月二三日・二五日に行われた福田篤泰（当時南京日本領事館外交官補）、二四日に行われた岡崎勝男（当時中国駐在の無任所領事）、三〇日に行われた中沢三夫（当時陸軍大佐、第一六師団参謀長）の尋問記録などが収められている。福田は事件当時、南京で難民保護を目的に結成された安全区国際委員会のジョン・ラーベやマイナー・ベイツと直接応対した窓口担当であり、岡崎は安全区国際委員会からの報告を東京の外務省本省に打電していたと証言した人物だった。[*27] 中沢は、一九三八年に石川達三が取材した兵士たちが所属した第一六師団のナンバー2にあたる（当時第一六師団長だった中島今朝吾は一九四五年一〇月に死去していた）。

このうち、中沢の調書は、同内容のものが石川の調書が収められた「南京事件」フォルダ（#Case 439）にも収められている。「南京事件」フォルダには他に、一九四六年五月二日に行われた藤田進（当時陸軍中将、第三師団長）、同五月三日に行われた飯沼守（当時陸軍少将、上海派遣軍参謀長）の調書も含まれていた。つまり石川は、東京裁判での「南京事件」立証にかかる外交官・軍人のキーパーソンとされた人物たちと並んで、尋問対象者となっていたことになる。

五月一一日に行われた石川への尋問の担当検察官はエルトン・ハイダー（Elton M. Hyder）。一九二〇年生まれ、テキサス州立大学出身の法曹家で、国際検察局のジョゼフ・キーナン局長が連れて来た米国人スタッフの中では最年少だったという。[*28] ハイダーは主に満洲への侵略を問題化する一九三〇年〜一九三六年一月の作業グループに所属、荒木貞夫・重光葵という二人のA級戦犯容疑者と、岡田啓介・若槻礼次郎という二人の元首相の尋問を担当している。彼はモロー大佐率いるグループのメンバーではなかったが、一時的に手伝ったのだろうか。石川の調書には、ニシザキ・トオルという人物が通訳を担当し、尋問は午前一〇時四五分から正午まで、七五分間にわたったとの記録がある。

粟屋憲太郎が強調するように、一般に尋問調書は「相当にクセのある資料」である。[*29] しかも国際検察局の調書は、通訳を介したやりとりが英語で記録されたものなので、細かいニュアンスまでは分からないところがある。しかし、他の南京事件関連の尋問調書と比べて読む限り、石川は比較的率直な態度で語っている印象を受ける。

例えば、三月に行われた尋問で松井石根は、当時、司令官として軍紀引き締めに心を砕いたとくり返し、自分にはよいニュースはすぐに入るが、悪いニュースはほとんど知らされなかった、と語っていた。中沢や飯沼は、南京で統制を外れた兵士たちによる蛮行があったことは認めたが、大規模な虐殺や性暴力があったことは知らなかった、と述べた。その代わり中沢は、捕虜は上級部隊に送致されたと語り、飯沼は戦争捕虜の扱いは軍司令官だった松井の権限に属する、と供述した。宇田川幸大は、東京裁判の裁判準備について、周到に組織的な準備を重ねた旧海軍に比べ、旧陸軍は「陸軍や日本の歴史について法廷で弁明し、彼らが被ろうとしている「汚名をそそぐ」という点が優先課題とされていた」と指摘している。[*30]だが、こうしたやりとりを見ていると、旧陸軍軍人たちは、自らの弁明に終始したことで、結果的に責任を押しつけ合っていたとも感じられる。

それに対して石川の尋問は、ハイダー検察官が南京事件関連の尋問に不慣れだったことも手伝って、むしろ石川のペースで進んだように見える。石川は自ら要図を書き出して日本軍の南京侵攻の展開を説明、中国側の南京防衛軍司令官・唐生智が市内から逃亡したことでさらなる混乱がもたらされた、と述べた上で、自分は日本軍の南京入城後しばらくしてから市内に入ったので、虐殺（atrocities）の現場は直接見ていないが、いくつかのできごとは兵士たちから耳にした、と語っている。その中には、挹江門の北東にあった三〜四階建ての建物に中国人捕虜が押し込まれ、ガソリンをかけられて放火されたという事件や、通済門近くの飛行場で捕虜が機関銃で殺害された事件など、日本軍将兵による加害行為の具体的な証言も含まれていた。兵士たちと共に過ごした経験上、兵士は個人で殺人を犯すケースもあったが、一〇人以上のまとまった虐殺は上官命令と考えてよいのではないか、という見解も披瀝していた。

一方で石川は、当時の日本軍の行動には酌量の余地もあった、とも述べている。石川は、自らが証言したような虐殺が起きたのは、中国軍兵士は戦闘に敗れると軍服を脱いで市民に紛れる習慣があったこと、中国側の反日宣伝によって市民たちが日本軍兵士を攻撃するケースが起こっていたこと、そもそも南京侵攻時の日本軍は補給が十分ではなく、大量の捕虜を給養する能力がなかったこと等の要因が関係している、と主張した。もちろん、こうした陳述が日本軍の行為に対する弁明になると考えた点に、彼の戦争認識、戦時国際法に対する理解の限界が露呈されていることは言うまでもない。

石川が尋問の場では語らなかったこともある。例えば彼は、捕虜と民間人の「虐殺」は認めたが、中国人女性に対する性暴力には一切言及していない。加えて彼は、自分が紹介した「虐殺」の事例はすべて伝聞情報だと強調し、検察側の証人候補となることを暗に拒絶している。また、おそらくは取材対象者の戦犯訴追を避けるため、誰からその話を聞いたかという情報源は決して明かさなかった。

見られるように石川の調書は、彼の強靭な記憶力を物語るだけでなく、彼が一定の方針を持って国際検察局の尋問に臨んだことをうかがわせる。しかし、石川の陳述は、松井石根らの軍人たちの意向とは明らかに背馳するものだった。尋問との関連は不明だが、この二日前、五月九日付の『読売新聞』に、石川の談話記事「裁かれる残虐『南京事件』」が掲載されている。東京裁判の起訴状から南京での「日本の残虐行為」を取り上げ、「軍国主義教育にぬりかためられてゐた日本人への大きな反省」が必要と述べる記事の中で、石川は、『生きてゐる兵隊』から、登場人物の近藤一等兵が中国人女性をスパイ嫌疑で刺殺するシーンを引用したあと、次のように語っている。

……かうして女をはづかしめ、殺害し、民家のものを掠奪し、等々の暴行はいたるところで行はれた、入城式におくれて正月私が南京へ着いたとき街上は死屍累々大変なものだつた、大きな建物へ一般の中国人数千をおしこめて床へ手榴弾をおき油を流して火をつけ焦熱地獄の中で悶死させた

また武装解除した捕虜を練兵場へあつめて機銃の一斉射撃で葬つた、しまひには弾丸を使ふのはもつたいないとあつて、揚子江へ長い桟橋を作り、河中へ行くほど低くなるやうにしておいて、この上へ中国人を行列させ、先頭から順々に日本刀で首を切つて河中へつきおとしたり逃げ口をふさがれた黒山のやうな捕虜が戸板や□（一字不明）へつかまつて川を流れて行くのを下流で待ちかまへた駆逐艦が機銃のいつせい掃射で片ツぱしから殺害した

戦争中の昂奮から兵隊が無軌道な行動に逸脱するのはありがちのことではあるが、南京の場合はいくら何でも無茶だと思つた、

南京での暴虐行為の主体は陸軍将兵だけでなく、海軍も加わっていたことが記録された記事と言えるが、注意したいのは、談話の中で石川が、尋問の際には語らなかった日本軍兵士の性暴力に言及したことだ。同じ記事中には、「支那へさへ行けば簡単に人も殺せるし女も勝手にできるといふ考へが日本人全体の中に永年培はれてきたのではあるまいか」と、中国人に対するレイシズムが兵士たちの性暴力をエスカレートさせたという認識も示している。この談話の時点で国際検察局での尋問予定を知っていたかは分からないが、記事の最後で石川は、「私たちの同胞によつてこのことが行はれたことをよく反省し、その根絶のためにこんどの裁判を意義あらしめたいと思ふ」と東京裁判への期待を語っていた。

　同じ記事には、「これらの虐殺や暴行を松井司令官が知つてゐたかどうかは知らぬ」というくだりもある。しかし、たまたまこの記事を巣鴨プリズンで目にした松井石根は、ひどく感情を害したらしい。笠原によれば、松井の獄中での日記には「九日、読売新聞に石川達三なる者談話記事あり。南京当時の暴行事件を暴露するものなり、小説家の由、困った男なり。わざわざ問題の種を邦人中より蒔くの愚、蔑むべきなり」という記述があるという。[*31] 日中戦争の同時代も日本敗戦後も、軍人たちにとって石川は「困った男」に見えていたわけだ。

　さらに、ハイダー検察官と石川とのやりとりには、『生きてゐる兵隊』というテクストの特質を考える上で見逃せない細部も含まれていた。取り調べが行われた机上には河出書房版の単行本が置かれていた（両者とも「この本は」と言及する場面がある）が、ハイダー検察官は、まず間違いなくこの小説を読んではいなかった。そのことは、尋問の中に小説の内容に立ち入ったものが含まれていないことからも明らかである。作家にとっては不誠実な読者としか言いようがないハイダーの質問は、この小説は事実の記録なのかという点に集中したが、石川は次のように応じている。

> 私が南京で起こった出来事を扱ったこの本を書いた意図は、我々の国には真実が伝えられていなかったからです。我が国民は、国外で何が起こっているかを知らなかった。そこで私は何があったかを紹介し、彼らに真実を伝えようと思った。言うまでもなくこれは虚構化されたもので、現実の、事実の記録ではありません。（国際検察局資料からの引用は拙訳。以下同じ）

興味深いことに、自分は銃後の人々に戦場で起こっていた「真実」を伝えたかった、という石川のスタンスは、一九三八年の最初の裁判のときから変わっていない。しかし、一九四六年に東京法廷が置かれたビルの中でこの言葉を語ることには、おのずから別のニュアンスが生まれよう。この一言にハイダーは食いつき、角度を変えて似たような質問を執念深くくり返した上で、次のように切り込んだ。Qがハイダー、Aが石川の発言である。

Q　あなたがフィクションと呼んだものは、あなたが南京で日本軍兵士から実際に聞いたことなのですね？

A　ええ。

Q　言い換えれば、あなたはでっち上げはしなかった。それらはすべて、あなたが南京で収集した情報にもとづいていたと？

A　時々私はフィクションとするために、物語をアレンジしました。例えば、南京で起こった出来事があったとして、私の本の中では、他の前線のできごととして書きました。このように虚構化を行ったわけです。

読まれるように、ハイダーの問いに対して石川は、自らが行った「虚構化」の説明で応じている。石川は、自分が南京での出来事として耳にしたことを、物語化する際に他の戦場で起こったこととして書いた部分がある、と述べたのである。東京裁判で国際検察局は、分厚い証拠・証人を揃えることができた南京事件の立証に注力し、それを敷衍するかたちで、日本軍隊が同種の暴力・暴虐を中国各地でくり返していた、というストーリーを組み立てたが、石川達三は『生きてゐる兵隊』を書く際に、ちょうど正反対の操作をしていたことになる。

その証拠となるやりとりも残されていた。尋問の別の場面で石川は、南京市民が日本軍にいかに敵対的だったかを物語るエピソードとして、ある日本軍少尉が南京の市街地を歩いていた際、七～八歳の少女に背後から銃撃された事件に言及している。むろん、このときの石川は、日本軍隊による民間人殺害を弁護したつもりだったのだろう。しかし、現在の読者は、ほぼ同じエピソードが、『生きてゐる兵隊』の第7章、一九三七年一二月四日の丹陽駐屯時の場面で、「第三大隊の加奈目少尉」の殺害事件として語られていたことを知っている（『生きてゐる兵隊』では、少女の年齢は一一～一二歳となっている）。このように考えると、石川がハイダーの要約（「あなたはでっち上げはしなかった」）を否定していないことは重要だ。石川は、『生きてゐる兵隊』のエピソードにまったくの虚構は含まれないと暗に語ってしまったことになるからだ。

先述の『経験的小説論』での回想からすると、石川当人は国際検察局の尋問に積極的に応じたつもりはなかったのだろう。しかし、尋問記録を見る限り石川は、日本軍兵士から捕虜の大量殺害の話を耳にしたと語り、何らかの組織的指示があったはずだと認めていた。国際検察局は、現地軍司令官としての松井と東京の政府は、南京での日本軍兵士の暴虐と蛮行を知っていながら何ら具体的な対策を取らなかったという不作為責任を問おうとしたが、石川の供述は、大筋でこうした立証方針に沿ったものとなっていた。[*32] 石川は、のちに「米国側の検事団は『生きてゐる兵隊』を南京虐殺事件の証拠資料に使おうとした」と書いたが、[*33] 最終的に石川の証人採用が見送られたのは、国際検察局が事件の直接の目撃者の語りの方を重視したためだろう。

だが、この尋問記録に残されたやりとりは、『生きてゐる兵隊』の記述が、いままで考えられていた以上に南京での出来事と密接に関係していたことを教えてくれる。言い換えれば、調書に残された石川の言葉は、このテクストを、日本兵による南京戦の戦場記憶、南京城内外での暴虐にかかる記憶を冷凍保存したものと位置づける新たな傍証と見なすことができる。

4　『生きてゐる兵隊』と戦後責任

一方、敗戦後の文学言説の場で、公刊された『生きてゐる兵隊』の反響は決して大きなものとは言えなかった。一九五二年の中野重治は、敗戦直後の段階では「アメリカ占領軍によって検閲制度がしかれ」たことで、日中戦争期・アジア太平洋戦争期の「日本政府側の立場に積極的に立って書かれた作品」としての「「戦争もの」」の出版は直接禁止されぬまでも甚だ好ましくないものという取扱いを受けていた」と述べている[*34]。あるいはそんな雰囲気に影響されたのかもしれないし、敗戦直後の混乱の最中で、まだ文学批評どころではなかったかもしれない。しかし、そうした状況下で『生きてゐる兵隊』に鋭く反応したのが、『新日本文学』に拠った二人の評論家、小田切秀雄と岩上順一であった。彼らはそれぞれの立場から、『生きてゐる兵隊』を批判的に乗り越えるべき対象とする議論を展開した。

「文学における戦争責任の追求」（『新日本文学』一九四六年五・六月）で著名な小田切は、それに先だって、同じ雑誌の創刊号（一九四六年三月）に、「「生きてゐる兵隊」批判　戦争と知識人の一つの場合」という長文の評論を発表している。『生きてゐる兵隊』は「侵略権力」による「犠牲の小羊」なのか、それとも「実は耳まで口が裂けた狼の子供」なのか――。そう問いかける小田切の批判を簡潔に要約すれば、この作で石川は「戦場と人間、特に知識人と内面との関係を問題的に取上げようとした」が、「人民出」の兵隊を偏見に満ちた視線で類型的に描くことで、「「皇軍」の「神兵」という押しつけられた観念を丁度裏がへして見た」に過ぎず、しかもそのような偏った類型に自己を適合させようとする「知識人」を描くという二重の誤りを犯した、というものだ。そこから小田切は、「「生きてゐる兵隊」をめぐるのは、比類少く残虐な兵隊と、そこへまで落ちぶれて行くまがひの知識人と、それを知識人一般の現実として肯定しようとする作家と、その作家を特高裁判にかける侵略権力」に他ならず、「今日の自由は、このやうな作品を刊行する「自由」」でもある、という結論につなげている。

　石川の裁判は特高関係ではなかったが、それ以外の批判は現在の眼から見ても概ね首肯できるものだ。一九四〇年の宮本百合子は、『生きてゐる兵隊』について、「こちらから携帯して行った諸問題を背負わせるにふさわしい人物を兵の中に据え、全く観念の側から人間を動かして、結論的にはそれらの観念上の諸問題が人間の動物的な生存力の深みに吸い込まれてしまうという過程を語っている」作だと論じていた（宮本「昭和の十四年間[*35]」）。小田切の批評は、おそらくはこの宮本による論評を念頭に、「人民出」の兵隊の個性や「内面生活」が描かれていない、と指摘している。だが、小田切は『生きてゐる兵隊』を全面的に否定したわけではない。日本軍の「残虐性」を「侵略軍の本質」として詳細に描いた点には一定の評価を与えている。そもそも、敗戦直後の用紙事情が厳しい時期に、他ならぬ『新日本文学』の創刊号に長文の批評を寄せたこと自体が、この作に対する評価のあらわれとも考えられる。

だが、わたしが問題と思うのは、石川の描いた「人民出」の兵士たちが、いかなる根拠で「類型的」と言われているかである。小田切は、『生きてゐる兵隊』作中で日本軍兵士の典型と描かれた「笠原伍長」という人物を取り上げて、次のように書いている。

> 恰も予防線を張るやうに作者は「戦場といふところはあらゆる戦闘員をいつの間にか同じ性格にしてしまふ」と書いているが、職業軍人は別として、人民の生活の中から引き出されて行つた多くの私達の息子・親・夫・兄弟・友人・同僚たちがすべてその本質上笠原の如くであつたとは私にはどうしても信ずることが出来ない。

重要な部分なので、少していねいに見ていこう。まず分かることは、小田切が日本軍隊の構成員を「職業軍人」と「人民の生活の中から引き出されて行つた」多数者とに区分けし、前者を「本質上」暴力的な存在と見なしていることである。そして、「職業軍人」ではない多数者を、「私達」とごく近しい存在と表象することで、彼らを自分たちの側に引き寄せようとしている。さらに小田切は、そのような身近な存在としての多数者たちは、本来的には「残虐」な暴力を行使するような人間ではないはずだ、という信念（もしくは願望）を表明している。日本軍隊の中国やフィリピンでの蛮行を、「日本軍」のそれとしてではなく、「侵略軍の本質」と一般化して言表したあたりにも、同様の問題を指摘できるかもしれない。

小田切の行論をよく読むと、石川のテクストに即して「人民」対「知識人」という二項対立を設定しているように見えて、実際には別の境界線を持ち込んでいることがわかる。小田切は、「知識人出でない多くの兵隊のひそめられた心の内部にも人間性に根ざしたいろいろの火花が何らかの形で散らされてゐたに相違ない」と書く。では、その「人間性」とは何か。それは、「斬られる側の人間の苦しみ」を想像する力であり、「斬られる人たちの苦痛に心を傷め、その心の傷みから支那の民衆についておのづとひそかな人間的関心を抱きはじめたり今次の戦争の性質についてひそかに思ひをひそめたり」できる力のことである。小田切は、「職業軍人」はともかくも、「人民出の兵隊」には、本来それがあったはずだ、と言うのである。

かつて細見和之は、『生きてゐる兵隊』とは「鬼」と化した皇軍将兵の記録だ、と書いた。「どのような善意も、どのような懐柔策もつうじない、理不尽な暴力の権化と化した無表情な、あるいは不気味な笑みをたたえた、武装した鬼の群れ」としての「日本鬼子」[*36]。この細見の読解に依拠して言うなら、『生きてゐる兵隊』がいまなお読者の背筋に冷たいものを走らせるのは、「斬られる側の人間の苦しみ」を知らないわけではない、決して本性的には非道でも残酷でもない人々が、兵士というアイデンティティを引き受けた瞬間に、突如として「鬼」のように他者を傷つけ、殺し始める瞬間が描かれたからに他ならない。

先に見たように、国際検察局の尋問で石川は、自分が取材した兵士や軍属についての情報を一切語らなかった。その事実が端的に示しているように、南京での（そして、他の多くの場所での）暴力行為や加害の責任は、ひとえに「職業軍人」だけが負うべきものではないはずだ。小田切のコメントは、日本軍隊が行った加害行為にかんして、「人民出」の兵士たちを免責し、つまりは表象としての「人民」を救い出すものとなっているのではないか。

同様の問題は、岩上順一が復活した文芸家協会の機関誌『文学会議』に寄せた「書評　生きてゐる兵隊」（一九四七年三月）にも指摘できる。論の前半で「日本軍隊が事実かずしれぬ非戦闘員殺戮をおかしたことは今日日本国民にはじめて知らされた」と書いた岩上は、『生きてゐる兵隊』が、日本軍隊による「さまざまの暴行掠奪」を記述したことを、「これをかきしるしたことは、かゝることをひとつもかきしるさなかつたことよりも真実にちかい」と一定の評価を与えている。だが、問題はそれらの行為が、どんな立場から表現されたかであると考える岩上は、石川が中国との戦争の「侵略的本質」を正しく認識することを回避した結果、「表面的現象的な残虐行為をかきしるすことによつて、侵略戦争をよりお上品な姿で遂行せよと提示してゐるにすぎない」と指弾する。

確かに、日本軍隊がどのように戦争を遂行しようが侵略戦争という本質は変わらない、という岩上の主張は正しい。だが、ただ正しいだけである。しかもどこか他人事だ。岩上は、『生きてゐる兵隊』が描いたような「兵隊たちの非戦闘員殺戮」は、「日本軍の全体的な方針であり指令」であって、「個々の兵隊たちは日本軍のこの残虐な全体的統制のもとにその首脳部の指令を忠実に勇敢に実行したにすぎない」と書き記す。悪の根源は「軍国主義」であり、「反動的軍閥官僚」であり「軍の首脳部」である、というわけだ。

なお、この岩上の批評に対しては、石川達三が即座に反論している（「時代の認識と反省——評論家岩上順一君に——」『風雪』一九四七年五月）。だが、石川の議論は子どもじみた癇癪をたっぷりの嫌味にくるんでみせた程度の調子の低いもので、見るべきものはあまりない。唯一汲むべきは、石川が戦時と戦後の連続性を問うた箇所だろう。石川は、岩上の批判は、自分だけでなく「日本の殆んど全部の国民」を「罵倒」しているのではないか、と問うている。「何となれば日本人の殆んど全部はこの侵略戦争に協力したのであつたからだ」。

自分も日本の戦争に協力した「小さな戦争犯罪者である」と書いた石川は、自らの責任を部分的に認めることで反省と誠実さのポーズを演出しながら、小田切や岩上とは違うニュアンスで無力な「民衆」という表象を構成する。「まことに民衆は愚である。民衆は何も知らない。私も知らなかつた」。自分（たち）は欺された、という立論のバリエーションであることは明らかだが、このように書くことで石川は、岩上をはじめ「あの戦争」について「侵略戦争といふレッテルを貼」ろうとする人々の方こそ、「自分の戦争責任を逃れようといふ魂胆」の持ち主ではないのかと、「民衆」という表象に隠れて批判の矢を放ってみせるのだ。もちろん、石川の言う「日本人」に台湾人や朝鮮人は間違いなく入っていない。

敗戦直後の転換期に、石川が苦々しく述べたような変わり身の早さを発揮した者たちがいたことは事実である。石川自身、敗戦直後から一貫して「当局が権力を失ひ民衆が自由を得たその機会に乗じて、鬼の首を取つたというやうな手柄顔で大言を弄してゐる者」たちへの違和を表明していた（「似而非文化」『朝日新聞』一九四五年一〇月一四日）。しかし、同じ批判であっても、誰が・いつ・どのように口にするかによって、説得力は段違いになる。日中戦争期・アジア太平洋戦争期の石川達三の発言と行動を詳細に検証した呉恵升は、「石川は戦時下には「戦争協力」者へ転向し、敗戦後、また民主主義者に「再転向」した」と書いている[*37]。戦時下の石川の事績をふり返れば、呉の厳しい指摘に同意せざるを得ない。日中戦争期の上海で日本軍の情報戦の最前線に立っていた馬淵逸雄は、一九四〇年の著書で石川について、「南京戦に従軍して「生きてゐる兵隊」を公表し、残忍な場面が当局の忌諱に触れたが、「武漢作戦」で見事に名誉を恢復した」と述べた（馬淵『報道戦線』改造社、一九四〇年）。一九四二年から四三年にかけて石川は海軍報道部の無給嘱託を務め、戦争末期には日本文学報国会実践部長の職にあった。こうした彼の「実績」は、当然に、同時代の言説の場で鮮明に記憶されていた。例えば、荒正人は「発禁書再刊といふ形で、これを世に送ることによつて、あはよくばひとかどの反戦作家（？）になりすます魂胆であつたらしい。馬鹿馬鹿しい」という非難の文字を書き込んでいた（荒正人「文芸時評——一切「外」の責任」『読売新聞』一九四六年四月一三日）。まぎれもなく石川は、敗戦後に追及される側、「首」を取られる「鬼」の側にいた人物に他ならなかった。

たしかに戦争末期の石川は、当局の戦争指導に対するかなり立ち入った批判を展開していた。しかし、「成瀬南平の行状」（『毎日新聞』一九四五年七月一四日〜七月二八日、以降連載打ち切り）をはじめとする一連の発言は、石川巧の表現を借りれば、「戦争で勝つためにこそ言論の自由が必要だといっているのであり、その点においては大真面目に大政翼賛運動を推進しているともいえる[*38]」。現在から見れば過激な直言とも映る石川達三の発言は、現在進行形の戦争をよりよく戦おうとする立場からの発言であって、決して戦争遂行自体への批判ではなかった。

石川は、敗戦直後の段階から積極的にメディアで発言したが、自己の戦時下の行動や言動についての反省的な記述は基本的に見られない。「国民」はいまこそ総力を結集すべきだが、「戦時中に何の役にも立たなかつた者が戦後になつて役に立つ筈はない」（石川「去り難き憂ひ」『週刊朝日』一九四五年一〇月二一日）との一節は、ある意味では「国策」に邁進した過去の自分に対する弁護と受け取れるものだろう。河出書房版『生きてゐる兵隊』刊行直前の奥付を持つ雑誌に寄せたエッセイでは、「戦争文学はもう当分は沢山」である、戦時下の「醜態をきはめた日本の姿」を文字を通じて想起させられるのはたまらない、とさえ語っていた（「わが戦争文学観」『雄鶏通信』一九四五年一二月一日）。その上で石川は、これからの社会にとっての希望を重視したいと、知識人グループ「自由懇話会」に参加（一九四五年一〇月）、日本文芸家協会創立総会で理事に就任していた（一九四五年一二月）。こうした石川の動きを見ていくと、岩上の批判に冷静に対応できなかったことも理解できる。

以上、『生きてゐる兵隊』戦後版の受容の現場を見てきた。わたしは別に、小田切秀雄や岩上順一がこの作を読み間違えていた、と言いたいのではない。テクストがどう読まれるかをあらかじめ決めることはできない。それに、小田切や岩上の問題意識をより正確に読み解くためには、同時代の戦争文学をめぐる問題構成や、「人間性」にかかる議論の動向をつぶさに確認する必要があろう。

ただ、こと『生きてゐる兵隊』の評価にかんして言えば、小田切も岩上も、戦時下の日本軍隊と自らの読者とを、ひそかに切り分けた議論を展開しているように見える。それこそ、「職業軍人」ではない「私達の息子・親・夫・兄弟・友人・同僚たち」が、そのような「残虐行為」の主体でありえた可能性をなるべく考えないかたちで、議論を組み立てているように見える。重要なのは、同様の発想が「太平洋戦争史」にも指摘できることだ。賀茂道子によれば、CIEは一連の記事の構成にあたって、アジア太平洋戦争期の対日心理作戦の延長線上で、「将校と一般兵士とを区別し、くさびを打ち込む方針」を採用していた[*39]。もとより「将校」がすべて「職業軍人」というわけではない。重要なのは、「国民」という表象に連なる「一般兵士」を免責し、救抜する回路が作られていたことだ。

テクストから朝鮮人「慰安婦」の存在が消去され、「国民」に蔓延していたレイシズムと性暴力の問題がカッコに括られていく。この事態を植民地主義とレイシズム、男性ジェンダーによる支配の節合と結託として理解するなら、日本敗戦後の『生きてゐる兵隊』受容の場から見えてくるのは、勝者と敗者がそれぞれの思惑に規定されながら、戦争記憶を語る妥協点としての枠組みを作り上げていったありように他ならない。そこでは、「支那へさへ行けば簡単に人も殺せるし女も勝手にできるといふ考へ」が「日本人全体の中に永年培はれてきたのではあるまいか」という石川の疑いは、十分に検討されないまま放置された。しかし、まさにその認識こそ、テクストとしての『生きてゐる兵隊』が描き出してしまった問題ではなかったか。むろん、文学者の評価が同時代の文学テクストの評価とつねに一致するわけではない。しかし、少なくとも当時の文学者たちは、このテクストが持ってしまった歴史的価値を改めて訴えようとはしなかった。書き残された文字と書き手の思想とをいったん区別して考えることを可能にする「テクスト」という概念を知らなかった当時の議論の地平では、『生きてゐる兵隊』に刻まれたことばそれ自体の事件性を評価する、という発想は生まれなかった。

興味深いことに、このあと石川達三は、まさに戦時・戦後の価値観の変転に翻弄される「職業軍人」の再出発を描いた小説「望みなきに非ず」の連載を開始する（『読売新聞』一九四七年七月一六日〜一一月二二日）。一九四九年には、『中央公論』編集部をモデルに、軍人やその手先に翻弄される旧時代のジャーナリスト一家に焦点を当てた長篇「風にそよぐ葦」に着手していった（『毎日新聞』一九四九年四月一五日〜一一月一五日、一九五〇年七月一一日〜一九五一年三月一〇日）。敗戦後の石川達三は、戦争の記憶は語っても、戦場の記憶を本格的に問題化することはなかった。言ってみれば、『生きてゐる兵隊』は、作者からも半ば敬して遠ざけられるテクストとなってしまった。

第5章　横溝正史と戦後啓蒙
――「獄門島」、あるいは防衛機制としての物語

1　「島」の文学誌

一九四〇年代の一〇年間――つまりはアジア太平洋戦争とその敗北、日本占領と「逆コース」、東西対立の始まりの時期だ――ほど、日本語の言説の場で「島」の名が連呼されたことはなかったのではあるまいか。

一九四一年一二月に幕を開けた日本帝国の新たな戦争は、ハワイ・オアフ島の米国太平洋艦隊基地に対する「奇襲」攻撃の成功が大々的に告知されたことで、「臣民」たちに熱狂的に受け入れられた。日本陸海軍は東南アジアとインド洋、南北太平洋の島々を次々と軍事占領、メディアは嬉々として描かれた地図の上に日章旗を掲げ、「大東亜」の圏域が広がり、新たな資源を確保できたと宣伝した。いくつかの島では軍事基地化・要塞化が進められ、おそらくはどこに連れて行かれるかも知らされないまま、多くの朝鮮人を含む女性たち、労務者たちがそれらの島々に送り込まれた。

その一方で、一九四二年のミッドウェー島攻略作戦の大敗以後、日本軍が絶望的な戦いを強いられ

たのも、それらの島々に他ならなかった。のちに「餓島」と称されたガダルカナル島では、およそ一万五〇〇〇人の日本軍兵士が「栄養失調症、マラリア、下痢、脚気」など「広義の餓死」で命を落とした。[*1]一九四三年五月、アリューシャン諸島のアッツ島を発端として、ギルバート諸島のマキン島・タラワ島、マーシャル諸島のクェゼリン島で日本軍部隊は「玉砕」。悪夢のような戦闘を免れたとしても、米軍の「蛙飛び作戦」によって制空権も制海権もない島々に取り残された兵士たちは、味方であるはずの日本の大本営からも見捨てられた。帝国日本が「絶対国防圏」と定めた域内での島嶼戦はさらに悲惨を極めた。サイパン島では約一万人の民間人が、テニアン島では約三五〇〇人の民間人が死に追いやられた（両島とも民間人の多くは沖縄出身者であり、朝鮮人も含まれていた）。米軍のレイテ島上陸から始まったフィリピン諸島での戦闘では、ミンダナオ島、ルソン島を中心に五〇万人近くの日本軍将兵が犠牲になった。[*2]凄惨な戦闘は一九四五年の硫黄島、沖縄諸島へと続き、米軍占領後これらの島々は日本列島空襲の前線基地として軍事利用された。

こうした経緯をふり返れば、戦時下だけでなく、日本敗戦後にも「島」を舞台としたテクストが多く公刊されたことも理解できる。思いつくまま挙げれば、中山義秀「テニヤンの末日」（『新潮』一九四八年九月）では、軍隊組織になじめずにいる二人の若い軍医が伝染病研究という「科学」に没頭するありようと、米軍の激しい攻撃にさらされる中で、将兵たちが「ほとんど皆気が狂い、兇暴になっていた」様子、軍の宣伝を信じた民間人たちがノコギリやガラス瓶の破片で殺し合った陰惨な状況が書き込まれた。大岡昇平が最初に発表した「俘虜記」（『文學界』一九四八年二月、のち「捉まるまで」と改題）は、フィリピン・ミンダナオ島の山中を彷徨う「私」がなぜすんでのところで死を免れたのか、なぜ目前にあらわれた若い米兵を射たなかったかが分析的な筆致で綴られた。梅崎春生「桜島」（『素直』一九四六年九月）と島尾敏雄「出孤島記」（『文藝』一九四九年一一月）は、沖縄失陥以後に南方の最前線となった島が物語の舞台となった（「桜島」の「私」は物語の舞台を「この南の島」と表現している）。梅崎の小説では、なぜ自分は地図でしか知らないこの場所で死なねばならないのかという問いに取り憑かれた男たちの戸惑いと迷いが描かれ、島尾の有名なテクストには、「自殺艇」による特攻出撃を待ちつづけるという非日常が日常化した奇妙な倒錯の中で、例外状態としての「いま・ここ」の時間が重苦しく停滞し、飴のように引き延ばされていく感覚が書きつけられた。総じてこれらの小説は、戦時中には決して語られなかった日本の戦争の拙劣さと、軍隊内部のしつこくまとわりつくような閉鎖的な人間関係を描き出していった。

　しかし、一方で興味深いのは、日本敗戦後に「島」を重要な舞台とした数々のメロドラマが人々の情動を揺さぶっていたことだ。例えば、失われた帝国日本へのノスタルジーを主題化した林芙美子「浮雲」（『風雪』一九四九年一一月〜一九五〇年八月、『文學界』一九五〇年九月〜一九五一年四月）は、アジア太平洋戦争下の仏印で経験したコロニアルな夢に囚われ続けた男女が最後に流れ着いた先として、当時は「南」の境界近くの島だった屋久島を準備した。壺井栄「二十四の瞳」（『ニューエイジ』一九五二年二月〜一一月）は、一九二八年四月に「岬の分教場」に入学した子どもたちと新任教員が、戦争のため、貧困のために、自分らしく生きることができなかったさまをテクストに定着させた。この二つの小説は成瀬巳喜男と木下恵介によって映画化され、高峰秀子の印象的な演技とともに、日本を代表するメロドラマ映画としての地位を確立した。当初はラジオドラマとして制作された菊田一夫『君の名は』（宝文館、一九五四年）は、これでもかというほどすれ違い続けるヒーローとヒロインが巡礼する場所として、佐渡と北海道という二つの島を舞台にしつらえた。石原俊のことばを借りれば、「近代日本国家は、その最大の危機ともいえるアジア太平洋戦争の敗戦処理を、北西太平洋の島々を売り渡し、そこに住む人びとを〈捨て石〉とすることによって乗り切った」[*3]が、これらのメロドラマの舞台となった島々が、敗戦後も日本国家の施政権下にとどまった内海の島だったことも見落とせない。

『日本の〈メロドラマ〉映画』の河野真理江は、ピーター・ブルックスが提起した「メロドラマ的想像力」というコンセプトを参照しながら、メロドラマの物語は「何らかの価値観や規範をめぐる歴史的転換点を背景に、個人が家族や社会といった現実的な世界の因襲や道徳と対立し、そこから逸脱して未知の世界や新しい価値に自ら答えを求めることを可能にするような近代以降の思考の枠組み」が前提となっている、と指摘した。[*4]かつてわたしが参加した共同研究では、ブルックスや河野の所説を参照しつつ、「メロドラマ的想像力」を「近代を生きる身体が、破砕された世界の意味の断片をブリコラージュ的に寄せ集めることで、自己自身の〈いま・ここ〉を模索し、了解していく一つの様式」と規定した。[*5]法や規則は手続きを踏めば変えられるが、ひとの価値意識や感覚は一朝一夕では変わらない。だから、「価値観や規範をめぐる歴史的転換点」と意識された時代では、新旧の異なる考え方が衝突し、葛藤と対立が生まれることになる。ブルックスや河野が主張しているのは、こうした社会的な摩擦や軋轢こそ、「メロドラマ的想像力」の尽きせぬ源泉となる、ということだ。「メロドラマ的想像力」に駆動された物語は、受け手の情動を活性化させながら、共同体内部の対立を調停しようとする。言い換えれば、「価値観や規範」をめぐる意識のズレが共同体に深刻な亀裂や分断をもたらす以前に、物語化を通じて差異を包摂しようとする。そのように考えれば、敗戦後の日本社会で「メロドラマ的想像力」が担った役割を理解することができる。結婚の考え方や家族のあり方など、人々の身近な社会関係をめぐる規範が変化しただけではない。日本列島のマジョリティたちにとって、戦前・戦時という過去と戦後という現在をどう接続するか、帝国日本と戦後日本では異なるはずの〈われわれ＝国民〉意識の空隙をいかに縫い合わせ、「日本」という共同性をいかに担保していくかが重要な問題だったからである。

　すなわち、敗戦後の文学言説において「島」は、二つの異なる物語の系を召喚する表象として機能した。戦争の圧倒的な暴力の下で生きた心身の外傷が刻まれた場所としての外部の孤島と、人々の情動を刺激するメロドラマ物語の舞台となった内海の島々と。先掲の石原は、日本列島自体も島の集合であるにもかかわらず、「内地という表現自体が島であることを忘れさせる言語的効果を備えている」と述べている。[*6] この指摘を踏まえるなら、敗戦後の文学と映画が作り上げた「島」をめぐる想像上の空間配置が、相互に補い合うかたちで「〈擬似大陸〉意識としての内地意識」（石原[*7]）を産出し、再生産していたと考えられる。

以上の問題意識にもとづき本章は、横溝正史の長篇小説「獄門島」（『宝石』一九四七年一月〜一九四八年一〇月）を、この二つの主題系が交差するテクストとして読み直してみたい。もとよりこの小説はミステリとして書かれたが、後に詳しく述べるように、作中の連続殺人事件の背景に近代化をめぐる価値意識の対立が重ね書きされている。加えて作中では、戦場だった「南」からの復員者としての金田一耕助と、「家族や社会といった現実的な世界の因襲や道徳と対立」し、「新しい価値」の方を選びとっていく女性との出会いがサブプロットとして設定されている。

なお、ミステリと「メロドラマ的想像力」とのかかわりをめぐっては、映画『砂の器』（野村芳太郎監督、一九七四年）を取り上げた横濱雄二の議論がある。横濱は、松本清張の原作からのアダプテーションの過程で「リアリティを重視するミステリとして出発」したはずが、途中から「社会と個人の葛藤を描くメロドラマ」としての要素がせり出し、最終的には物語全体を包摂してしまったさまを明らかにした[*8]。横濱の詳細な分析に従えば、映画『砂の器』はメロドラマがミステリを内側から侵蝕し、結果的に乗っ取ってしまった事例といえるが、「獄門島」では、探偵が犯罪の枠組みを説明し、位置づけるコンテクストとして「メロドラマ的想像力」が援用されている。「事件」として括り出された一連のできごとを説明するために召喚された想像力は、未曾有の大量死の時代を生き延びた人々が、自己自身にとっての「生」と「死」をどのように再定義していったのか、という問題と密接にかかわっていると考えてよい。

本章のねらいは、「メロドラマ的想像力」というコンセプトを参照しながら、「獄門島」が、敗戦後の日本社会をいかなる物語として構造化したかを示すことである。そして、その物語を貫く論理が、同時代の言説の場とどんなかかわりを取り結んでいたかを考えたい。よって本章では、原則として「獄門島」の初出本文を用いることとする。

2　戦争と移動——トポスとしての「獄門島」

あまりに見え見えなので口にすることが躊躇されてきたのか、それとも空気のように自明なことがらだからあえて言及されなかったのかはよくわからないが、横溝正史が探偵として金田一耕助を登場させた作品のほとんどが、一般に「戦後」と呼ばれる時空を舞台としていたことは、改めて問われてよいことのように思う。

もちろん、シリーズ全七七作の執筆時期が敗戦から十数年間に集中していたという事情は考慮すべきだ。とはいえ、年代が特定可能な作品で、物語現在が一九四五年から一九六〇年の間に収まらないのは、第一作の「本陣殺人事件」（『宝石』一九四六年四月～九月）と、一九六一年の事件を描いた「蝙蝠男」（『推理ストーリー』一九六四年五月）、晩年の「病院坂の首縊りの家」（『野生時代』一九七五年一二月～一九七七年一二月）と「悪霊島」（『野生時代』一九七八年七月～一九八〇年三月）のみである。[*9] ただし、「本陣殺人事件」が、戦時中に岡山に疎開していた探偵作家「私」が、日中戦争初期の一九三七年一一月に金田一の関与した事件の伝聞を再話する形式をとっていたことは周知の通りだし[10]、「病院坂の首縊りの家」も、事件の発端は一九五三年の時点に置かれていた。藤本亮は「昭和三〇年代」の金田一耕助の造形が、同時代の読者の生活実感から著しく乖離していた様子に注意を促したが、そのことは、このシリーズがいかに「戦後」という時代と密接に結びついていたかを逆説的に物語っているだろう[11]。

そもそも金田一耕助はデビュー当初から、すぐれて「戦後」的な存在として設定されていた。「獄門島」の冒頭では、彼が戦場の生存者《サバイバー》として紹介されている。

> 金田一耕助。――もし諸君が『本陣殺人事件』を読んでゐて下されば、この男がどういふ人物であるか御存じの筈である。
> 金田一耕助が岡山県の農村の、旧本陣一家で起つたあの不思議な殺人事件の謎を解いたのは、昭和十二年のことであり、当時かれは二十五六の青年だつた。その後かれは何をしてゐたか。――何もしなかつたのである。日本のほかの青年と同じやうに、かれもまた今度の戦争にかりたてられ、人生でいちばん大事な期間を、空白で過して来たのである。
> 最初の二年間かれは大陸にゐた。それから南の島から島へと送られて、終戦のときにはニユーギニヤのウエワクにゐた。（第二章）

金田一耕助は、中国大陸と南太平洋の戦場経験者なのだった。ウェワクは東部ニューギニアの日本軍部隊がオーストラリア軍に対して降伏文書を調印した地だったから、間違いなく金田一は、いわゆる「南方」に置き去りにされ、「友軍との連絡もなく、希望のない暗澹たる、日々を雑草とたたかつてくらした」（「獄門島」）極限状況を生き抜いたうちの一人に他ならなかった。この戦場に動員された一四万八〇〇〇名のうち、一割以下の一万三〇〇〇名しか「帰還」できなかったという、[*12]「日本軍将兵達がなめたありとあらゆる惨苦が全て凝縮している戦場」を辛うじて生き延びた元兵士の一人に他ならなかったのである。[*13]しかし、テクストはそうした金田一の戦場経験をあからさまに否認してみせる。彼の八年間を、「日本のほかの青年と同じやうに」「空白で過して来た」と意味づけてしまうのだ。これは明らかに意図された設定であり、一連のシリーズが担った歴史性を考える上で重要である。そしてこの作が、狭義の探偵小説・ミステリ小説研究の枠にとどまらない、敗戦直後の言説の場を思考するきっかけとなる可能性を示唆している。

　周知のように、帝国日本の総力戦として戦われたアジア太平洋戦争は、戦争に関与したり、戦場とされた地域の人々にとって、かつてない規模での「移動」として経験された。応召・出征・転戦・占領・駐留、脱出・逃亡・離散・死別、連行・誘拐・徴用・派遣、移民・植民、そして疎開と引き揚げ――。いずれも、好むと好まざるとにかかわらない、大がかりな空間の「移動」を伴う行為である。帝国日本の構成員に限っても、一九四五年段階で約七二〇万人が軍に所属し、約四〇〇〇万人が軍需工場で働いていた。戦争末期の日本列島では、およそ一四〇〇万世帯のうち八〇〇〜九〇〇万世帯が何らかのかたちで家族の離散を経験し、「敗戦時には八五〇万人に達したといわれる疎開者を加えれば、戦争末期に成員の欠けていない家族はないというほどであった」[*14]。加えて、日本帝国の降伏と解体が、新たな移動の契機ともなった。かつての占領地や植民地からの復員者・引き揚げ者として、軍人・非戦闘員合計六〇〇万人超が列島を目指す「移動」を始め、一九四六年末時点で、うち四四〇万人が列島の土を踏みしめていた[*15]。戦時下において列島各地への「移動」を強いられた中国大陸や旧植民地出身の人々を含め、それぞれの地域は、それ以前の時期には経験したことのないような多様性と差異に直面することになった。北河賢三の言を借りれば、「敗戦後の「民衆」は〝一つ〟ではなく分裂しており、「民衆意識」には大きな亀裂があったのである」[*16]。

　人間が動けば、さまざまな出会いとドラマが生まれよう。戦争はひとを家族や日常の社会から引き剥がし、引き剥がされた者同士を交錯させるし、戦争は人々の絆や係累や生活の場を奪い、人間の心性や世界観を否応なしに変えていく。どうかして生き抜くために自分の思想や信条を抛擲せざるを得なかった者や、他人への気遣いを弊履のように捨ててしまった者も数多くいただろう。あまりにも苛酷な生から逃れ出るために「移動」を決断した者たちや、個人の力ではどうすることもできない事情に強いられて出郷・離散を余儀なくされた人々の生の軌跡は、メロドラマ物語に不可欠な「すれ違い」のリアリティを担保する社会的経験としても意識された。混乱の中で記録が失われ、ある個人の生きた痕跡が別の個人の記憶にしか残らないことも稀ではなかったろうし、松本清張の小説がしばしば主題化したように、逆にそのことが新たな人生への足がかりとなる例さえあったかもしれない。敗戦後のミステリが、犯人の来歴に好んで戦争の爪痕を描き込んでいたのはそのためだが、「獄門島」

の物語世界は、より直截に戦争と結びつけられている。

戦争末期には「防空監視所」や「高射砲陣地」が置かれていたというこの小さな島に金田一耕助が赴くきっかけとなったのは、共にニューギニアの戦場を生き延びた本鬼頭家の継嗣・千万太と「戦友」になったからだった。「獄門島」の主な話柄となる見立て殺人のプログラムが起動したのは、もう一人の継嗣候補・一《ひとし》の生存という誤報が、「ごちそう」と「お礼」を目当てにした復員詐欺によってもたらされていたからだった。加えて、当時頻発していた復員軍人たちによる「海賊」行為や、戦時中は島の守備兵だったという謎めいた美少年・鵜飼章三の存在が、読者をミスリードする思わせぶりな記号として散りばめられていた。だが、このテクストの関心の中心はそこにはない。まず注目すべきは、都合四つの殺人事件の舞台とその出演者たちに、どんな言葉と表象が付与されていたか、ということである。

3　「島も革命ならば日本も革命」

「八つ墓村」（『新青年』一九四九年三月～一九五〇年三月、『宝石』一九五〇年一一月～一九五一年二月）を論じた倉田容子は、横溝の金田一耕助シリーズでは、農村は「旧幕時代」のなごりをとどめる封建的な共同体として、「都会」生活者の好奇心をくすぐるエキゾティックな空間として設定されている、と書いている。[*17] 倉田は、「八つ墓村」の事件の構図を「あたかも村の「野蛮」が、「都会そだち」の「新来者」たちに敗北したかのような構図」とまとめ、「テクストそれ自体が、中央と地方の序列をパフォーマティヴに再編成する言説の一つとして歴史と伴走していた」と結論づける[*18]。だが、こうした表象の構図は、先行する「獄門島」の方にいっそうよく当てはまる。

　順を追って見て行こう。まず第一に、トポスとしての「獄門島」が「特種な島」としてあからさまに有徴化されていることを確認したい。古くは藤原純友以来の海賊の根拠地とされ、「旧幕時代」には「中国地方の某大名」によって流刑地とされたというこの島の住人たちは、周囲から「海賊の末よ、流人の子孫よ」と「擯斥」されてきた、と語られる。金田一のパトロン・久保銀造も、「獄門島」を「いやな島」「恐ろしい島」と紹介しているが、興味深いことに物語の語り手は、その風評を次のごとく敷衍する。「元来が島の住民は、きわめて排他心が強いうえに、環境に制約されるところも多いから、めつたに他の島々と縁組みをしない」。よって、「獄門島の住人はことごとく海賊と流人の子孫」だ、とためらいなく断定してしまうのだ。

　小松史生子は、「横溝作品の語りの特徴は、純粋な三人称の語り手が見出しがたいという点にある」と言っている[*19]。確かに「獄門島」でも、登場人物と語り手はまるで示し合わせたように、島の住人たちへの偏見に満ちた発言をくり返している。島に駐在する清水巡査は、「この島の住人どもは、みんな常識では測り知れぬ奇妙なところ」があり、「本土の人々などの思ひもよらぬやうな、変梃な考へを包んで」いる、と述べ立てる。金田一耕助はたびたび「獄門島の住人」たちは精神に変調を来していると頭を抱え、同じセリフは、当の島民たる了然や分鬼頭のお志保の口からも発せられている。

しかも、そこに戦争と、戦争を契機とする対立や亀裂が介在する。再び清水巡査のセリフを引けば、「あの戦争」によって「みんな大なり小なり気がちがうてゐるのかも知れん」とされているのだ。言ってみればこの作の語り手は、自らが語る連続殺人事件を、「特種な」時代に「特種な」場所で「特種な」人々が起こした出来事として位置づけようとしているのである。

しかも、念の入ったことに「獄門島」は、この表象の構図に、位相の異なる別のイメージを上書きしていく。亡くなった本鬼頭家の当主・嘉右衛門は「太閤」と渾名されている。それに対抗する勢力・分鬼頭家の儀兵衛は「権現」と呼ばれ、嘉右衛門の権勢と対抗した分鬼頭のお志保は「淀君」と称されている。三つの事件は、嘉右衛門の死後、「本鬼頭」の大事を与る「三奉行」によるものだったが、死の床において彼らに殺害方法を伝授する嘉右衛門の様子は、あたかも「戦国の世の、武将の末路をきくやうな、あはれにもはかない物語」だったと評される。そして、金田一耕助がすべての謎を解き明かした後の章には、「封建的な、あまりに封建的な」という題が付されている。「獄門島」の空間的な特殊性を強調した語りは、それを時間の軸にも投射して、この島は、二〇世紀半ばに至ってなお、海賊が跳梁跋扈した前近代を生きていたかのようなイメージを作り上げているわけだ。

とすれば、物語の最後で、本鬼頭家の血を引く唯一の若者となってしまった早苗が、一緒に島を出ようと誘う金田一に対して、次のように語っていたことは見落せない。

「いゝえ、あたしは、やつぱりここにのこります。兄さんも、本家の兄さんも死んでしまつて、これからさき、どんなむつかしいことになりますか、それはあたしもよく知つてゐます。島も革命ならば日本も革命、網元だとて昔の甘い夢は見られますまい。でも、むつかしければむつかしいほど、あたしは踏みとゞまらねばなりません。ちかごろ島にも復員で、おひおひ若いひとがかへつて来ます。そのなかからよいお婿さんをさがし出して、かなはぬまでも本鬼頭を守りそだて、いきませう。さうでもしなければ、お祖父さまの魂は、この家の棟をはなれることは出来ないでせう。島でうまれたものは島で死ぬ。それがさだめられた掟なのです。でも……有難うございました。もうこれきりお眼にかゝりません。」
早苗さんは顔をそむけて、よろめくように立去つた。……

（「大団円」。傍線は引用者、以下同じ）

「封建的な、あまりに封建的な」世界からの「革命」――。かつて杉山光信は、「戦後思想」とは「一九四五年八月十五日以前に支配していたものの否定の思想」であり、「この日以前に日本人を支配していたものがなにであったかと考えることにより、否定の対象は変わって」来ると書いたが、[*20]敗戦直後の時期に、社会秩序・社会構造のレベルで「否定の対象」とされた習慣・風俗・心性・生活様式を名指す際に、しばしば「封建的」「封建性」という語が用いられていたことは周知の事実である。

「獄門島」の連載は、まさに「封建的」と見なされた制度の変革が急ピッチで進められていた時期と並行している。とりわけ農地改革が論じられる際には、当時の農村住民の意識の「遅れ」が問題と

図 5-1　「獄門島」トビラ（『宝石』1947 年 5 月号）

して言語化され、「部落の力の強き者」に権力が偏在する、農村に固有とされた人間関係や「農村人の心理」が民主化を妨げているという議論が行われていた（藤井謙治「農村の民主化」『読売新聞』一九四七年一月六日）。農村だけではなく、漁村の民主化にかんする議論も緒に就いていた。「獄門島」は、漁村における網元の立場を、農村における「大地主」以上の地位だと説いているが、まったく同じ言いまわしが『読売新聞』一九四七年二月一一日付け記事に登場している。政府が次期国会に漁業権割り当ての見直しを行う法案を準備することになった背景について、その記事は、「地主的な存在の網元」が搾取をほしいままにし、「漁村の利益」を独占してきたからだと批判している。つまり、本鬼頭家のような巨大な網元の栄華は、もはや過去のものとなりつつあった、ということだ。「獄門島」の物語世界が、こうした同時代の問題構成を参照していたことは間違いない。

また、早苗の発言が収まるコンテクストにも留意したい。「こひしいひとの子を生み、育てる事が、私の道徳革命の完成なのでございます」との文字を刻んだ太宰治「斜陽」（『新潮』一九四七年七月〜一〇月）を思わせる言いまわしだが、早苗の主張は「斜陽」のかず子に比べても穏当なものだ。彼女が「革命」という語で表現したのは、島に戻ってくる復員者から、自分で「婿」を選ぶことだったからである。要するに、自分の結婚相手を島の共同体の構成員の中から自分で決めるということだ。この発言は、明らかに一九四七年五月に施行された新憲法の両性平等規定を意識したものである。一九四七年一二月の新民法制定直後の女性の発言として、相対的には清新さを感じさせるものだったかもしれないが、あくまで「本鬼頭」という「家」の存続を前提とする発言に変わりはない。しかし、問題は、そのような選択・決断を、彼女が「革命」という言葉で表現したことの方にある。あるいは、彼女にそう表現させたことの方にある。

少し考えてみればよい。芭蕉と其角の句に擬えた、活人画ならぬ死人画を作るという嘉右衛門の遺言を唯々諾々と実践した「殺人機械」たる三人——千光寺の住職である了然、村長の荒木真喜平、漢方医の村瀬幸庵——は、いずれも、島の旧支配層に属する者たちである。そして、事件が解き明かされた後、了然は一の訃報を聞いて頓死、村長は早々に村を脱出し、幸庵は発狂してしまっている。村を騒がせた復員軍人の海賊も犯罪の発覚を怖れた了然によって殺害されて、金田一耕助を含む他国者は島を出て行く。まるで母親の性的な乱倫さの報いを受けたかのように「不健全で病的」な「三輪の狂い咲き」として象られた月・雪・花の「ゴーゴンの三姉妹」も、いまやこの世の人ではない。

語り手と金田一とが代わる代わる「気がちがつてゐる」と名指した人々によって起こされた犯罪が、結果として、この島にとっての「近代」の幕を開けていく。あたかも「獄門島」の事件は、嘉右衛門の遺言を実現するだけでなく、結果的に島の忌むべき過去を清算してしまったとも言える。だから、ここでも「革命」は、自ら獲得されたものではない。「特種」な島の「特種」な人々が「特種」な時代に演じた、いかにも異様な事件と語られたこの島での出来事は、時代遅れの「封建的」遺制が音を立てて自壊していく物語としても提示されているのだ。これはいったい、どういうことなのか。

4　防衛機制としての物語

　戦争という「移動」の時代が終わり、尋常ならざる封建遺制を残存させてきたこの島にも、ようやく近代化の波が訪れる――。「獄門島」は、探偵金田一耕助が最後に解き明かした事件の他に、もう一つの物語を埋め込んでいる。するとさしずめ金田一は近代の使者ということになるわけで、その彼が「アメリカ帰り」と設定されているのはいささか出来すぎている気がしないでもないが、それはともかくとしても、「獄門島」が描いた連続殺人事件のコンテクストを説明する枠組みに、表象の誇張・凝縮・転移・局所化等、ある種の心理的な機制との類似を指摘することは十分に可能と思われる。

　探偵小説は探偵が市民正義を回復する物語だという言い方がある。読者からすれば、探偵小説は市民社会の秩序と安定性を想像的に再認することができるジャンルでもあるわけだ。だが探偵は、犯人を逮捕することも法による裁きを下すこともできないのだから、探偵物語には警察制度と司法制度の円滑な作動が不可欠の前提となる。しかし、金田一の「帰還」が語られた時代は、そのいずれもが戦前・戦時からの連続性を問われ、システムとしての安定性を欠いていたはずである。また、作中で金田一や人物たちは、現場に取り残された死体の異様さに驚くが、必ずしもそれは「戦場の現代的な大量死の体験」が「もはや過去のものかもしれない尊厳ある、固有の人間の死を、フィクションとして復権させる」（笠井潔[21]）ためとは言いきれない。作中で殺害される三人の女性は「死なせたほうが本人たちのためにも慈悲、世間のためにもならうと思うた」と語られていて、彼女たちの死は、かけがえのない個別的な死として悼まれているわけではまったくない。それに、そもそも金田一は、多数の傷病兵を抱え、食糧も尽きた中で「一年間の地獄の苦しみ」を嘗めたというニューギニアの戦場体験者だったはずである。[22] 作中でも彼は、「数年間の前線生活」の中で、「爆死」や「病死」など、「いやといふほど、人間の死ぬところを見て来た」と紹介されてはいなかったか。ならば、彼は戦場で、もっと悲惨で、酷たらしく、思わず眼を背けたくなるような死とくり返し出会っていたのではなかったか。そのことは、同時代にこの物語を手にした読者たちが、一番よく知っていたはずである。

　すなわち「獄門島」の物語世界は、同時代の読者に、「もはや戦時ではない」という幻想を、あるいは安定した日常の回復という願望を、読書行為を通じて想像的に先取り、演出する装置としても機能したのではないか。逆言すれば、この物語は、家父長制と「封建制」とが強固に結び付いた価値意識を、正気を欠いた「特種」な場所の「特種」な人々の問題というかたちで局所化し、過去の遺物として相対化し、想像的に乗り越えることを可能にするイデオロギー装置でもあったのではないか。先に鬼頭早苗の「島も革命ならば日本も革命」という台詞を引いたが、考えてみればこの言表は奇妙である。本来なら「日本も革命ならば島も革命」と語られるべきだからである。この論理の転倒は、早苗の口を借りて語られた「獄門島」の「革命」が、あくまで先取られたフィクションでしかなかったことを象徴的に表している。

この問題をもう少し掘り下げてみよう。「獄門島」のイデオロギー的な機能を検討する上では、映画研究者の斉藤綾子が提示した「ドミナント・フィクション」というコンセプトが参考になる。[*23] 斉藤は、木下恵介の映画のうち、「涙の三部作」――『二十四の瞳』『野菊の如き君なりき』（一九五五）『喜びも悲しみも幾歳月』（一九五七）――の受容には、「敗戦という日本が体験した「歴史的外傷」と喪失体験が深くかかわっていた」という問題意識にもとづき、ジャック・ランシエールの着想をフェミニズム批評の観点から展開させたカジャ・シルヴァマンの所説を参照する。斉藤の議論をわたしなりに敷衍すれば、「ドミナント・フィクション」とは、社会的な合意点をイメージ化して提供する表象様式であり、社会の構成員の側もそのイメージに同一化できるものである。そしてそれは、各種の文化的表象を操作することを通じて、社会の一体性とアイデンティティを維持し、社会の同一性という表象を再生産する役割を担っている。とりわけ「家父長制社会の中心をなすイデオロギー的信念を指し示し、まず第一に家族の「一体」と能力のある「無傷の」男性主体にその確信を見いだ」し、「その確信において、階級とか人種といった差異でさえも、一つの共有された「物語機構《フィクション》」によって作り出された現実として包含してしまう」ものとしてある。[*24]

この考え方を踏まえれば、「獄門島」の物語の枠組みは、次のように解釈できることになる。戦争によって激化した島内部の矛盾が悲惨な連続殺人事件というかたちで露呈したが、そのような島の危機が、近代化を受容することによって乗り越えられていく、というものだ。つまり、島の社会が「歴史的外傷」としての「喪失」から立ち直る物語として理解することができるのだ。

だとすれば、早苗があくまで「本鬼頭」という家の連続性を大切にする人物と設定されたことのイデオロギー的な意味も見えてくる。先に確認したように彼女は、外来者である金田一の誘いには乗らず、あくまで島に「復員」した男から「婿」を選ぶ、と口にする。「島」の新たな家長＝主体の座は空位となっていて、そのポジションは、共同体の内部の男性、それも一連の事件とは関係ないという意味で無垢な男性（しかも元「兵士」の男性）によって再占有される。まさに、象徴的な意味で「「無傷の」男性主体」が、「獄門島」という社会の同一性を担保することになるわけだ。

それだけではない。本章の議論にとって「ドミナント・フィクション」というコンセプトが重要なのは、上記のような「獄門島」の物語の枠組みが、同時代の支配的な言説のそれと相同的であることを検討できるからである。「獄門島」が依拠した語りの論理は、一般に「戦後啓蒙」と総称される言説の系と相似的なのである。「戦時の超国家主義に従属してきた諸個人がしっかり自立した「主体」として戦後に生まれ変わる」（中野敏男）という枠組みの共通性だけではない。[*25] より重要なのは、「戦後啓蒙」の議論が依拠した語りの枠組みと「文化的表象」の配置の問題、つまりは文法と修辞の問題である。

まず銘記したいこととして、一九四七年の川島武宜が「結婚は昔からいまにいたるまで」「部落の内部でのみ行われ、他部落の者との結婚はまったく例外的」という離島の漁村を、「日本封建性のアジア的性質」を例証する事例として参照していたという事実がある（「日本封建性のアジア的性質――奴隷制の一形態としての養子――」『中央公論』一九四七年四月）。「部落全体が一つの血縁団体」であり、「親族的結合にたいする執着が強」いとする川島の漁村表象と、「獄門島」のそれとの近似ぶりを確認しておきたい。

直接的な類似・参照関係だけではない。近過去の記憶を切断した上で、日本社会にいまなお残存する「封建性」「封建遺制」の変革が行われる、という物語の展開に留意したい。「現代日本の歴史的な課題が、今までの日本に支配的であった封建的な、またそれと結びついた帝国主義的な、政治的・経済的・文化的な勢力を一掃することにあるという点においては、わが国の進歩的な知識人の見解はまったく一致している」と語る、蔵原惟人のようなマルクス主義者の認識だけの問題ではない（「文化革命と知識層の任務」『世界』一九四七年六月。傍点は引用者、以下同じ）。例えば、「自由なる主体的意識」の欠如と「上からの圧迫感」の下位者への移譲というあり方を「近代日本が封建社会から受継いだ最も大きな「遺産」の一つ」と意味づける丸山真男が、「八・一五の日」を「超国家主義の全体系の基盤たる国体がその絶対性を喪失し今や始めて自由なる主体となった日本国民にその運命を委ねた日でもあった」（「超国家主義の論理と心理」『世界』一九四六年五月）と書きつけたことに典型的に看取されるが、このような未来に向かうプロジェクトを語る言葉は、すでに戦時の「悪夢」から解放され、過去を切断することを通じて覚醒した、啓蒙された主体のイメージを析出していたからだ。ウェーバーを引きつつ、日本社会に広汎に指摘できる「非合理的なマーギッシュな心理的束縛から民衆を解き放」ち、民衆の間に「近代的人間類型」を創造することこそ、「吾国の平和的再建」に不可欠だと述べる大塚久雄の見解にも同じことが言える（「魔術からの解放——近代的人間類型の創造——」『世界』一九四六年一二月）。

　加えて、この種の言説では、過去の「封建的な」因襲に囚われた場として、あるいは「我が国政治の専制的傾向」の「基盤」として、都市に対する地方が、とりわけ農村・漁村が発見されていく。赤坂憲雄が注意を促したように、木田稔（きだ・みのる）の「気違ひ部落周游紀行」（『世界』一九四六年九月〜一〇月）は、パリでマルセル・モースに師事した学徒として「社会学ないし人類学的な観察・調査」のフィールドワークとして執筆されたことは確かとしても、[*26]「東京から一時間半、次でバス四十分、そこから徒歩十五分の位置にある」一つの集落を「気違ひ部落」と名指してしまう修辞の感覚にも、「戦後啓蒙」の語りの構図は確実に影を落としていたと言ってよい。

　改めて言うまでもなかろうが、ここで語られた農村漁村の「封建的」性格は、まさに「創られた伝統」というべきものだ。[*27]日本列島の都市の共同体が「封建的」とされた習慣や心性から完全に自由だったわけではないはずだ。ヴィクター・コシュマンは、敗戦直後に「近代的主体の構築」を喫緊のテーマと提唱した論者たちに、「近代西欧の自由主義」の伝統と同様の、「自己決定を下しうる成熟した近代的諸個人と考えられる人びとと、いまだなんらかの意味で非成熟であるために自ら話すことを許されず誰かがかわって話さねばならない人びととの区別」が存在したと論じたが、[*28]まさに、プロジエクトとしての「戦後啓蒙」は、不断に啓蒙されざる人々の表象を欲望し、そして、再生産していたのだった。すなわちそれは、「獄門島」を読む読者が、閉鎖的な共同体の中で起こった家父長制イデオロギーがもたらした惨劇を、粗暴で野蛮なかつての「海賊と流人の子孫」たちの問題へと封じ込めたことと同断である。以上のような表象の操作がなされたことで、「戦後啓蒙」の語りに同調した読者も「獄門島」の読者も、テクストにおいて「封建的」と名指された事象を、自分自身が立ち止まって問い直すべき課題と考えずに済んだはずである。

　見られる通り「獄門島」は、「戦後啓蒙」が依拠した語りの構図を、きわめて忠実になぞってしまっている。そのことを、ストーリーテラーとしての横溝正史の、時代に対する鋭敏な才覚の証しと取ることはもちろんできる。しかし、むしろ問題にしたいのは、「獄門島」と並べたことで浮上する「戦後啓蒙」の語りの通俗性の方である。もちろん、「戦後啓蒙」の論者たちの主張や問題意識を無視してよいとは思っていない。問題は、これらの議論が読者を説得するために呼び入れた表象とその構図の方である。「戦後啓蒙」の語りは、その枠組みに同調し、加担する者たちに、自分たちは先んじて啓蒙された自覚的な主体だという幻想を与えてくれる。しかも、都市―地方という空間的な対比を作り、近代的―封建的という進歩主義的な価値観に依拠した二項対立を重ね書きする語りの構図は、戦争による多方向的な「移動」が日本社会にもたらした途方もない亀裂と分断とをカッコにくくり、敗戦後の新たな境界の内側で社会の連続性と同一性を代補する機能を有している。プロジェクトとしての「戦後啓蒙」は、語りの機能という側面から考えれば、社会的な危機管理の言説としても機能していたのである。

だからわたしは、「獄門島」の物語の構図がそれ自体として通俗的だったとは考えない。「獄門島」が参照した同時代言説の語りの構図が、敗戦後の「国民」の耳に心地良いという意味で「俗受けのする」言説だった、と見るべきなのだ。

5　転位される敗北

敗戦直後の日本社会にとっての「ドミナント・フィクション」としての「戦後啓蒙」の語り。まさしくそれは、従来の価値意識が決定的に揺らぐタイミングで、「いま・ここ」の身体が自己自身の生の意味を重ね合わせる物語という意味で、まぎれもなく「メロドラマ的想像力」の産物としてあった。さらに言えば、「ドミナント・フィクション」が家父長制のイデオロギーを維持しつつ、社会の連続性と一体性を下支えする論理を提供するものだったとすれば、敗戦後に人気を博したメロドラマ物語がしばしば内海の島々を舞台とし、巡礼した理由も説明できる。すなわち、それらの物語は、戦争の敗北が強いた「日本」の境界の再編を、物語を通じて非＝歴史化することに貢献したのである。言い換えれば、帝国日本が植民地化し軍事利用した島々の記憶を忘却し、あるいは漂白し、敗戦後に引き直された国境を共同体の基体として事後的に自然化する役割を担ったのである。[*29]
加えて、この考え方に依拠すれば、「獄門島」が一九七七年に映画化された際、前近代から近代へ、という物語の文脈が後景化されたことも理解できる。市川崑監督による映画版では、横溝の小説では存在感の薄い脇役だった嘉右衛門の「妾」・勝野の人物像を書き込んで、千万太と早苗の実母という新たな設定を与えることで、互いに名乗り合えなかった母子の悲劇という別のメロドラマが持ち込まれた。つまり、映画の作り手たちは、一九七七年の観客には、もはや「戦後啓蒙」の語りは説得的ではない、と判断したわけだ。

ヴォルフガング・シベルブシュは、一九世紀後半から二〇世紀初頭の「再野蛮化」された「仮借ない無制限戦争」の敗者が自分たちの敗北をどのように受け止めたかについて、一八六五年のアメリカ南部連合国、一八七一年のフランス、一九一八年のドイツを例に、比較史的な考察を加えている[*30]。シベルブシュは、「敗戦の経験は国ごとに違っている」が、「敗戦に対する反応には――心理的・文化的、あるいは政治的なものであれ――時代や国境を越えて繰り返し現れるいくつかのパターン、あるいは原型のようなもの」があると書き記す。その「パターン」「原型」に、どれほどの一般性があるかは別に議論を要するが、一方で、彼の着想は、敗北という現実を新たな始まり・再出発の契機として捉える発想自体が、ある種の忘却を伴っていたことを教えてくれる。なぜならば、敗戦国の再生に貢献・寄与できると自認する存在は、自分（たち）は戦争の真の敗者ではないと考えているからだ。より精確には、自分（たち）は敗戦国の構成員であり、その限りで敗北をまぎれもない現実として受け入れねばならないが、その責任を負うべき中心的な敗者ではない、と見なしているからだ。

すなわち敗者たちは、幾重にも表象の切断と転位を遂行するのである。そして、シベルブシュによれば、こうした切断と転位を合理化し・根拠づけていく際に、それぞれの歴史的・社会的・文化的コンテクストに即した神話＝物語が要請される。この問題提起は、帝国日本の敗北の過程を考える上でも示唆的である。

日本語の言説の場で敗北がどう語られたかという問いは、主に戦争責任をめぐる議論の中で言及されてきた。例えば、吉田裕は、占領期の段階ですでに「民衆の戦争責任の問題や対アジア責任の問題」にかんする重要な論点が提示されていたものの、「一人一人の民衆が自己の戦争協力や戦争責任の問題をいかに総括するのか」という課題は、急激に変化する状況への適応が優先された結果、みごとに「迂回」されてしまった、と論じている。[*31] また、吉見義明は、吉田の議論を受けながら、敗北という現実を転位する技法の一つであったところの「「だまされた」論」について、「だまされたということは同時に戦争に協力したという意味を含んでいた」が、この気づきは十分に自覚されず、「民衆の戦争荷担の事実、理由、責任を問」う方向には深化しなかった、とまとめている。[*32]

このような事態が、敗戦後の日本社会における侵略行為に対する責任意識や、植民地支配に関与し、その余沢に与っていたことに対する責任意識の欠如につながることは、すでに多くの論者が言及するところでもある。だが、注意したいのは、「戦争責任」を問う構えは主体性の問題を持ち込むため、そのことを論じる主体の「いま・ここ」での思想的・政治的立場を問題化できた一方で、ともすれば、特定の時期の特定の対象に対する責任の自覚の有無に論点が集約されてしまう傾向も有していた。結局のところ、誰が・誰に対する責任意識を有していたか（欠いていたか）という認定のみにとどまる議論も多かったのではないか、ということだ。
とするならば、より同時代の言説の場に近づいて、「敗北」の受容プロセスを問う構えにも、相応の意義はあるだろう。敗者たちの間で「敗北」の自覚は、どんな言葉で語られていたのか。現実における敗北の認識は、どのようにして迂回され、転位され、切断されていたのか。なぜ・どんな相手に・いかに敗れたのかという問題意識は、自分たちが何に敗北を喫したのかを同定し、その対象との比較・考量を行って、何らかの説明を可能にする根拠をつかみ取ろうとするだろう。そのことは同時に、自らの「いま・ここ」の敗北に至る経緯を含め、一定の時間の幅を持った来歴の語りを編み上げることにもなるだろう。そのような微視的なアプローチは、いまや二一世紀の日本国にとっての起源神話となった観すらあるジョン・ダワー『敗北を抱きしめて』が、どのような記憶の選別と排除を行っていたか、批判的に問い返すことにもつながるはずだ。

　敗戦後の日本語の言説の場で、戦争の敗北という事実を了解し合理化するために、いかなる神話＝物語が発見され、呼び戻され、賦活されていたのか。そして、そのようなざわめき立つ物語の束たちと、文学言説はどこでどのように同調し、どこでどのように対抗していたのか。このことは、占領期とそれ以後の文学言説を考える際の重要な視点となるはずである。

第6章　坂口安吾の戦後天皇制論
――「安吾の新日本地理」を手がかりに

1　はじめに――「戦後」の終わり／始まり

花田俊典は、「安吾の新日本地理」（『文藝春秋』一九五一年三月～一二月）連載の第一回「安吾、伊勢神宮にゆく」が一九五一年一月一日の情景から書き起こされたことに注意を促している。[*1]

花田の示唆に従って、改めてこの日の新聞を確認してみよう。『朝日新聞』『毎日新聞』『読売新聞』はいずれも、一面トップの扱いでマッカーサーの年頭声明を掲げている。『朝日新聞』の見出しは「日本国民へ　マ元帥年頭の辞／自衛の法則が優先　国連のワク内で力を」。『毎日新聞』は「年頭、日本国民に与う　マッカーサー元帥声明／侵略には敢然自衛　講和と自主獲得の年」と記し、『読売新聞』には「講和締結の年　マ元帥年頭声明　日本国民に与う／戦争放棄の理想も　自衛には道を譲れ」という文字が読まれる。さらに『読売新聞』は、同じ一面にソ連占領下の国後島の「千島富士」を遠望する写真を大きく掲げ、「対岸の赤い国から吹きすさぶ風はあまりにも冷たい」とのキャプションを付した。紙面に躍った単語だけを取り出しても、朝鮮半島での戦争が始まって初めて迎えた新年は、連合国軍の日本占領がいつ・どんなかたちで終わるのか、占領終結後の列島の安全保障をどうするのかを問題化しようとする意図があらわである。

また、同じ一九五一年一月一日の紙面には、若き継宮明仁の肖像も掲げられていた。この年の一二月に満一八歳の誕生日を控え、皇室典範の定める成年式と立太子式が近づくタイミングで、朝刊各紙は微笑をたたえた若きプリンスの姿を写真付きで紹介、清新なイメージを印象づけた。『朝日新聞』は明仁を「日本の若きホープ」と形容、『毎日新聞』のベテラン皇室記者・藤樫準二は「身だしなみもきちんと、頭髪を整え、紺の背広も板についた皇太子さまはほんとうにわが国の若い世代の代表者といえよう」と持ち上げた。

ちなみにこの日は、坂口安吾が初めて飛行機に乗った日でもあった。『読売新聞』が三月からの民間航空再開を記念してチャーターしたノースウェストＤＣ４型三二人乗りの機体に、各界の名士に混じって安吾が招かれたのである。「安吾、伊勢神宮にゆく」が冒頭で、「この元日に飛行機にのつた」と書いたのはそのためだ。安吾は『読売新聞』に寄せた搭乗記の中で、「皇居を目近に見下してきた」ことに触れ、「日本の空にはタブーがなくなつた」と書いた（「新春、日本の空を飛ぶ」『読売新聞』一九五一年一月三日）。

講和条約と天皇制、そして坂口安吾。本章での問いは、これらの三つの記事を線で結んだところから浮上する。ここでわたしは、「安吾の新日本地理」の古代史批判を手がかりに、日本敗戦後の安吾が提起した天皇論・天皇制論の問題構成と、その可能性と問題性について検討したい。もちろん、大

讀賣新聞
THE YOMIURI-SHIMBUN
1月1日

賀正
東海銀行

北端の國境線

講和締結の年
マ元帥年頭声明
日本國民に與う

戰争放棄の理想も
自衛には道を譲れ

再武装の必要を示唆

けさ読賣試乗機
名士乗せ東京・大阪間往復
本社とノースウエストが提携

平和と自由守れ

賀正
第一銀行

社告
本日八頁発行
三日八頁発行

経営ハンドブック

賀正
公務員講座

小川未明童話全集

回轉本位の経営法
商略十六法
商店の販賣計劃

中央公論社
子供と遊ぶ
ママの絵本
結婚読本

新英米文学語学講座
アメリカ文学
現実主義時代

新潮社

世界の文学
世界の美術
世界の音楽

源氏物語草子

同時代史

図6-1　『読売新聞』1951年1月1日

皇太子さま
今後の教育はどうなる
留學は急がない
卒業後　特殊な勉強を

図 6-2　「皇太子さま、今後の教育はどうなる」（『朝日新聞』1951 年 1 月 1 日 7 面）

原祐治が指摘するように、エッセイとしての「安吾の新日本地理」が一貫して天皇論・天皇制論を話題としていたわけではない。[2] だが、この時期の彼は、「飛騨の顔」（『別冊文藝春秋』一九五一年九月）、「道鏡童子」（『オール読物』一九五二年二月）、「柿本人麿」（『オール読物』一九五二年三月）などで、継続して日本列島の古代史、とくに天皇家の起源にかかわる話柄を集中的に取り上げている。こうした文学的実践に、彼なりの問題意識を見て取ることは決して不自然ではないはずだ。

加えてわたしが重要と思うのは、これらのテクストが、「戦後日本」の輪郭が固められる最後のタイミングだった占領末期に起筆されていたことである。同時にそのタイミングは、日本敗戦後何度か提起されてきた昭和天皇裕仁の退位論が、政治のアリーナで提起された最後の機会でもあった。[3]

近代日本思想史に坂口安吾という固有名が不可欠なのは、「堕落論」「続堕落論」以下の天皇論ゆえである。しかし、安吾の関心は天皇制の通史的な考究にも、文化的な本質論にも向かっていない。その証拠に彼は、明治天皇睦仁や大正天皇嘉仁にはほぼまったく言及していないし、敗戦後の折口信夫が考えたような宗教者としての役割を検討した形跡もない。[*4] 安吾の天皇論・天皇制論は、米国と日本の支配層による精妙な駆け引きを通じて展開された日本国家の統治機構の再編という歴史的な状況と不可分なかたちで提起されたものである。「堕落論」中の有名な語を使えば、彼の議論は象徴天皇制という「巨大なカラクリ」が構築され、作動を始めて行くプロセスに立ち会う中で構想され、書きつがれたものなのである。日本国憲法下の代替わりの度に、安吾の思考が想起されるのはそのためだ。しかし一方で、安吾の天皇論・天皇制論には、彼の明察を可能にした枠組みそれ自体に由来する限界もまた、刻まれているように思う。

　だが、いたずらに結論を急ぐべきではないだろう。まずは議論の土台として、占領末期に展開された安吾の古代史批判が、一九四六年の「堕落論」を嚆矢とする彼の天皇制論の延長線上で着想されたものであることを確認する。その上で、安吾の天皇制論が日本敗戦後という歴史的条件と不可分なかたちで結びついていること、彼の思考を支えた問題関心が、安吾が想定していた戦争の終わり方／戦後の始まり方のイメージに根拠付けられていたことを明らかにしたい。占領末期の坂口安吾は、天皇・天皇制について、何を問題と捉え、そのことをどんな筋道で問おうとしたのか。同時代のコンテクストとの接続に留意しながら、彼の古代史批判の内実とその歴史的意義を検証してみたい。なお、安吾のエッセイの本文は原則として初出本文を用いる。

2　安吾古代史論のテクスト戦略

「安吾の新日本地理」は、彼の生前には単行本化されなかった連載エッセイである。好評を得た前年の連載「安吾巷談」（『文藝春秋』一九五〇年一月～一二月。単行本は文藝春秋新社、一九五〇年）の後を受けてスタートしたこのテクストは、タイトルが示す通り、安吾が同行編集者と各地を訪れて、その土地にまつわるエッセイを執筆する企画として出発した。しかし、いかにも彼らしいと言うべきか、一般的な紀行文やルポルタージュの域では終わらない。仙台に行けば伊達政宗を「田舎豪傑」と名指し（「伊達政宗の城へ乗り込む　安吾の新日本地理・仙台の巻」五月。以下副題は略）、秋田犬の本場では「闘犬」などすでに「影も形もない思想」だと語ってみせる（「秋田犬訪問記」一一月）。長崎では「日本の地上に住んではいても彼らの天は日本の天ではないのだという異教徒の白眼視」に耐え続けて来た隠れキリシタンの地で、あろうことか「原子バクダン」が爆発したという事実に「その原子バクダンが私の頭上にも落ちたのか、否、その原子バクダンを落した奴が私自身だつたのか、何がなんだかワケが分らない」などと、加害と被害の入り組んだ関係を直観して取り乱した記憶を書きつける（「長崎チャンポン」八月）。宝塚を訪れた際には、少女歌劇は「一般に全ての人がたのしめる程度にまツとうでまとまりのある劇団」だが、問題は「目下宝塚を占領中の女兵隊難民諸嬢」、つまりはファンたちの動静だと皮肉ってみせる（「宝塚女子占領軍」一〇月）。

原卓史は、「「安吾の新日本地理」は、各地の〈神〉を巡り歩く物語」である、と論じている。むろん、原も示唆する通り、この場合の〈神〉はロラン・バルトが言うところの、メディアが作る「現代社会の神話」を含むものだ。[*5] 口語体の軽妙な語りで対象との距離を演出しつつ、さまざまなかたちで流布された「神話」を受け止め、それぞれの必要から反復したり捏造したりする人々への批判と、諦めにも似た苦い肯定の双方が刻まれていることにも留意したい。

「安吾の新日本地理」の中で、古代史関連のものは以下の四編である。民家に掲げられた「蘇民将来子孫」「笑門」札に着目、「天皇家の祖神を祀る霊地」であるはずのこの地に「天皇家の支配以前」の原始宗教の痕跡を見る「安吾、伊勢神宮にゆく」（三月）。『上宮聖徳法王帝説』を記紀と同じレベルの書として扱い、『帝説』テクストの欠字と記紀の記述の過剰さに意図的な隠蔽を読み込むことで、蘇我天皇の存在可能性を指摘した「飛鳥の幻」（六月）。「古代史上重大な記事が一ツもない」飛騨に、古代史にまつわる地名と交通路とが多くあることに注目した「飛騨・高山の抹殺」（九月）は、この空白に「何をおいても隠さなければならぬ」「緊急、重大きわまる大事」の存在を見てとり、現在「壬申の乱」として知られる事件は「ヒダの王様がここのミヤコを去ってヤマトやアスカで新しい都をひらいて」いくまでの、抜き差しならない血族どうしの抗争を伝える痕跡だと論じる。そして「高麗神社の祭りの笛」（一二月）では、「単調な、そしておよそ獅子の舞にふさわしくない物悲しい笛の音」を、『続日本紀』の時代、武蔵国コマ郡に集住させられたコマ人たちの悲史と重ね合わせ、「異国の山中に流れきて死んだ亡国の一貴族の運命」に思いを致す。古代史が中心的な話題ではないが、古代の有力氏族である物部氏の移動経路をたどった記述を含む、「消え失せた砂漠」（七月）を加えた五編と考えることも可能だろう。

以上のような安吾の古代史論を一つづきの物語として提示したのは、「安吾の新日本地理」連載終了後に発表された「柿本人麿」ではないか。「宿なしの門づけ」から一躍「天皇の御用詩人」となった人麿の半生を描くこの作では、彼の登場を促した歴史の背景が書き込まれている。順を追って確認すると、①朝鮮半島からの家族・部族単位の移住がくり返される中で、②それぞれの「本国を背景にし、本国の政争をこの地へうつし」た争いが始まる。③やがて、クダラ系で「大国主の子孫たる物部氏」が中央を制覇するが、それも、④聖徳太子・蘇我氏を中心とする「コマ系の団結」に取って代わられる。⑤しかし、この政権は有力豪族の集合体だったため、内部でのゴタゴタが絶えず、その混乱を収拾したのは、物部系の支援を取り付けたコマ系庶流の天智だった。⑥天智の死後、彼の弟と子による陰惨な暗闘を経て、ようやく、現天皇家の基礎が天武・持統で成立する。これ以後の展開を「高麗神社の祭りの笛」の記述で補うと、⑦古代の「三韓系の政争やアツレキ」は「日本地下史のモヤモヤ」となって、列島における諸対立の火種となり続けた――というシナリオが見えてくる。

安吾の着想のスケールの大きさは、同時代の歴史学の議論と並べてみると明らかである。かつて小熊英二が論じたように、戦前・戦時期は「日本人」の成り立ちを複合的なものと捉える議論の方が有力だったが、日本敗戦後は日本民族の古代からの連続性を前提とする単一民族説が優勢となった。[*6]一連の古代史批判を通じて安吾は、しばしば「歴史家」への不満を書きつけているが、彼がどんな研究を念頭に置いていたかは具体的には示されていない。しかし、「安吾の新日本地理」連載中に開催された歴史学研究会の大会報告『歴史における民族の問題』（岩波書店、一九五一年）では、「古代」部門の報告を担当した藤間生大が、「この日本列島はわれ〳〵の祖先が遼遠の昔から生活をしている」「そしてそこには先住民族がなかったということが今や考古学の成果として次第々々に知られております」と発言していた（「古代における民族の問題」）。もちろん、「日本人」の起源を複数的なものとする議論がなくなったわけではない。事実、一九四八年に江上波夫が、有名な「騎馬民族征服王朝説」を提唱していた。[*7] だから、安吾の古代史批判の意義は、天皇家の系譜を朝鮮半島の動乱と関係づけたことだけではない。むしろ重要なのは、安吾の提示した物語が、列島社会を古代から続く一体的なものとは措定しなかったことである。安吾は、エルネスト・ルナンと同様の論法で、列島の歴史を深いところで規定した「三韓系の政争やアツレキ」が忘却されたとき、「日本人」という同一性が生み出されたとする。すなわち、古代史のレベルで「日本」「日本人」の起源を問うこと自体の無意味さを主張している。

　けれども、こうした構想に安吾の名を冠し、「史観」として実体化することは避けるべきだろう。あくまで「史譚」＝歴史の物語なのである。一連のエッセイの中でも、歴史叙述としての確かさを疑わせ、曖昧にするかのような一節が、あちこちに書き置かれている。例えば安吾は「私の伊勢神話は、ここから小説になるのである」（「安吾、伊勢神宮にゆく」）「当り前の話だろうね。幻さ。すべての時間が」（「飛鳥の幻」）と述べる。先にも触れた「巷談」調の独特な語り口と相俟って、テクストには積極的に決定不能性が呼び込まれているかのように見える。内容的にも、安吾の古代史論には「〝擬史〟としての裏目読みのいかがわしさや、牽強付会さ」がつきまとうことは確かだし[*8]、強引な解釈や恣意的な資料操作も目につく。蘇我天皇論については、つとに文献を用いた実証的な批判が加えられている[*9]。

しかし、くり返せば安吾は、別に首尾一貫した古代日本の通史を書こうとはしていない。それぞれの土地に記述を配分した彼の古代史論は、歴史叙述としては空白や矛盾が多すぎる。獅子舞の笛の音から古代言語のありようを幻視してみせる安吾は、「これこそが真の歴史である」という実定的な理解を誘発しない方向で記述の戦略を練り上げている、と見るべきだろう[*10]。

むしろ注目すべきは、彼の古代史論の着眼点と分析の方法である。安吾は「官撰の歴史書」が、物語としての整合性を確保するために行った「カラクリ」の犠牲となって、幾重にも折りたたまれ、矮小化された敗者たちの存在をあぶり出そうと企てる。あるいは、「正史」の記述の空白・亀裂に対し、解釈を加えて介入することで、何度もくり返されたのだろう対立や葛藤、離合と集散、支配と屈従の痕跡を読み出すことを試みる。その結果として浮上してきたのが、「民間信仰」においてすら戯画化という変形を蒙って忘却された「猿田彦先生」の像であり、「一時ハッキリ天皇であり、民衆がそれを認めた」蘇我天皇の存在であり、「ホーイ、ホーイ、ホータルこい。あッちの水は辛いぞオ。こッちの水は甘いぞォ」と言う「無邪気な子供たちの遊び」にその残響を伝える「異国の山中に流れきて死んだ亡国の一貴族の運命」の物語なのである。「今日の日本が統一されてみんなが日本人になるまでには、一部にこのように悲痛な運命を負うた人々の群れが確かに在った」と書く安吾は、まるでヴァルター・ベンヤミンの有名なエッセイを読んでいたかのようだ。

> 過去はある秘められた索引を伴っていて、それは過去に、救済（解放）への道を指示している。実際また、かつて在りし人びととの周りに漂っていた空気のそよぎが、私たち自身にそっと触れてはいないだろうか。私たちが耳を傾けるさまざまな声のなかに、いまでは沈黙してしまっている声の谺が混じってはいないだろうか。私たちが愛を求める女たちは、もはや知ることのなかった姉たちをもっているのではなかろうか。もしそうだとすれば、かつて在りし諸世代と私たちの世代とのあいだには、ある秘密の約束が存在していることになる。だとすれば、私たちはこの地上に、期待を担って生きてきているのだ。だとすれば、私たちに先行したどの世代ともひとしく、私たちにもかすかなメシア的な力が付与されており、過去にはこの力の働きを要求する権利があるのだ。[*11]

ベンヤミンは、「声の谺」という言い方をしている。過去から「秘められた索引」を読み出すためには、聞こえてくる音自体を「過去」からの呼び声と捉えるだけでは不十分なのだ。聞き分けられた「声」の中に、倍音のように響くかすかな「谺」を感受し、そこから「過去」の「救済（解放）への道」を想像＝創造するベンヤミンと、安吾の発想は通底していると言ってよい。

その意味で、安吾古代史批判のクライマックスは、「飛騨・高山の抹殺」における分析と操作だろう。このエッセイで安吾は、ヒダに伝わる伝説上の「怪人物」で、「天の船で位山へついたという日本の主」だが「大和の敵軍」に殺されたという「両面スクナ」に注目、「両面」を「ただの双生児」と解した上で、記紀に頻出する主題として「しばしば相反する運命を担った分身的な兄弟姉妹」の物語を列挙していく。「大碓小碓双生児のみならず、主要な人物が必ず二人、分身的な兄弟姉妹」である「古事記の景行天皇紀」、国譲り神話における「大ナムチとスクナヒコナ」、神武東征物語の「神武天皇と五瀬命」。『日本書紀』の「仁徳天皇六十五年」に「両面スクナ」を退治したのは「武振熊」だが、この人物は、遡ること百数十年前、「武内スクネ」の命を受け「仲哀天皇の次に皇位に即く筈」だった「カコサカの王、忍熊王の二兄弟」を殺している（安吾によれば、記紀の「武振熊」の登場はこの二回だけ）。安吾が読み取って見せた〈二〉という主題には、並立・対立・表裏一体・分散・反転・反復などさまざまな変奏可能性があるが、安吾は大胆にも、実のところこれらは「みんな同一の事件と、同一の人物をさしている」のではないか、と推断する。

> その秘密が重大で隠す必要があるのは、それぐらい現実的で生々しくて、つまり時間的に遠からぬ短期間のうちに起つた問題だということで、つまり隠すべき重大な秘密が国譲りやクーデタや戦争なら、その全部がとにかく遠からぬ事件である。そして神話も天皇紀も、ダブリにダブらせて、その重大なことを、あの神様、あの天皇、あの悪漢にと分散してかこつけて、くりかえし、

くりかえし、手を代え、品を代えて多くの時代の多くの人物にシンボライズした。それは正しい真相を知る者がよんでも、どこかで正しい真相とひツかかりがあって、彼らをも、また自分の良心をも、どこかで満足させる必要があったせいだろう。

神話や上代天皇史の多くが父子兄弟相争う悲劇であり、その原因としてはどの子供に皇位を与えるか、また、自分の弟にか、実子にか、またそこには恋人であり皇后でもある人の問題も含まれていて、父や兄に味方するか、良人に味方するか。肉親同志の微妙な相続問題や、愛憎問題が主として各天皇史の多くの悲劇の骨子となっている。

「重大で隠す必要がある」秘密を、「あの神様、あの天皇、あの悪漢」に分散させて多くの人物と事件に「シンボライズ」する——。安田孝は、この発想は「不連続殺人事件」(『日本小説』一九四七年八月〜一九四八年八月)の語りの戦略と相似的だと主張する。[*12] しかし、ここでの目的は事件の隠蔽だけではない。安吾によれば、記紀神話の記述者は、「正しい真相を知る者がよんでも、どこかで正しい真相とひツかかりがあって、彼らをも、自分の良心をも、どこかで満足させる必要があった」。単なる征服や支配であれば、こんな手のこんだ偽装はいらない。記紀編纂時の極めて近い過去に起こった抗争が「悲劇的な運命の方が、実は征服した方の正理をもつ」ものだったこと、つまり、肉親同士の陰惨な相続争いの末「他人の天下を奪つた」ことをどうにか正当化・合理化する必要があった、というのが安吾の論点である。古代神話のさまざまなエピソードには、起源の倒錯的な捏造・変形・転位・圧縮・分配といった象徴操作が施されており、そのことを解く鍵が、古代史にとっての決定的な空白としての「ヒダ」にある、というわけだ。

花田俊典は、「安吾、伊勢神宮にゆく」の論述がフィクションとしての物語を「解体—再構築」する意思に貫かれている点を「ディコンストラクション」と意味づけたが、[*13] おそらくその戦略は、安吾の古代史批判に一貫して観察できるものだ。つまりここでは、記紀神話の脱構築的な読みかえが遂行されているのである。安吾がテクスト的な批評に徹したことも重要である。彼は、有名な「歴史探偵方法論」（『新潮』一九五一年一〇月）で、「すべて証拠によって」事態を判断するという意味で、「歴史」と「タンテイ」とを類比している。しかし、「安吾の新日本地理」の発表の時期は、天皇家の起源と来歴の問題にかんして、考古学的な「物的証拠」があてにできないことがほぼ確実になったタイミングと重なっている。

一九四九年、一部の考古学者に「仁徳天皇の御陵」を「アメリカの応援を得て発掘調査しようという計画」があると報じられたことがあった（後藤守一「仁徳陵、発掘すべきか」『文藝春秋』一九四九年七月）。しかし、このときは考古学界に推進派が少なく、計画は頓挫している。また、一九四七年の新皇室典範によると、「陵墓」は皇室の財産である。現に祭祀者がいる以上、そこは「古墳」ではなく現役の（?）墓であり、一九五〇年の「文化財保護法」が規定する文化財指定の対象ではないというのが宮内庁の言い分だ。先掲の後藤（当時明治大学教授）も「われわれは天皇を国民の象徴と仰いで」おり「その天皇の御先祖の墓を発掘することは、正常の国民感情では承服できない」、自分としても「法律を犯してまで学問に徹する必要はあるまいと思う」と述べている（だが、どんな「法律」を犯すことになるというのか?）。すなわち、天皇家の系譜にかかわる立論は、「物的証拠」を十全に調査することができない以上、最終的には文献資料のレベルに即さざるを得ない[*14]。とすれば、「どのテクストを、どう読むか」という解釈どうしの争い、ということになる。

だから、突き詰めて考えれば、安吾の古代史構想を荒唐無稽なフィクションと断定することは、じつはそれほど簡単ではない。常識的に考えれば、ニセモノがあればホンモノがあり、フィクションがあれば事実があるはずだ。しかし、ことこの問題にかんしては、第3章で触れた「後南朝」の問題、あるいは戦前戦時の「南北朝正閏論」「南朝正統論」の展開に徴すれば明らかなように、ホンモノとニセモノとを厳密に区分することは不可能である。強いて言えば、一方が公的な権力によって「ホンモノ」として待遇されているから「ホンモノ」なのだ、という程度でしかない。そうした論点を開示する限りにおいて、安吾の実践は、天皇家の物語に対する批判的達成であることは間違いない。

だが、くり返すが安吾の古代史批判には、対抗的な物語という位置づけを不断に相対化する力が作用していたことを忘れるべきではない。彼は自らの古代史論を「小説」と名指し、実際に「小説」として書き、韜晦的な語りを手放さなかった。つまり、天皇家の来歴の物語が「フィクション」だとしても、それに代わる別の物語を「真の古代史」として提示する戦略は採らなかった、ということだ。むしろ注意したいのは、安吾が脱構築的な実践から見出した天皇家の系譜の疑わしさと、「いま・ここ」の天皇と天皇制への問題提起とを明確に区別していることである。

そのことを安吾は、一連の議論の中で何度も註釈している。「飛騨・高山の抹殺」には、新しい統治者が自らの支配を正統化するために「統治に有利な方策をあみ出して実行するのは理の当然」で、「それだからその子孫たる現代の天皇がどうだこうだ、という」「そんなバカげた理論は毛頭なりたたない」という一節がある。「飛鳥の幻」では、たとえ先祖が海賊だったとしても今日の富豪が海賊扱いされないのと同様に、「初代が国を盗んだ王様であつても、民衆の感情は初代の罪にさかのぼつて今日の王様を見ることはない」とも言っている。「安吾の新日本地理」の連載が、皇居の一般参賀に集まった「民草」たちが、ノースウェスト機に安吾たちと同乗した高峰秀子と乙羽信子の姿を見逃さなかった点を強調する記述から始まったことも同断である。「民草」たちは、昭和天皇と映画スターを連続的な相で捉えている。あるいは、同列視している。であるならば、天皇家の来歴にかんする論及は、「いま・ここ」の天皇と天皇制に対する問題提起として、果たして有効と言えるのか。すなわちそれは、一九四六年の「年頭詔書」で「敬愛」と「尊敬」の念で結ばれていると言表された象徴天皇制下での「国民」と「天皇」の関係を問う上で、古代の歴史に遡行することにどこまで意味があるのか、ということだ。

占領末期に始まった安吾の古代史批判は、皇国史観の軛から解き放たれたはずの同時代の日本古代史研究に対する痛烈な皮肉にもなっている。天皇家にかかわる考古学的検討はいっこうに進まず、日本「民族」の起源を敗戦後の日本国家の境界に限定するような立論がなされていた状況に鑑みれば、彼の古代史批判の意義は確かにある。しかし一方で、脱構築は、のべつまくなしにやればよいわけではない。一般に脱構築は、権力者の発言や権威とされるものの批判的な相対化・世俗化を図る上では、きわめて有効な手法である。しかし、そのような論の構えを取るために、対象の選択を誤ると、結果的にありもしない権威を読者の側が作り上げ、代補してしまう危うさもはらんでいる。だからこそ、脱構築批評を実践する上では、なぜそのテクストでなければならないのか、どうしてその対象なのかという分析主体の判断と同時代への意識が問われる必要がある。

だとすれば、サンフランシスコ対日講和条約調印前後＝占領末期のタイミングで天皇家の来歴と系譜を脱構築するという安吾の選択と判断が、当時として、アクチュアルな批評性を持ちえていたかが問題となる。「安吾の新日本地理」を軸に展開された古代史批判は、いかなる言説の場に投げかけられていたのか。次節では、占領末期の天皇（制）論議を確認することで、この問いについて検証してみよう。

3　占領末期の天皇（制）論議

周知のように、日本にとっての占領末期は、「戦後」の政治・経済・社会を条件付ける重要な事件によって規定されていた。一九四九年、前年の南北朝鮮に次いで東西のドイツが分断国家として独立、世界的な冷戦の最前線が明確化する一方、中国では長きにわたった内戦が中華人民共和国の建国・国民党政権の台湾撤退というひとまずの区切りを迎える。占領下の日本国内では、ドッジ・ラインに従った大規模な人員整理が強行されようとする中、その最大の的となった国鉄で、下山事件・三鷹事件・松川事件という不審事件が相次いだ。翌一九五〇年六月二五日には朝鮮半島で戦火が勃発したことで、アメリカ合州国は、北東アジアにおける日本列島・沖縄諸島の戦略的な重要性を改めて認識することになった。同年七月八日には、マッカーサーが日本政府に海上保安庁の拡充と警察予備隊創設を指示する。同月二五日、朝鮮戦争での「国連軍」本部が東京に設置され、日本の政治と経済は、本格的な後方支援体制に組み込まれていった。

以上の情勢は、同時代メディアの言説では、占領終結と「独立」に向けた動きとして翻訳された。冒頭で触れた通り、マッカーサーも、年頭所感として「私は一九五一年には、新しい日本がまだ残っている戦禍を十分ぬぐいさることができる平和条約を通じて、完全な政治的自由の恩恵を受けることになるものと心から信じている」（『毎日新聞』一九五一年一月一日）と言明し、「平和条約」に向けたムード作りを積極的に主導した。二月には特使としてダレスが来日する。アジア太平洋戦争の被害を受けた国や地域から、なし崩し的な戦後処理のあり方に対する強い批判は提起されたものの、合州国の強力なリーダーシップと庇護のもと、冷戦体制下での日本の「独立」が秒読み段階に入ったことは、誰の目にも明らかな状況ではあった。

日本の保守勢力は、こうした動きに敏感に反応した。来るべき「独立」後に向けて、ナショナル・シンボルの問題を提起したのである。一九五〇年一〇月、天野貞祐文相が祝日行事には日の丸掲揚・

君が代斉唱が望ましいとコメント。加えて、修身科＝道徳教育の復活と、無効化された教育勅語に代わるものとしての「国民実践要領」の策定を提唱した。当時の論者は、ことの経緯を次のようにまとめている。特に傍線の箇所に注目されたい（以下、傍線は全て引用者）。

D　一昨年（一九五〇年――引用者註）の八月末ごろに箱根で吉田（茂――引用者註）首相が文部大臣をはじめ、文教審議会の人たちを集めてそこから新しい愛国心の鼓吹という一つの文教政策を打ち出したわけでしょう。あれが予備隊の創設直後のことで、かくれた動機には予備隊の精神的支柱という問題があつたのではないか。それから秋に入つて君が代・日の丸・修身科という構想になつて来て、『道徳教育の手引』が出たときは天皇の問題はなかつたが、転じて天野個人の構想という実践要領にきて、天皇が「道徳的中心」だということになつた。これをずつとしぼつて進めて行けば、結局将来の新しい軍隊の精神的支柱というものに何かの形で天皇を持つてゆく、そういうことが現在の政権の無意識の意志でもあり、それはひとり一部の旧軍人の策謀とは言えないのじやないか。（社会思想研究会「座談会　独立と天皇」『中央公論』一九五二年六月）

これは、決して孤立した見立てではない。つとに丸山真男は、「日の丸掲揚や君が代復活」といった「旧シムボルの再台頭」は、「ファシズムの再興」と直接的には結びつかないとしても、「警察予備隊の設置とか海上保安隊の増強とか、日本再武装の問題とかの文脈《コンテクスト》」で考えれば、「ある政治的動向の萌芽」を見ることは「あながち杞憂とばかりはいえない」と述べていた（「日本におけるナショナリズム」『中央公論』一九五一年一月）。だが、ここでの丸山の屈折した言いまわしには注意したい。日本においては「一九四五年八月一五日という顕著なピークを持ち、その前後の舞台と背景の転換があまりにはなはだしいために」ナショナリズムについて一貫した考察が難しい、と書くこの文章の丸山は、日米対抗スポーツ競技への「民衆」の「熱狂」を、「軍国的な勝敗観念」の「自涜」としか読めていない。ナショナリズム一般とそこからの逸脱としての「超国家主義」とを峻別し、例外状況として後者を批判する彼の問題構成では解けない局面が顕在化しつつあったのである。

事態をより的確に捉えていたのは、むしろ保守勢力の側だった。興味深いことに、この時期、「独立」後の「将来の新しい軍隊」としての「予備隊の精神的支柱」を再構築すべきという文脈で、昭和天皇退位論＋皇太子待望論が再び浮上していた。一九五二年の島崎光二は、「講和発効の日が眼前に迫」ったことで、「天皇退位の客観的条件は成熟」したと考える「旧軍人たちによる再軍備型退位論」が政界を揺さぶっている、と書き記す。

> 新しい退位論は、過去の天皇を問題にするよりも、むしろ未来における天皇の利用価値に重点がおかれている。それは平和のシンボルとしての人間天皇ではなく、戦争のシンボルとしての現神天皇を復活しようとする方向である。端的にいえば、サンフランシスコ講和によつて軌道を敷かれた日本再軍備の精神的支柱を、再び天皇の神格化に求めようという動きであり、しかも敗戦の

> 汚辱にまみれた現天皇よりも、無傷でフレッシュな皇太子に、より強力な支柱をうみだそうとするところに強烈な時代的性格を露出している。(島崎「退位論のニュー・フェイス」(『中央公論』一九五二年二月)

敗戦直後から、昭和天皇周辺に退位論がくすぶっていたことはよく知られている。ただし、この場合の退位論は、河西秀哉が述べたように、天皇制廃止論とは区別されるべきものである。戦争責任論の文脈で昭和天皇に退位を迫る声は、むしろ制度としての天皇制を維持し、安定的なものとしたいという立場から提起されていた。[*15] 有名な南原繁の貴族院での演説も、その枠組みの中で位置づけられるものだ。

しかも、こうした立場は、近衛文麿や木戸幸一などかつての天皇側近や旧軍人たちなどの間で、一定の広がりを有していた。先の記事で島崎は、退位論者として「天皇の直宮三家、元重臣、一部の天皇側近者」を挙げ、「秩父、高松、三笠の三宮の中では、年齢が若いほど退位論が強く、三人を代表して高松宮が天皇に退位を直談判した一幕」があったと言う。確かに、区切りとなりうるタイミングはいくつかあった。一九四六年二月、東久邇稔彦は、過去に遡ったものまで含め、三つの可能性——降伏文書の署名時・新憲法公布時・講和条約締結時——を挙げていた。[*16] また、天皇が「人間化」したということは——厳密には「現神」ではないと表明したことは——人間としての責任を問われるきっかけともなった。極東軍事裁判でのA級戦犯にだけ罪を負わせ、彼が訴追されなかったことへの道義的責任を問う声は、保守勢力の中でも小さくはなかった。一九五二年一月の衆議院予算委員会で、中曽根康弘が「過去の戦争について人間的苦悩を感ぜられて」裕仁が退位することが、かえって「天皇制」の「道徳的な基礎」の確立につながると発言したのは、まさに同じ文脈でのことである。

つまり、単独講和＝独立＝軍事組織の再編が視野に入る中、将来に向けた天皇制の再編と強化のために、敗戦の記憶を濃厚に引きずる裕仁ではなく、新皇室典範の規定に則って一八歳の成年式が予定されていた明仁を新たな象徴に据えようという声はそれなりの存在感を持っていた。[*17] もちろんこの策動が実現することはなかったが、少なくともこの時期のメディアに登場する明仁の表象には、こうした期待に応えうるイメージ形成が施されていたとは確実に言える。ジャーナリストのジョン・ガンサーは、天皇裕仁・皇后良子夫妻との会見記録の末尾に、皇太子としての明仁について言及している。

> 明仁皇太子は、体つきのしっかりした、スマートな、男ぶりのいい少年である。そして、ヴァイニング夫人の下で、むさぼるように勉強している。〔略〕昨年、ヴァイニング夫人は軽井沢に避暑したが、このとき皇太子は全く《（ママ）》の前例をやぶり、侍従その他一人のお供をも従えず、護衛の者さえしりぞけて、彼女をその避暑地に訪問した。これらはすべて日本の皇室の民主化を物語るものだが、過去幾世紀にわたり、日本の皇室こそ世界で最も厳重な伝統でしばられていたことを思うとき、まさに時の流れにそった、思い切った措置というべきだろう（ガンサー（木下秀夫訳）「占領下日本の内幕――裸にされた今日の東京と天皇会見記」『文藝春秋』一九五一年六月）。

ちなみにガンサーは、明仁本人に会ったわけではなく、写真を見て書いただけである。だが、であるからこそ逆に、皇太子に配分された言葉たちが、若さと清新さを強く印象づけるものだったことに注目したい。なぜか。こうした描写が、日本語の読者に対して、敗戦後の巡幸の過程で人目にさらされた裕仁の身体イメージと身のこなしの不器用さ——中野重治の有名な詩では「髭、眼鏡、猫背」とあった——を、問わず語りに想起させてしまうからである。本章の冒頭でも触れた通り、一九五一年年頭の新聞各紙は、皇太子明仁の動静を皇室報道の核に据え、写真付きで紹介している。『読売新聞』は、「日本のホープ」としての彼に三〇項目の質問を送り、返答があった一九について掲載している（「皇太子さま本社の質問に答う　平和のため勉強」）。『朝日新聞』は、学習院高等科卒業後、海外留学の可能性について論じている（「皇太子さま　今後の教育はどうなる」）。明仁が「このごろめきめきと青年になられたのは驚くばかりである」と書く『毎日新聞』は、彼が馬術部主将を務めるスポーツマンであり、「女学生たちの間では大変な人気」で、「渋谷常磐松のお住いから登校される通路の女学校門前に、女学生たちが沢山待ちかまえてお送りしている」こと、「学習院の文化祭にも、年ごろの女子学習院生が押しかけて」サインをねだる様子などが記されている（「ことし成年式の皇太子さま　〝国体馬術の選手になりたい〟」）。

とはいえ、ここで注意すべきは、皇太子との対比関係に置かれた天皇裕仁の身体が、決して表象の場から棄却されたわけではない、ということだ。彼の身体のイメージは、米日の政権担当者が進めていた路線に批判的な知識人たちによって、たびたび参照・引用されている。とりわけ、全面講和・再軍備反対を唱える論者たちは、「平和憲法」を受け取ったときの思いを想起すべきであり、それこそが「八・一五」を原点とする「戦後」のあるべき姿なのだ、と立論した。いわゆる「八・一五革命」説だが、こうした論調をイメージとして吊り支えたのが、人間としては「善良な紳士」であり「平和主義者」とされた、弱々しい裕仁の像なのだった。

もちろん、現在の研究の水準では、彼は政治の場面から引退したわけではまったくなく、占領初期から一貫して政治的な影響力を確保しようと腐心していたことが明らかにされている。豊下楢彦によれば、この時期の彼は、かりに朝鮮戦争で国連軍＝アメリカ合州国が敗北すれば日本にも共産主義政権が樹立され自らに危険が及ぶと気をもんでいて、合州国による安全保障を強く希望していた。[18] 冨永望は、敗戦後も裕仁が閣僚による「内奏」を望み、「治安問題や閣内人事について質す」ことさえあった、と指摘している。[19] だが、基本的にこうした情報が世に出ることはない。新聞や雑誌言説のレベルで語られたのは、あくまで裕仁という人物の圧倒的な無力さのイメージであり、その裏返しとしての人間的な純粋さ・無垢さという表象なのだった。

じっさい、各新聞社のカメラマンが集まった座談会の席上では、カメラという機械ならではの無遠慮さを積極的に体現するかのように、次のような語りが展開されている。敗戦後初の巡幸の際、裕仁は明らかに「オドオド」しており、まるで「なんにも知らない世間知らずの坊ちゃんを、世慣れた連中がいじめてる感じ」だった、と。あるいは、「お側の人から言われた通りのこと」しか言えず、相手が何か答えても「あ、そう」としか言葉が出なかったとも語られた（「座談会　天皇陛下を追っかける男たち　各新聞社カメラマン打明け話」『文藝春秋春の増刊　第二人物読本』一九五一年四月）。興味深いことに、制度としての天皇制に批判的な論者ほど、こうした表象を口にする傾向がある。「独立」後の日本の思想的な「バックボーン」を話し合う座談会で、「天皇制といふ制度は、やはり当然なくならなければ日本として不幸だ」と主張する中野好夫は「今の天皇」は「今の日本人として一番いい人」だと述べ、「日本における善意の人の最高のもの」という別の出席者の手放しの称賛にも、ためらいなく同意している（中谷宇吉郎、岸勇夫、亀井勝一郎、中野好夫「日本のバックボーン——日本の新しい愛国独立の精神は何か——」『文藝春秋』一九五一年三月）。

4　坂口安吾と「八・一五革命」

この戦争において、唯一得たところのあった存在。九重の雲上の息苦しさから解放され、不器用な歩き方で、不慣れな日常会話を懸命にこなそうと、「あァ、そう」とくり返す小柄な男——。大元帥天皇というイメージとのあまりの落差に引きずられたのだろう、この時期の言説の場には、昭和天皇の個人的善良さ・人間的美点を際立たせる言葉が広く流通していた。そして、単独講和＝再軍備に批判的な論者は、このような裕仁の像を真に受けた。あるいは戦略的に利用した。例えば、一九五一年一一月、近畿への巡幸の途上で京都大学を訪問した裕仁を、学生たちが「平和の歌」の合唱で出迎えたことがあった（京大事件）が、その際の「公開質問状」には、「貴方は一種の機械的人間であり、民衆支配のために自己の人間性を犠牲にした犠牲者で」あることに「同情」するという一節が読まれる[*20]。先にも引いた匿名座談会では、裕仁本人の思いを積極的に想像して、「現天皇の中心の意思は再軍備に反対である」にもかかわらず、「そういう天皇個人の意思は片端から抹殺される」方向で事態が動いている、という危惧が表明されている（「座談会　独立と天皇」）。けれども、よく考えればこの議論は奇妙である。「八・一五」を想起し「平和憲法」を引き受けることは、論理的には、日本国憲法が規定した象徴天皇制を容認することを意味している。とすれば、天皇位にある個に対しては、政治的無能力性の確認が徹底されねばならない。しかし、先の言表では、まるで「平和主義者」である昭和天皇の個人的な意志・信念の表明を期待し、何らかの影響力の行使を求めてしまっているように見える。これは、端的に言って矛盾である。

　このように見てくると、占領末期＝一九五〇年前後の天皇（制）をめぐる問題の枠組みについて、一つの図柄を描出できるように思う。すなわち、講和＝再軍備問題を契機に、天皇制の再編・強化を目論む側もその流れに抗しようとした側も、自分たちにとって都合のよい天皇像を持ち出し、言説の場のヘゲモニーを握ろうとしていたのである。

　こうした状況を、坂口安吾はどのような思いで見つめていたのだろう。端的に言って、彼が「堕落論」（『新潮』一九四六年四月）「続堕落論」（『文学季刊』一九四六年一二月）で述べたことの反復でしかないからだ。日本敗戦後もなお、相変わらず天皇が「我が身便利の道具」に使われ続けていることを意味していたからだ。

改めて読み直してみると、安吾が占領末期に書いたエッセイには、苦虫を噛み潰したような思いをうかがわせる語句がくり返し書き込まれている。「安吾の新日本地理」連載中に発表された「負ケラレマセン勝ツマデハ」（『中央公論文藝特集』一九五一年六月）では、「どこの国の歴史を見ても、国が亡んだり革命が起きたりするのは主として政界官界のダラク・フハイによる」が、「むしろ日本の現実が他国の亡国の相よりも政界のフハイ・ダラクが甚だしいようである」と書き込まれた上で、日本では「政治家官僚がフハイ・ダラクした時は天皇が神になる時である」と記された。天皇とは、時々の為政者たちが、自分たちの負い目や引け目を引き受けないために、あるいは自分たちの立場を「ヨリドコロ」とするために、ときどきの都合で持ち出してくる存在でしかないという主張が、「堕落論」の延長線上にあることは明らかだ。

それだけではない。この時期のエッセイには、日本敗戦以降の来し方を回顧し、書き手としての姿勢を問い返す文言が何度も書き込まれた。例えば、「チッポケな斧」（『新潮』一九五一年七月）で彼は、チャタレイ裁判について述べる文脈で、以下のように書いている。

この歴史的な再建、大手術の時代に生きているということについては、その歴史的な責任を自覚する必要があろうと思う。私が堕落論以来、社会時評や歴史批評、また巷談のたぐいでガラにもなくチッポケな斧をふりまわしているのは、われわれの小さな力が実は祖国の大きな未来や運命を決することになるのだから、悪く再建されないように、文筆で生きる身の時代的な責任をいくらかでも果したいという多少はケナゲな気持もあるわけです。歴史を読めば分ることですが、戦乱の惨禍、廃墟の後というものは、実は人間が最も希望を託して然るべき大建設の場であります。特にこの敗戦の場合には、占領軍の政策以外には国内に強権がなく、国内的にはすべてが破産状態になつて一応白紙に還つたということは日本の歴史では初めてであるし、のみならず我々野人が自由に批判することができるのも初めてだ。私は私の史観によつて、特に今を生きることの責任を痛感している点もあります。

他にも彼は、「私は今日まで多くの不平不満を文章に書いた」が、「多少ともより良い祖国の再建を思つての微意が一部の人々の理解を得たことは幸福であつた」（「光を覆うものなし」『新潮』一九五一年一一月）と書き記し、「八月十五日に敗戦を確認したとき」には、「当分の年月、餓鬼と絶望と無法と混乱の暗黒時代がうちつづくにしても、この惨たる焼土から「自然に」正しい芽が生れない筈はない」と確信していた、と述べている（「風流」『新潮』一九五一年一二月）。先に紹介した「負ケラレマセン勝ツマデハ」で安吾は、若者が大人を信用しないのは、戦争中に「指導的地位につき、威張つて号令」していた者たちがしかるべき責任を取らなかったからだ、と舌鋒鋭く批判する。「星の数ほどいた指導的立場の軍人や役人や思想家どもで、自ら深く責任をとつた人間が何人いましたか」。この問いかけは、もちろん、昭和天皇裕仁にも差し向けられていたはずである。

伝記的な記述を繙けば、この年の安吾は競輪事件や税金問題で係争中だった。被害妄想と薬物依存に苦しんでいた時期でもあったという。[*21]ここで引用した記述にしても、同時代の政治状況に対する直接的な批判として書かれたものばかりではない。だが、安吾のことばに刻まれた愚直なまでの誠実さは、読む者の胸を打つ。少しナイーブに過ぎるとは思うし、現在の視点から見れば「戦後」の可能性を見積もりすぎている感は否めない。しかしそれでも、「堕落論」以来の自らの仕事をふり返りつつ、「この歴史的な再建、大手術の時代」に「文筆で生きる身の時代的な責任」に言及したことは、単なる個人的な感慨にとどまらない重みを有している。そのような問題意識にもとづいて彼は、「日本の再建」が「危険な方向」に向かい始めている、「せっかく白紙に還つたことがゼロになり、マイナスになりそうになつてきた」と警鐘を鳴らしたのだった。そして、敗戦後の日本が何を措いてもなすべきだった「第一の切開」として、あらためて「天皇制の廃止」に言及したのだった。安吾の古代史批判を動機づけたのが、こうした「時代的な責任」に対する厳しい自覚だったことは、くり返し確認されるべきである。

しかし、「安吾の新日本地理」を書く安吾が、「堕落論」以来の天皇制論の枠組みでは解ききれない問いに直面していたことも事実である。一九四六年の「天皇小論」(『文学時標』一九四六年六月)で彼は、「日本的知性の中から封建的欺瞞をとりさるためには」天皇をめぐる神話を徹底的に世俗化し、「歴代の山陵や三種の神器」も科学的検討の対象とする必要がある、と主張した。しかし、先に見た通り、占領末期にいたってもなお、その主張は実現していなかった。また、「堕落論」で安吾は、天皇は常に政治的理由によってその存立を認められてきたので、「その存立の政治的理由はいはゞ政治家たちの嗅覚による」ものでしかないし、そうである以上、「代り得るものならば、孔子家でも釈迦家でもレーニン家でも構はなかつた」、と書いた。論旨は明快だし、ことの一面を捉えていることは確かだと思う。だが、ならばなぜ、他に「代り得なかつた」のか。「安吾の新日本地理」に書き込まれたように、「今の王様である」ことが「民衆」にとってすべてであるならば、別に裕仁でなくても、彼の直系の子孫でなくてもよいはずだ。にもかかわらず、なぜ「代り得なかつた」のか。

この問いは、「堕落論」が言うほど簡単ではない。一般化すれば構造と歴史性の対立と言えるだろうこの問題こそ、「安吾の新日本地理」の書き手が直面した最大のアポリアではなかったか。もちろん、安吾も手をこまねいていたわけではない。天皇家の系譜にかかわる古代史批判に加え、人々が作りメディアが増幅した同時代の神話に対する批判を企てたのは、この二つの問題をともに考えようとしたからに他なるまい。しかし、天皇家の系譜や来歴の脱構築を行いながら、これだけでは現在の天皇と国民とのかかわりの批判にはならないとくり返し書きつけた安吾は、「堕落論」以来の問いの立て方では十分に理解できない現実を前に苦闘しているように見える。

象徴天皇制下、一九五〇年代の天皇のあり方は、大日本帝国憲法が規定する「万世一系」の系譜的正統性から、半ば離脱しつつある、ということ。大事なことは、「いま・ここ」において「王」であり、すでに人々から「王」として受け入れられている事実の方である、ということ。象徴的なのは、「安吾の新日本地理」連載と同じ年に、いわゆる熊澤天皇問題が、東京高裁での控訴棄却によっていちおうのピリオドを打たれていたことである。自らを後南朝の裔と主張し、日本敗戦後の天皇身体のインフレーション現象の代表的存在と目された熊澤の主張と、米軍のメディアも巻き込んだ狂騒曲の顛末は他に譲るが[*22]、熊澤の裁判が重要なのは、彼や彼の子孫が天皇になる道が閉ざされたことではない。第一審の東京地裁は「天皇は一般的に裁判権に服さない」（一九五一年二月一九日判決）と言及、第二審東京高裁では「現に皇位にある天皇に対する象徴不適格確認の訴えは、憲法上認められない」（一九五一年六月二九日判決）とした[*23]。このことは、日本の裁判所によって、日本国憲法が世襲として定めた皇位は「現に皇位にある天皇」の一族のみが占有するものであり、系譜的な疑念にもとづく異議申し立ては認められないという判例が確定したことを意味している。つまり、現天皇家が「代わり得ない」と法的に認められてしまったのである。

占領末期の坂口安吾は、昭和天皇裕仁の正統性が、「王」としてのあり方が再度問われたタイミングで、彼なりの問題意識と責任感を持って「系図のカラクリ」の「タンテイ」に乗り出した（「歴史探偵方法論」）。「天皇家中心の日本歴史のイツワリにツムジをまげ」て、その正体を見極めてやろうと覚悟を決めた（「負ケラレマセン勝ツマデハ」）。しかし、天皇家の来歴に対する批判は重要だが、それだけではこの「カラクリ」の廃絶にはつながらない。彼の手持ちの問題構成では、彼が直面したアポリアを乗り越えることができなかったのである。

「堕落論」「続堕落論」で安吾は、天皇位にある身体に権力が内在するわけではなく、支配者たちが彼ら自身を権威化するために「天皇」という道具＝装置が必要だった、と論じた。だが、明治維新政権を作った者たちの言い方を借りれば、「玉」は誰でもよいわけではない。支配層がいくら超越性の表象を作り上げようとしても、支配される側＝「民衆」が受け入れなければ、権威主義的な統治は機能しない。であれば、なぜ「民衆」は、裕仁を、そして彼の一家を「現在の王様」として受容し続けているのか。安吾の古代史批判は、天皇家の来歴にかんする鋭い批評である一方で、彼が介入を試みた同時代の現実との距離をはかりかねているように見える。もっと言えば、書き手である安吾自身が、自らの言説のアクチュアリティに確信を持てずにいるように見える。

「堕落論」「続堕落論」の明察を可能にした問題構成が、一九五一年の安吾の思考を立ち往生させている――。もしこの見立てが誤りでないならば、改めて安吾天皇制論の枠組み自体を検証する必要があるだろう。「堕落論」「続堕落論」では何が問われ、どんな問題がこぼれ落ちてしまったのか。少し遠回りになるけれど、時計の針を一九四六年に戻し、日本敗戦後の安吾の思考をたどり直してみたい。

5　坂口安吾と丸山真男

政治学者の永井陽之助は、「秩序と人間という主題」を問うた「戦後日本の思想の原点を形成した記念碑的な論文」として、丸山真男「超国家主義の論理と心理」（『世界』一九四六年五月）と「堕落論」とを挙げている[*24]。一九六〇年代末の世界的な学生運動の高揚と「全体主義体制」との連関を考えようとした永井の議論は、このあと、丸山に「知識人や政治的中間層の次元での、旧体制イデオロギーの全面的な批判」を、安吾に「個人状況そのものに居すわる庶民の立場からの体制批判」を読み取っていく。現在から見れば単純過ぎる図式だが、「堕落論」と「超国家主義の論理と心理」とを対照させる発想自体は決定的に重要だ。この二つのエッセイの初出本文には、それぞれ、擱筆日と思しき日付が刻まれている。「堕落論」が「一九四六・三・一七」、「超国家主義の論理と心理」が「一九四六・三・二二」。このことは、二つのテクストが並行して書かれたことのみを意味しない。この日付に先立つ一九四六年三月六日、政府提出の憲法改正草案が発表され、翌日付の新聞各紙に全文が大きく報道されている（三月七日付『毎日新聞』の見出しは「天皇は国民統合の象徴　永久に戦争を抛棄／貫く主権在民の思想」である）。つまり、彼らの残した日付を信じるなら、安吾も丸山も、戦争放棄条項を書き入れ象徴天皇制という発想を初めて言論の場に上せた政府草案（以下、「三月六日草案」）の衝撃の中で執筆していたと推定できるのである。

　現在のところ、「堕落論」の構想・執筆の時期について厳密な考証はなされていない。ただし、七北数人は「堕落論」が「小説は時間がかかるという理由で『新潮』に「白痴」に先立って書かれた」とする。[*25]この時期以降の彼の爆発的とも言える発表のペースを考えても、執筆自体にそれほど時間がかかったとは考えにくい。

　一方、丸山にかんしては、補論でも触れた米谷匡史の考察がある。改めて確認すれば、米谷は、丸山が「超国家主義の論理と心理」を一週間足らずで書きあげたという回想――つまり丸山は、「三月六日草案」以後に書き始めたということだ――を手がかりに、彼が「戦後民主主義の原点を設定」する際に行った、一つの「隠蔽と偽造」を問題化する。そもそも丸山自身、敗戦直後の段階では「立憲君主制をよしとする戦前の考え方」を保持していた。そんな彼が「戦中から戦後への決定的な転換」を本当の意味で自覚したのは「新憲法草案に触れた時点」だったのである。

「超国家主義の論理と心理」の丸山は、「日本帝国主義に終止符が打たれた八・一五の日はまた同時に超国家主義の全体系の基盤たる国体がその絶対性を喪失し今や始めて自由なる主体となつた日本国民に、その運命を委ねた日でもあつた」と高らかに謳って筆を擱く。だがこの見解は、占領軍によって続々と打ち出された敗戦後の諸改革を事後的に発見・追認した上で、その起源を半ば強引に「八・一五」へと遡行させたものでしかなかった。「丸山真男における戦後民主主義の〈始まり〉」は、「戦後日本の秩序が形成される過程の枠内で、その終点（三月六日）から出発し、始点（八月一五日）へと舞いもどって、その過程をあらためてなぞりなおすものだった」。もちろんそこには、与えられた秩序を当為として引き受け、「国民」に受肉化させるという彼なりの意図があった。だが、結果的に丸山は「戦後秩序の形成をめぐって、天皇制の廃止をふくめてさまざまな可能性がひらかれてい」た半年間という時間を隠蔽した[*26]。まさにそのことが彼を、米日合作の戦後体制にとっての体制内批判者の位置にとどめたのである。

同様のことは、米谷も指摘するように、「八・一五革命」説の主唱者・宮沢俊義にもあてはまる。いわゆる「松本乙案」の起草を担当し、いちはやくGHQ草案の内容を知り得る立場にいた宮沢は、政府草案を告知する当日の新聞紙上に、まるで政府を代弁するかのごときコメントを寄せている。

従来は天皇の権威は専ら神勅に基くものであつて人民の意思に基くものではなかつた。その意味でこの草案はわが二千六百年の歴史における一つの大きな革命を意味するといへるが、実はこの革命はこの憲法改正によつてはじめて遂行せられるものではない、昨年八月十五日わが国はポツダム宣言を受諾したが、その宣言は日本の最終的政治形態は自由に表明せられた人民の意思によつて決せられると定めてある、即ちわが国は天皇制をも含めて日本の根本的政治体制を人民の意思によつて決することを約束したわけであり実に此時にわが歴史において一つの憲法的革命が行はれ人民主権主義がわが国で承認せられたといつていゝのである。（宮沢俊義「徹底せる平和主義　新日本の大憲章成る」『毎日新聞』一九四六年三月七日）

この時期の宮沢の立ち位置のブレは、これまでも多くの論者が指摘している。松本烝治が委員長だった政府の憲法問題調査委員会から離れ、「敗戦処理」（古関彰一[*27]）に移っていた宮沢は、「三月六日草案」公表に先立って、「日本は全く永久に軍備をもたぬ国家――それのみが真の平和国家である――として立つて行くのだといふ大方針を確立する覚悟が必要ではないか」という予言（?）を書いていた（「憲法改正について」『改造』一九四六年三月）。引用した一文でも、「終戦」＝「八・一五」において「民主革命」がなされたと見なし、「三月六日草案」はその事実を「成文的に確立」したに過ぎない、とする論理展開は、「八・一五革命」説のアイディアをすでに整え終えていたことをうかがわせる。
当然ながら、事前に知り得た情報の質と量という点で、政府部内で憲法修整作業にかかわった宮沢や東京帝国大学憲法研究会の一員だった丸山と、安吾との間には、天と地ほどの開きがある。兄が『新潟日報』専務の職にあったとはいえ、基本的には新聞発表を見るしかソースがなかっただろう安吾の現状認識や展望を彼らと同じ土俵で比較することはフェアではない。

当時の安吾も目にすることができただろう同時代の論調も確認しておきたい。木下半治「新憲法と戦争権抛棄の意義」（『世界文化』一九四六年四月）は、擱筆日として「一九四六・三・一一」と記された、「三月六日草案」を受けて書かれたもっとも早い論説の一つである。そこには「三月六日、日本国民は、八・一五以来最大最強のショックを受けた」「政府案一度び出でゝ、従来、社会党、自由党、その他民間側の諸方面から仰々しく提示されてゐた諸改正草案が、太陽の前の星の如く、光りと色を失つた」という一節が読まれる。高木八尺は、「三月六日草案」の衝撃を以下のように表現した。「公私を問わず諸団体の発表した改正案で、主権の所在について積極的に変更規定せんとするものは尠く、せいぜい主権在国家、乃至は主権は天皇と国民の協同体に在りとする程度の規定を提案するものが大多数であつた」、と（高木八尺「憲法改正草案に対する修正私案」『中央公論』一九四六年七月）。ポツダム宣言にある「日本国政府ハ日本国国民ノ間ニ於ケル民主主義的傾向ノ復活強化ニ対スル一切ノ障礙ヲ除去スベシ」という一節に頼みをかけて、「国体」をめぐる名分論に囚われ、帝国憲法の部分的修整で乗り切れるという思い込みさえ瀰漫していた論議の場に、「三月六日草案」は決定的なインパクトを与えた。とくに、戦争放棄を書き込んだ第九条の理念的先進性が、「統治形態」をめぐる多くの疑問を覆い隠し、新しい時代の〈始まり〉を強く意識させたことは確実である。安吾の「堕落論」も、その影響圏内に属するテクストだと言ってよい。そう考えて読みなおせば、「堕落論」の安吾が、戦中と戦後の「世相」の転換のイメージをあざやかに提示しながらも、具体的な社会・政治情勢にかんしては思いの他発言していないことに気づく。

何より「堕落論」は、天皇制の廃止を主張していない。視野を大きくとって、今度の戦争は「日本を貫く巨大な生物、歴史のぬきさしならぬ意志」によるもので、「日本人は歴史の前ではたゞ運命に従順な子供であつたにすぎない」と論じることは、神谷忠孝が危惧したように「一歩まちがえば運命論に流れ歴史をすべて肯定することになってしまう」恐れなしとしない[*28]。天皇は「概して何もしてをらず」、時の権力者によって「政治的に担ぎだされてくる」だけだ、という有名な論点にしても、戦争犯罪容疑者の起訴と極東国際軍事裁判の開廷を控えたスケジュールを念頭に置くなら、「軍閥」にすべての責任を押し付けて、裕仁の免責と天皇制擁護を主張する論理を補強しかねないものだ。

だから、むしろ次のように考えるべきではないか。坂口安吾は、一九四六年三月六日という日付を、そのような具体的な政治課題とは別のレベルの、もっと大きな潮流の〈始まり〉と見なしたのではないか。「天皇もたゞ幻影であるにすぎず、たゞの人間になるところから真実の天皇の歴史が始まるのかも知れない」と説き、人々がこれまでとは違う「自分自身の武士道、自分自身の天皇をあみだす」ためにはまずは「正しく堕ちる道を堕ちきる」ことが必要だ、とする安吾があくまで「政治上の改革」と「人間の変化」とを注意深く区別して語ったことに注意したい。佐々木中も指摘したように、「堕落論」の結語が「政治による救ひなどは上皮だけの愚にもつかない物である」だったことを想起しよう。[*29] まさに「統治形態」の改変・変革をどのレベルで行い、どう意味づけるかが重要な論議の対象として浮上する中で、安吾は、それだけでは十分ではない、「政治」的な変革で問題がすべて解決するわけではない、と主張しているのだ。[*30] 何かを美しいままで終わらせることを人為による虚偽として、〈変わること〉を肯定する。「日本は負け、そして武士道は亡びたが、堕落といふ真実の母胎によつて始めて人間が誕生した」と、まるで再生を規定路線のように語る。さらには「人はあらゆる自由を許されたとき、自らの不可解な限定とその不自由さに気づくであらう」と預言者のように記述する。先掲の佐々木は、これを安吾の現実政治に対する忌避と捉えたが、[*31] 以上のような「堕落論」の語り方は、むしろ安吾なりの〈始まり〉への意識を考慮に入れることで理解できるのではないか。

　丸山真男も坂口安吾も、敗戦後の出発にあたって、社会制度を支える人間の心理的動因としてのモラルを問題にした。もちろん、こうした問題構成自体は特別なものではない。従来の権威が崩壊し、政府機能が占領軍の従属下に置かれ、「働けば働き損、供出すれば供出損だと公言」（出隆「虚脱について」『文藝春秋』一九四六年七月）されるアノミーの中で、さらなる混乱と無秩序の出来を何より恐怖した支配ブロック側の人々が、口々に人間性やモラルを尊重すべしと主張していたからだ。それは確かに、林淑美が示唆するように、戦時下での「国民」義務や道徳観念を「人間」という一般性の語彙にズラしただけで、既存の秩序の維持を狙ったものでしかなかった。[*32] 丸山も安吾もこの点に批判的に介入したと言えるが、その方向性は決定的に異なっている。

「超国家主義の論理と心理」を書いた丸山真男にとって、すでに〈始まり〉は「八・一五」から始まっていた。あるいは、意図的にそういうことにした。「ラッサール」の「新らしき時代の開幕はつねに、既存の現実自体が如何なるものであつたかについての意識を闘い取ることの裡に存する」という言葉を引く丸山は、「国民精神の真の変革」「精神の革命」を実現するためにも、機構としての「超国家主義」体制と一体化した、「国民の心的傾向なり行動なり」に作用する「心理的な強制力」を対象化せねばならないと語る。この議論のポイントは、意識レベルでの切断を問題にした点にある。本書でたびたび触れたように、丸山は「超国家主義の思想構造乃至心理的基盤」を論理化し・自覚し・乗り越え得たと信じた者たちが、「隷従的境涯」から脱したはずの、「今や始めて自由なる主体となつた」はずの「国民」の「政治意識の今日見らるゝ如き低さ」に立ち向かう、という使命感を読者にプログラムしてみせた。

改めて見ても、丸山の立論の明快さ・明晰さは同時代的には際立っている。丸山は、再建という〈始まり〉に立ち上がろうとした人々を動機づけることはできたのである。しかし、それは底上げされた〈始まり〉でしかなかった。「超国家主義の論理と心理」が提示したのは、啓蒙された「自由なる主体」としての「私」による、いまだ覚醒していない「国民」の精神的・心理的変革という道筋なのである。

6 「堕落論」から「続堕落論」へ

一方、坂口安吾が敗戦の機会を新たな出発の契機にすべきと考えるようになったのは、かなり早い時期からのようだ。一九四五年九月に書かれた坂口献吉宛ての書簡には、新潟の兄に「東京の様子」を知らせるという名目以上に、彼の思う〈始まり〉のあるべき姿が印象的に語られている。九月八日付書簡で「私自身は八月十五日に敗戦の悲哀中の最大慶事という意味の祝意を持ちました」とする安吾は、「最大の眼目」として、次のことを訴えている。

> 混乱、動乱を廻避することを之事となし、できるだけ表面の波瀾をさけて一時のまとまりを主眼とするなら、我々は全く大いなる犠牲を払って負けたことが意味をなさぬ。よって我々はこの敗戦を最大の教訓として真に新に、真に光輝ある出発をなすために、当然起るべき混乱は廻避せず、当然あるべき波濤を率直に迎えて、之を誤魔化すことなく、真実の力を以て一つずつ乗り越えて建設しなければならぬ、ということです。

一〇日後の九月一八日付書簡では、論旨としては変わらないものの、かなり具体的な問題提起の形をとるようになる。

> 事実に於て、現在の宮様内閣では戦争責任の追求《（ママ）》が不可能だから当然代らねばならぬもので、又、戦争責任を国内的に追求し裁かなければ新しい建設は在り得ません。その結果として一時は国内的に混乱が起るとしても、之は当然起るべき混乱で之を怖れてはならず、混乱すべきは混乱せしめ、あくまで厳正に、一歩もゴマ化さず、底の底まで突きつめて追求し、批判し、裁かねばなりません。〔略〕戦争責任者の裁きをアメリカにまかせて見物していたのでは真の建設は有り得ず、徒に骨抜の形となって第四等国民となるでしょう。

安吾の予測は、幸か不幸か、半分しか当たらなかった。敗北を抱きしめた政府中枢のなりふりかまわぬ恭順と見えた姿勢が功を奏したか、彼の思い描いた「暴動化」「相当深刻な国内情勢」は実現しなかった。つまり、当たったのは悪い方の予測だった。「できるだけ表面の波瀾をさけて、一時のまとまり」＝国民共同体の一体性と連続性の維持が目的化され、「戦争責任者の裁き」を「国内的」に行わなかったことで、敗戦後の「建設」が「徒に骨抜」になってしまったからである。

一九四六年四月一〇日、新選挙法下初の総選挙が実施され、保守系の自由・進歩両党が議会の第一党・第二党の地位を占め、四月一七日には平仮名・口語体の憲法改正案正文が発表される。五月の極東国際軍事裁判開始を横目に見ながら、少なくない曲折を経て五月二二日には吉田茂が組閣。六月一八日、キーナン主席検事は昭和天皇の戦犯訴追を見送ると表明、六月二〇日第九〇帝国議会が開会。

憲法改正草案はわずか約二ヶ月の審議で衆議院を通過、一〇月初頭の貴族院での修整を経て、一一月三日に公布される、というスケジュールをとったのは、よく知られる通りである。

現在の読者は、当時のアメリカ合州国がシステムとしての天皇制というよりは裕仁という存在を「政治的な理由」「政治的嗅覚」で発見し、利用しようと考えたことを知っている。そして、現在から見れば「三月六日草案」が「君主制をめぐる国民の論議が実際に始まる前に、その余地をふさいでしまった」（ビックス）[*33]こと、「戦後日本の体制の骨格をほぼ確定」（米谷匡史）[*34]させたことを知っている。GHQは、「三月六日草案」への自らの関与を重要な検閲事項としていたが、そのことを陰に陽に示唆する記事は当時から相当数見出せる。[*35]宮沢俊義は「政府案が国民主権主義を採用したのは決して単なるアメリカの模倣ではない」が、「その表現や、そのほかの草案の規定には模倣と評せられ得るものがきはめて多い」とシラを切る（「八月革命と国民主権主義」『世界文化』一九四六年五月）。先掲の木下半治も、「三月六日草案」の発表は「日本の「民主化」の限度及び形態に対する日本国民の認識が、連合国——特にマッカーサー司令部の基準よりみて、いかに低かつたかをはからずも露呈した」と書いている（「新憲法と戦争権抛棄の意義」）。一九四六年三月八日付け『毎日新聞』は、「民主日本再建の国家基本法たる憲法改正の政府草案はマ司令部の全き諒解の下に決定された」と端的に言及しつつ、「天皇制に関し論議は続けられるとしても政治問題としては一応の終止符を打」ったという観測記事を掲げている（「天皇制論に終止符か」）。実際、この後の戦争責任論と天皇制論議のフェイズは、制度としての維持のレベルから、天皇にどんな権限・権威を残すのかという問題と、昭和天皇個人の退位問題に推移していったのである。

　だから、坂口安吾の見通しは相当に甘いし、彼自身が同時代言説の迂闊な読み手だったと見ることは十分できる。けれど、彼の予測と期待をまるで無根拠だと否定することも難しい。なぜなら、「三月六日草案」は形式的にはあくまで草案であり、政府提出の原案に過ぎないとも言えたからである。そもそもなぜ宮沢俊義が、詭弁めいたフィクションを作ってまで、「八・一五」を「憲法上からいへば、ひとつの革命」（「八月革命と国民主権主義」）だと言挙げせねばならなかったのか。それは、旧帝国憲法の改正規定に則り、旧憲法下の議会で審議することを理屈づけようとしたからだ。これは単なる手続き論ではない。加藤典洋が執念深く論じた点だが、宮沢の師である美濃部達吉は、まるで法学者として譲れぬ一線があると言うように、政府が専断で草案作成を行った（と表明した）ことに疑義を呈する。[*36] ポツダム宣言の意を体するなら、「広く民間の諸政党又は其の他の諸文化団体から、選挙又は政府の銓衡に依り学識経験に富める代表委員を選出し、之を以て憲法改正審議会とも称すべき委員会を組織」することから検討すべきだ、という意見にはそれなりの説得力がある（「憲法改正の基本問題」『世界文化』一九四六年五月）。

　こうした手続きレベルでの批判を回避するために、政府案の先進性がアピールされたし、第九〇帝国議会の開会にあたって、マッカーサーは声明で草案の徹底した審議の必要性に言及した。実際に、「マ司令部」の「日本を指導鞭撻し、平和的、民主的日本の再建のための好意」に報いるためにも、「草案の率直なる批判を述べ希望的意見を述べ」るとした高野岩三郎（「第一に「国民宣言」即位に議会の承認を」『毎日新聞』一九四六年三月八日）をはじめ、いくつかの修整提案はなされていた。議会審議の段階でも、有名な〈芦田修正〉など、重要な追加や改訂がなされた。法的・形式的には「三月六日草案」は一つの出発点であり、さらなる改変・変革の可能性は確かにあったのである。

だが、時間の経過は、この改訂可能性をどんどん狭めていく。おそらく、「堕落論」以後の論点と語り方の移動は、こうした事情にかかわっている。先にも紹介したが、安吾は、『文学時標』一九四六年六月号に「天皇小論」という小文を書いている。分量的には短いが、「堕落論」と「続堕落論」の間をつなぐ重要なエッセイである。「日本は天皇によつて終戦の混乱から救はれたといふが常識であるが、之は嘘だ」と稿を起こす安吾は、「政治家」と「人民」が「なんとかうまく戦争をやめたい」という内心を天皇を利用して実現したという「封建的欺瞞」について、苦々しげに語っている。くり返しになるが、改めて引用しておきたい。

> 日本的知性の中から封建的欺瞞をとりさるためには天皇をたゞの天皇家になつて貰ふことがどうしても必要で、歴代の山陵や三種の神器なども科学の当然な検討の対象としてすべて神格をとり去ることが絶対的に必要だ。科学の前に公平な一人間となることが日本の歴史的発展のために必要欠くべからざることなのであり、科学の前に裸となりたゞの人間となつても、尚、日本人の生活に天皇制が必要であつたら、必要に応じた天皇制をつくるがよい。人間天皇は機関として存否を論ぜられるのは当然であるが、単純に政治的にのみ論ぜらるべきではなく、一応科学の前で裸

の人間にした上で、更に宗教的な深さに戻つて考察せられることが必要だと思ふ。

「社会主義政党」が選挙戦術のために「天皇制を支持」したことを強く批判する一節から、ある程度の執筆時期の推定が可能だが、「天皇をたゞの天皇家になつて貰ふこと」の必要を説く安吾が、一月の年頭詔書の内容を批判的に踏まえていることに留意したい。よく知られている通り、ヒロヒトは自分が「現御神」であることは否定したが、自らが「皇祖皇宗」の裔だという点には一切言及していない（つまり否定していない）。「歴代の山陵や三種の神器」の学術的検証を主張する安吾は、単に天皇を「たゞの人間」にするだけでなく、その神話的系譜自体を徹底批判すべき、と言っているのだ。だが、この段階でもなお彼は、制度としての天皇制の可否に結論を出してはいない。安吾が明確に天皇制廃棄を主張したのは、日本国憲法公布がほぼ見えた段階で書かれただろう「続堕落論」からなのである。

先に示唆した通り、「堕落論」と「続堕落論」では、「私」「我々」を一人称とする話者の位置どりに差異がある。「堕落論」では「我々は靖国神社の下を電車が曲がるたびに頭を下げさせられる馬鹿らしさには閉口したが、或種の人々にとつては、さうすることによつてしか自分を感じることが出来ない」と、「我々」と「或種の人々」を対比することで、天皇や軍隊の権威を有り難がる人々を少数派を思わせる言い方で括りだし、そうではない「我々」を析出する、という操作を行った上で、「我々」とて時と所を変えれば似たようなことをやっている、という論点につなげている。他方「続堕落論」では、話者のスタンスはいささか不安定である。「日本の精神そのものが耐乏の精神であり、変化を欲せず、進歩を欲せず、憧憬讃美が過去へ向けられ、たまさかに現れいでる進歩的精神はこの耐乏的反動精神の一撃を受けて常に過去へ引き戻されてしまふ」「日本全体が、日本の根柢そのものが、かくの如く馬鹿げきつてゐる」と、「日本」「日本人」総体を手厳しく攻撃する言辞があると思えば、「我等国民は戦争をやめたくて仕方がなかつたのではないか」「我々国民はさのみ天皇を崇拝しないが、天皇を利用することには狎れて」いる等、自己自身を「狡猾」な「国民」の一人と位置づけるようなことばも読まれる。

　おそらく、「続堕落論」の安吾は憤っているのである。結果として制憲議会となった第九〇帝国議会で「いまだに代議士諸公は天皇制について皇室の尊厳など、馬鹿げきつたことを言ひ、大騒ぎをしてゐる」様子に。「藤原氏の昔」から進歩のない、「最も天皇を冒涜する者が最も天皇を崇拝」する構図が反復されているにもかかわらず、「国民は又、概ねそれを支持してゐる」という現実に。くり返すが、安吾は天皇制なかりせば「人性の正しい開花」が訪れると言ってはいない。「天皇制といふカラクリを打破して新たな制度をつくつても」所詮「カラクリ」の一つでしかないという考えは一貫している。彼の主張は、天皇制の存在が、彼の考える「人性の正しい開花」を妨げる障碍である、という一事である。彼にとって天皇制廃棄は、いわゆる必要条件でしかない。

　他の多くの人々と同様に、坂口安吾は、「三月六日草案」に、一つの〈始まり〉を見た。そして「私はたゞ人間を愛す」（「デカダン文学論」『新潮』一九四六年一〇月）と書いた彼は、「国民」「日本人」が、これを一つの出発点とすることに期待をかけたに相違ない。「続堕落論」の憤りには、希望と予測を裏切られたことへのやるせない思いも含まれているとわたしは思う。

巨視的に見れば、安吾が事態を見誤っていたことは否めない。当時を生きた人々の切実な関心は何よりも生存の維持であり、明日の食糧の確保だった。それが、同じく生存のために食糧供出を渋る農村部の人々に対する嫉視と憤懣として表明されたし、逆に農村部の人々は、長い間発展から置き去りにされてきたという歴史認識に由来する反発と怨恨を都市住民にぶつけていた。安吾が考えたような〈始まり〉は、軍部に戦争責任を帰し、「だまされた」「何も知らされなかった」昭和天皇を免責することで、同じ理屈で自分たちを免責した「国民」たちによって回避された。議会では、抽象論や法技術論に時間が割かれ、真剣な中身の検討以上に、とにかく早く公布・成立にこぎつけることの方が念願された。古関彰一の言を借りれば、実のところ「議員たちは「押しつけ」を知らないで議論したのではなく、GHQの意向やアメリカ憲法を見ながら」「擦りより」を演じたのである[*37]。

情報の限界もあって、安吾は米日合作の戦後体制には目が届かなかった。しかし、ラディカルな〈始まり〉を希求した彼は、敗戦処理の過程に「軍部日本人合作」の一事を見てとり、「日本人」「国民」が戦争責任の追及をおざなりにしたこと、本来あるべき〈始まり〉を始めなかった事実を突きつける。近年の占領史研究の進展は、密室においてさまざまな交渉がなされており、それが敗戦後の米日関係の基盤となったことを明らかにした。しかしそれはあくまで、権力と情報を占有した者たちのレベルの話である。安吾の議論の揺らぎは、敗戦後の日本社会が、複数のありえた〈始まり〉を潜在させていたことを教えてくれる。

7　戦後の「ゼロ地点」

日本社会は「戦後」をいかに始めるべきだったのか――。ここまで見てきたように、「堕落論」以後の安吾の文業は、〈始まり〉への強い思いに支えられていた。どのような主体が「戦後」の社会を担うべきなのか。「戦後」の社会は、いかなる法や制度を作り上げていくべきなのか。この社会を支えていく背骨となる倫理やモラルをどこに求めるべきか。宮澤隆義や山根龍一は、「戦後」の安吾の主体性をめぐる思索が、同時代の思想課題と密接にかかわっていたことを明らかにした[*38]。その上でわたしが付け加えたいのは、こうした安吾の持続的な思考の原点が、〈終わり〉をめぐる想像力に根拠付けられていたことである。

日本敗戦後の安吾は、この戦争の敗北は予測されていたし、日本は敗北すべきだったと何度も書きつけていた。「デカダン文学論」では、「困苦耐乏に耐える美徳」などという「馬鹿げた精神」に支配された「日本はどうしても敗け破れ破滅する必要があつた」と記された。「ぐうたら戦記」（『文化展望』一九四七年一月）には、「十二月八日」の開戦の日に「私は日本の滅亡を信じ、私自身の滅亡を確信した」「日本は負ける、否、亡びる。そして祖国と共に余も亡びる、と諦めてゐた」と書き込まれた。「白痴」に描かれた終末論的な想像力は「魔の退屈」（『太平』一九四六年一〇月）でも再話された。そこでは、いざ本土決戦となったら戦争の最終局面まで東京に残り、「東京が敵軍に包囲されドンドンガラガラ地軸をひつかき廻し地獄の騒ぎをやらかした果に白旗があがつたとき、モグラみたいにヒョッコリ顔をだしてやらうと考へてゐた」と記された。

もちろん、こうしたことは敗戦後なら誰もが言い得たことである。とくに、占領下の言論の場でヘゲモニーを握ろうと考えた書き手たちは、今さらのように自己の先見性を誇ってみせた。だが、その中でも坂口安吾は、こうした発言をする資格を持った数少ない書き手の一人だったとわたしは思う。なぜかならば、彼はすでに一九四二年の「日本文化私観」(『現代文学』一九四二年三月)に、次のようなイメージを刻みつけていたからだ。

> 城跡は丘に壕をめぐらし、上から下まで、空壕の中も、一面に、爆破した瓦が累々と崩れ重つてゐる。茫々たる廃墟で一木一草をとゞめず、さまよふ犬の影すらもない。四周に板囲ひをして、おまけに鉄条網のやうなものを張りめぐらし、離れた所に見張所もあつたが、唯このために丹波路遙々(でもないが)汽車に揺られて来たのだから豈目的を達せずんばあるべからずと、鉄条網を乗り越えて、王仁三郎の夢の跡へ踏みこんだ。頂上に立つと、亀岡の町と、丹波の山々にかこまれた小さな平野が一望に見える。雪が激しくなり、廃墟の瓦につもりはじめてゐた。目星しいものは爆破の前に没収されて影をとゞめず、たゞ、頂上の瓦には成程金線の模様のはいつた瓦があつたり、酒樽ぐらゐの石像の首が石段の上にころがつてゐたり、王仁三郎に奉仕した三十何

> 人かの妾達がゐたと思はれる中腹の夥しい小部屋のあたりに、中庭の若干の風景が残り、そこにも、いくつかの石像が潰れてゐた。とにかく、こくめいの上にもこくめいに叩き潰されてゐる。［略］僕達は一時間ぐらゐ廃墟をうろついてゐたが、見張の人は番所の前を掃いたりしながら、僕達がそつちを向くと、慌てゝ振向いて、見ないふりをしてゐたのである。僕達は刑事になりすまして、大本教の潜伏信者の様子などを訊ねてみたが、馬方は泥酔しながらも俄に顔色蒼然となり、忽ち言葉も吃りはじめて、多少は知らないこともないけれども悪事を働いた覚えのない自分だから、それを訊くのだけは何分にも勘弁していたゞきたい、と、取調室にゐるやうに三拝九拝してゐた。

かねて指摘されているように、「日本文化私観」は、エッセイ全体を貫く論理が見えにくいテクストである。まるで長文のアフォリズムのように、ブルーノ・タウトが語る「日本」に対する批判と、文学にとっての「家」「美」を思考する節の間に、安吾の京都時代の思い出が差し挟まれている。引用したのは、京都で安吾の世話役となった隠岐和一が、神社仏閣にも名所旧蹟にも興味を示さない安吾を「ひとつ、おどかしてやらう」と、「大本教の豪壮な本部」があった丹波亀岡に連れ出した場面である。第二次大本事件で大本教が「不敬罪に問はれ、ダイナマイトで爆破された直後」の廃墟を、二人は見物に出かけたのである。「僕達」のあとを付けてきた「馬方」の男の応答は、大本の関係者と接点を持っていたらしいことをうかがわせるものだ。

だが、ここで問題化したいのはそのことではない。改めて書き置かれたことばを見てほしい。これはほとんど、安吾が夢想した決戦以後の東京の姿ではないか。米軍のコロネット作戦とオリンピック作戦が発動され、硫黄島や沖縄だけでなく列島各地が地上戦の舞台となり、もちろん真っ先に東京が激烈な戦場となり、政府機関が疎開するか崩壊したあとで「モグラみたいにヒョッコリ顔をだし」た文学者が目にする情景とは、このようなものだったのではないか。「本土決戦」の結果「白旗」が揚がった後の占領下では、かつての天皇の宮殿は念入りに破壊され、「こくめいの上にもこくめいに叩き潰され」たのではないか。大本教の教義と天皇制との類比性とを考慮すれば、「日本文化私観」の安吾は、テクストの上にまがまがしい予知夢を書き込んでしまったように見える。

ちなみに、この不穏な想像は、まったくの妄想と言い切れないところがある。戦時末期の海軍甲種飛行予科練習生（予科練）だった宮田昇は、基地のあった京都府の綾部で母と次姉と面会した際、家族水入らずで静かに話せる場所を探してさまよううちに、「大本教の総本部のあった辺で、官憲に土台までダイナマイトで破壊されつくした跡」に入り込んでしまった。そのとき親子は、地元の老人から、よかったら自分の家で休んでゆっくり話してはどうか、と声をかけられた。あっという間に時間が過ぎていよいよ帰隊時刻が近くなったとき、老人は一六歳の宮田に一冊の古ぼけた本を見せながら、「ここにいわれているが、戦争はまもなく終わります。いや、終わるはずです」と語ったという。宮田は、その「予言」が、「日本じゅうは火の雨におそわれ、都市が灰燼に帰すだけでなく、〝まわりの島〟は敵国に占領され、やがて戦いはやむ。そして指導者たちは自殺したり自殺をはかったりする」というものだった、と書いている。[*39] 宮田自身も述べているように、間違いなくこの「老人」は大本教の関係者だろう。開祖出口なおの出生地である綾部は、亀岡と並ぶ大本の故地なのだった。

安丸良夫は、一九一〇年代に大本教が急速に勢力を伸ばした理由を、出口王仁三郎が出口なおの「激烈な終末観的な世直し思想を急進的な国体論」と結びつけたことに求めている。[*40] なるほど、王政復古ならぬ「神政復古」を唱えた王仁三郎の主張は、天皇制の物語を独自の立場から領有＝盗用したものと言ってよい。「いま・ここ」の世界の全的な破滅の後で、相互扶助を基本原理とする理想世界が開かれる――。もちろんわたしは、安吾が大本の発想を踏まえていると言いたいわけではない。アジア太平洋戦争初期の段階で、弾圧された大本教の記憶を呼び戻しつつ、黙示録的な終末のイメージを言語化したことが重要と思うのだ。

国家の中枢の崩壊と滅亡。坂口安吾にとっての「戦後」は、このイメージを原点としていたのではないか。容赦のない徹底した破壊、全的な滅びのビジョンを〈ありえたかも知れない始まり〉と意識していたからこそ安吾は、その原点から思考し出発すること、自らがそのゼロ地点に「堕ちる」ことから出発する意義と必要を主張できたのではないか。「堕落論」以後の安吾の明察は、ラディカルな終末論的な想像力によって支えられ、駆動されていたのではないか。

さらに類推を重ねる。この終末論的な想像力は、日本敗戦後の安吾の思考を枠づける枷ともなっていた。本章の冒頭で、安吾の天皇論・天皇制論には明察と死角とが共存していると述べたのは、まさにこの点にかかわるものだ。

第1章で論じたように、坂口安吾は「白痴」で、空襲下のロマン主義的な想像力とその批判との双方を描きだしてみせた。無差別かつ激烈な都市空襲の下でひとは、生物としての生存自体を最優先で希求する存在として平等になる。しかしその経験は、世界の終末を予示するものとは言えない。空襲下での人間存在の平準化は法が停止した例外状態ではあるかもしれないが、法そのものが無化された原初的な状態ではない。どれほど惨酷な破壊が行われようと、地獄のような情景が現出しようと、どうかして生き残るひとはいる。そして、生き残った人々が生への営みに向けて再び動き始めるとき、部分的にではあれ、そこには法が回帰することになる。『断腸亭日乗』一九四五年五月八日条には、川崎で焼き出された人々が焼跡にバラックを建てようとした際、「巡査憲兵」がこれを「取払」おうとして人々と衝突した、という風聞が書き込まれている[*41]。当時の政府が、空襲被災地に人々が棲みつくことを規制していたからだ。「白痴」に話を戻せば、最後の場面で焼け出された伊沢と女性の「ねぐら」さえ、自由に探すことができたわけではないのである。

また、かりに「本土決戦」の結果、東京の政府機関が機能を失ったとしても、決して法の空白地帯にはならなかったはずである。サイパンや沖縄、南京の経験に徴すれば明らかなように、戦場となった土地で生きる人々には占領者の法が強制されるからである。そもそも、戦争での被害や死の危険も平等に分有されていたわけではなかった。逆井聡人は、東京空襲時の米軍が、労働者の集住するエリアを集中的に爆撃することで、日本の戦争遂行能力の低下を企図していた、と指摘する。つまり、「日本社会内部での貧富の格差がそのまま空襲で被災する確率に結び付いていたのである」[*42]。第1章でも論じた通り、列島各地が地上戦の戦場となった場合の人々の生死は、単純な偶然に加えて、植民地主義的なエスニシティの位階性、ジェンダー、さまざまな障害の有無や程度、ことばづかいやアクセントを含む言語能力、周囲の人々とのつながり・かかわりといった、複数の要因で重層的に決定されたはずである。確かに、非戦闘員として戦場の中に投げこまれてしまった瞬間に、ひとは平等となるかもしれない。しかし、それ以前と以後を含めた生存可能性という観点からすれば、人々の間には明確な可能性の差異が存在したはずなのである。

「堕落論」以降の天皇制論を通じて坂口安吾は、起こらなかった統治機構の全的な破滅のイメージ、黙示録的なビジョンを原点に、戦後社会への批判をくり広げた。ありえた「ゼロ地点」からの再出発という着想を手放さなかった彼は、戦時体制の総括を欠いたままなし崩し的に進められた戦後秩序の再編を鋭く問い返す視点を持つことができた。「堕落論」以後、安吾のラディカルな問題意識は、社会関係の基礎としての性愛における他者との関係を原理的に問い直す企てへと展開していく。[*43]しかし一方で安吾は、原点からの問い直しという問題意識を手放さなかったことで、すぐ傍らにいる他者とはいったい何者なのか、彼女ら彼らがなぜこの場所にいるのか、という社会的な諸関係に対する顧慮を後景化させているように見える。ありていにいえば、「人間」と「人間ならざるもの」との境界を問う彼の思考は、「人間」の内側に刻まれた差異には無頓着に見えるのだ。そのため、敗戦後の彼の思考にとって、階級や社会的なアイデンティティは一義的なものではない。同じ理屈で、誰が

「日本人」「国民」に包摂され、どんな存在が排除されているのかも問われない。

以上のような安吾の議論の死角を、彼の思考の不徹底と言い切ることにはためらいがある。しかし、彼自身が「白痴」のアクチュアルな批評性をつかまえ損ねていた、とは言えるかも知れない。換言すれば安吾は、「世界の終わり」というイメージを媒介とした共同性を問題化することが、帝国日本の敗北の過程においてどんな意味を有していたのか、心づくことができなかったのではないか。「安吾の新日本地理」で語られた理屈で言えば、「いま・ここ」でこの列島にいる人々がすなわち「日本人」なのだ、ということなのかもしれない。だが、もしそうだとすれば、彼が批判した戦後社会において、旧植民地出身者、とりわけ在日朝鮮人が外国人化されていくプロセスについてほぼ完全に沈黙していることは奇妙と言う他にない。これはわたしの望蜀の言であろうか。古代史批判の中で歴史的な朝鮮人コミュニティの存在を前景化してみせた安吾は、同時代の朝鮮人問題をどう見ていたのか。なぜ発言しなかったのか。

日本敗戦＝帝国の崩壊の過程で露呈した共同体内部の深刻な対立から目を逸らし、「日本」という国民共同体の連続性と一体性を担保するために、「天皇」という統合のシンボルが改めて欲望され、召喚されたということ。坂口安吾の天皇論・天皇制論は、丸山真男とは異なる理路ではあるが、空襲下に原型が作られ、日本敗戦後に実定化された国民共同体を前提とした議論となっている。安吾の天皇制論が抱え込んだジレンマは、彼の思考において、帝国日本の脱植民地化の問題、脱＝帝国化の論脈が問われなかったことに由来している。

注記

序

＊1　半藤一利『日本のいちばん長い日　決定版』（文春文庫、二〇〇六年）。

＊2　佐藤卓己『八月十五日の神話　終戦記念日のメディア学』（ちくま新書、二〇〇五年）。

＊3　坪井秀人『戦争の記憶をさかのぼる』（ちくま新書、二〇〇五年）。

＊4　米倉律『八月ジャーナリズムと戦後日本　戦争の記憶はどう作られてきたのか』（花伝社、二〇二一年）。

＊5　先掲の米倉は、戦後日本の「建国神話」について、「多大の「被害」「犠牲」を支払わされた惨めな敗戦から這い上がり、「不戦」を誓い合った人々が努力と苦労を重ねて平和と経済的繁栄を手にするに至った、というもの」とまとめている（注4、米倉『八月ジャーナリズムと戦後日本』）。しかし、これはナショナル・ヒストリーとしての「国民の物語」と呼ぶべきものだろう。本書では、「建国神話」の語を戦後日本の出発点、初発の瞬間を物語化したものと規定したい。

＊6　「終戦詔書」のテクストの生成過程については、茶園義男『密室の終戦詔勅』（雄松堂出版、一九八九年）を参照した。

＊7　小森陽一『天皇の玉音放送』（五月書房、二〇〇三年）。小森はこの詔書の修辞が、開戦時のそれとの「巧妙な辻褄合わせ」を行っていること、天皇裕仁の戦争責任を徹底して回避する意図に貫かれていることを指摘している。

＊8　注2、佐藤『八月十五日の神話』。

＊9　成田龍一『「戦後」はいかに語られるか』（河出書房新社、二〇一六年）。

＊10　権赫泰・車承棋編（中野宣子訳）『〈戦後〉の誕生　戦後日本と「朝鮮」の境界』（新泉社、二〇一七年）。

＊11　酒井直樹『ひきこもりの国民主義』（岩波書店、二〇一七年）。

＊12　市村弘正『増補　敗北の二十世紀』（ちくま学芸文庫、二〇〇七年）。

＊13　加藤典洋『敗戦後論』（講談社、一九九七年）。

第1章

＊1　経済安定本部総裁官房企画部調査課編『太平洋戦争による我国の被害総合報告書』（一九四九年）。栗原俊雄『東京大空襲の戦後史』（岩波新書、二〇二二年）によれば、一九七〇年代の民間人空襲被害者救済法案の審議過程で被害実態の調査の必要性が提起されたが、日本政府はその後も追加の調査を行っていない。

＊2　辻田真佐憲は、海軍の大本営発表ではミッドウェー海戦での敗北がアリューシャン列島攻略作戦の一環として公表されたこと、「数字上は日本海軍の勝利」として扱われたことを指摘している。辻田は、陸軍の大本営発表では、一九四三年二月のガダルカナル島、ニューギニアのブナでの敗北が「作戦目的を達成したので、方向を転じて別の方面に進んでいるのだ」という意味の「転進」と表現されたとも指摘する（辻田真佐憲『大本営発表』幻冬舎新書、二〇一六年）。すなわち、山本五十六の戦死と米軍のアッツ島占領は、こうした隠蔽と糊塗が通用しなくなる最初のできごととしてあった。

＊3　アッツ島での日本軍部隊の生存者は二七名。うち四名の証言は、NHK戦争証言アーカイブス（https://www2.nhk.or.jp/archives/shogenarchives/shogen/list.cgi）で視聴できる。これら奇蹟的とも言える生存者に対する取材を含むNHKスペシャル『玉砕　隠された真実』（二〇一〇年八月一二日総合テレビ放送）では、「玉砕」の戦場からの帰還を「恥ずかしく思う」と語る元兵士たちの声が記録されている。

＊4　林洋子『藤田嗣治　作品をひらく　旅・手仕事・日本』（名古屋大学出版会、二〇〇八年）。

＊5　注4、林『藤田嗣治　作品をひらく』。林は、『サイパン島同胞臣節を全うす』に描かれた日本人女性に、不自然なほど洋装が多いことを指摘している。

＊6　下嶋哲朗『非業の生者たち　集団自決　サイパンから満洲へ』（岩波書店、二〇一二年）。

＊7　「陸軍省令第24号に依る改正新聞掲載禁止事項の標準並に同許否判定要領」（原文カタカナ。一九四一年四月二六日付、アジア歴史資料センター C13070823700）。

＊8　松本和也『文学と戦争　言説分析から考える昭和一〇年代の文学場』（ひつじ書房、二〇二一年）。

＊9　鶴田『アッツ島』は、いちど三二章から三九章に描いたという米軍のアッツ島上陸以後の戦闘について、一九四三年八月二九日の『読売新聞』に掲載された「アッツ島血戦の記録」、同日の『朝日新聞』掲載の「山崎玉砕部隊の〝戦闘日記〟」の抜粋と、アメリカ軍の従軍記者による記事三篇を翻訳・抄出することで代替している。

＊10　興味深いことに、藤田『アッツ島玉砕』において表現された時間性は、事後的に発見され、補足されている。陸軍報道部が監修した小冊子『絵巻　アッツ島血戦』（陸軍美術協会出版部、一九四四年）は、冒頭に藤田の作を掲げた上で、日本軍のアッツ島占領から米軍上陸以後の戦闘、残存部隊の「皇居遙拝」と「壮絶極まりない肉弾突撃」に至る一連の経緯が、向井潤吉や宮本三郎ら一五名の画家の作品と文章の組み合わせによって解説される（その後、「軍神部隊に続け！」という節では、航空機や食糧の増産、「学徒出陣」を描いた作が掲載された）。「序」には、陸軍美術協会理事長としての藤田が「このたび私たち陸軍美術協会の会員一同は、陸軍報道部の御指示によりまして、山崎部隊アッツ島玉砕の絵巻を制作することになり、軍神山崎保代中将以下の果敢限りなき勇戦力闘のさまを画面に写すべく、切なる誓ひを未熟な彩管に焚きしめました」という文章を寄せている。

＊11　河田明久「「作戦記録画」小史　1937～1945」（針生一郎・椹木野衣ほか編『戦争と美術　1937-1945』国書刊行会、二〇〇七年）。

＊12　河田明久は、藤田の「玉砕画」に、彼のキャリアに一貫して見出される「お祭り騒ぎ」「騒乱」への志向、「無軌道なエネルギーの蕩尽に寄せる共感」が「とっくみ合い」のモティーフとして表現されている、と論じる。この指摘を踏まえれば藤田の作は、まさに「負の祝祭」としての「破局」を表現したと言える（河田「笑う、転ぶ、叫ぶ、泣く　藤田嗣治と「とっくみ合い」のモティーフ」『ユリイカ』二〇〇六年五月号）。

＊13　ミカエル・フッセル（西山雄二・伊藤潤一郎・伊藤美恵子・横田祐美子訳）『世界の終わりの後で　黙示録的理

性批判』（法政大学出版局、二〇二〇年）。

＊14　堀田善衞『方丈記私記』（『堀田善衞全集　第一〇巻』筑摩書房、一九九四年）。

＊15　注14、堀田『方丈記私記』。

＊16　串田孫一・二宮敬編『渡辺一夫敗戦日記』（博文館新社、一九九五年）。

＊17　紅野謙介編『堀田善衞上海日記　滬上天下一九四五』（集英社、二〇〇八年）。ちなみに、この日記の中で堀田は、武田に対して自分は「今日この時の中国人のうつりかわりというもの」を人間の心の問題として「内地の人」に知らせる術を考えるべきと応じたと記し、二人の話は対照的な内容だが、いずれも当時にあっては「ひどく現実的な話」だったとまとめている。

＊18　赤澤史朗『戦中・戦後文化論　転換期日本の文化統合』（法律文化社、二〇二〇年）。

＊19　中村秀之『特攻隊映画の系譜学　敗戦日本の哀悼劇』（岩波書店、二〇一七年）。

＊20　「戦時国民思想確立ニ関スル基本方策要綱」（内川芳美編『現代史資料41　マス・メディア統制2』みすず書房、一九七五年）。

＊21　「決戦輿論指導方策要綱」（注20、内川編『現代史資料41　マス・メディア統制2』）。

＊22　「大東亜戦争ノ現段階ニ即応スル輿論指導方針」（注20、内川編『現代史資料41　マス・メディア統制2』）。

＊23　金子龍司『昭和戦時期の娯楽と検閲』（吉川弘文館、二〇二一年）は、小磯国昭内閣時に行われた検閲基準の緩和は、従来の文化統制が志向していた教化主義・啓蒙主義的な姿勢を転換し、できるだけ多くの受け手に届けることを優先させる「下方平準化」を目指すものだった、と主張している。

＊24　石原昌家『国家に捏造される沖縄戦体験　準軍属扱いされた0歳児・靖国神社へ合祀』（インパクト出版会、二〇二二年）。

＊25　座間味島での「集団自決」をめぐっては、宮城晴美『《新版》母の遺したもの』（高文研、二〇〇八年）を参照した。

＊26　山室建徳『軍神　近代日本が生んだ「英雄」たちの軌跡』（中公新書、二〇〇七年）。

＊27　当時の新聞・雑誌における「九軍神」表象については、五味渕『プロパガンダの文学　日中戦争下の表現者たち』（共和国、二〇一八年）で論じた。

＊28　森岡清美『決死の世代と遺書　太平洋戦争末期の若者の生と死　補訂版』（吉川弘文館、一九九一年）。

＊29　ルイ・アルチュセール（柳内隆・山本哲士訳）『アルチュセールの〈イデオロギー〉論』（三交社、一九九三年）。この部分にかんしては、横濱雄二氏との対話に示唆を得た。記して感謝に代えたい。

＊30　酒井直樹『死産される日本語・日本人　「日本」の歴史―地政的配置』（新曜社、一九九六年）。

＊31　注27、五味渕『プロパガンダの文学』。

＊32　たとえば、林えいだい『陸軍特攻振武寮　生還した特攻隊員の収容施設』（光人社NF文庫、二〇〇九年）を参照。

＊33　田辺聖子『田辺聖子　十八歳の日の記録』（文藝春秋、二〇二一年）。

＊34　一ノ瀬俊也『宣伝謀略ビラで読む、日中・太平洋戦争　空を舞う紙の爆弾「伝単」図録』（柏書房、二〇〇八年）には、ソ連参戦後に内容が一部改訂された後の「原爆投下予告ビラ」の写真が掲げられている。両面印刷でタテ一〇・六センチ×ヨコ一四・二センチのビラ（だから田辺の記述よりもサイズが一回り大きい）には、「之原子爆弾はたゞ一箇だけであの巨大なB－29二千機が一回に投下する爆弾に匹敵する、この恐るべき事実は諸君が広島に唯一箇だけ投下された際、如何なる状態を惹起したかはそれを見れば判るはずである」「米国はこの原子爆弾が多く使用されないうちに諸君が此の戦争を止めるよう天皇陛下に請願される事を望むものである」という一節が含まれていた。

＊35　注33、田辺『田辺聖子　十八歳の日の記録』。

＊36　土屋礼子『対日宣伝ビラが語る太平洋戦争』（吉川弘文館、二〇一一年）。

＊37　注34、一ノ瀬『宣伝謀略ビラで読む、日中・太平洋戦争』。

＊38　注36、土屋『対日宣伝ビラが語る太平洋戦争』。また、宇佐美承によれば、米軍伝単のうち『落下傘ニュース』はフィリピン・マニラで日本人捕虜が製作に関与、「原爆投下ビラ」で知られる『マリアナ時報』は、敗戦後に同志社大学で教鞭を執るオーティス・ケーリが同じく捕虜に作成させていたものである。宇佐美『さよなら日本　絵本作家八島太郎と光子の「亡命」』（晶文社、一九八一年）。

＊39　アメリカ戦略爆撃調査団聴取書を読む会編『福岡空襲とアメリカ軍調査　アメリカ戦略爆撃調査団聴取書を読む』（海鳥社、一九九八年）。

＊40　この資料は、東京の東部憲兵隊部内で作成されていた「各月ごとの流言蜚語流布状況の報告書」である。南博編『近代庶民生活誌　第4巻　流言』（三一書房、一九八五年）に収録。

＊41　津村節子『茜色の戦記』（新潮社、一九九三年）。

＊42　一ノ瀬俊也『戦場に舞ったビラ　伝単で読み直す太平洋戦争』（講談社選書メチエ、二〇〇七年）。『木戸幸一日記　下巻』（東京大学出版会、一九六六年）の一九四五年八月一四日条を参照。

＊43　櫻本富雄『本が弾丸だったころ　戦時下の出版事情』（青木書店、一九九六年）。

＊44　注43、櫻本『本が弾丸だったころ』。

＊45　詳しくは川上富蔵『毎日新聞販売史　戦前・大阪編』（毎日新聞大阪開発、一九七九年）、大阪本社販売百年史編集委員会編『朝日新聞販売百年史（大阪編）』（朝日新聞大阪本社、一九七九年）を参照。

＊46　竹山昭子『戦争と放送』（吉川弘文館、二〇一八年）。

＊47　注46、竹山『戦争と放送』。

＊48　清水幾太郎『流言蜚語』（岩波書店、一九四七年）。

＊49　佐藤健二「流言資料の成立をめぐって」（注40、南編『近代庶民生活誌4　流言』）。

＊50　椎名麟三・武田泰淳・中村真一郎・野間宏・埴谷雄高・堀田善衞『座談会　わが文学、わが昭和史』（筑摩書房、一九七三年）。

＊51　永井壮吉『断腸亭日乗　六』（岩波書店、一九八一年）、一九四五年五月八日条。

＊52　憲兵司令部資料「三月中ニ於ケル造言飛語」（原文カタカナ、日付不詳。注40、南編『近代庶民生活誌4　流言』）。この「造言」は検束された男性が「市内ニ於テ氏名不詳ノ通行人ノ雑談ヲ聞知」したものだった、とある。処置の欄には「憲兵説諭」とあるが、いったいどんな「説諭」がなされたのだろう。なお、読みやすさを考え、濁点を補った上で引用した。

＊53　野坂昭如『一九四五・夏・神戸』（中央公論社、一九七六年）。野坂の小説では、「件さま」の教えとして、「他人の家を訪れて、もし食事中なら、たとえ一粒でもいいから小皿にもらって食べる。お茶を出されたら、最後の一滴まで飲む。及び、月の十五日に住いの東南の方向へ、小豆あるいはささげ豆を植えて、呪文を唱える」という内容が記されている。食事という場面、小豆というアイテムは同じだが、噂の伝播の過程でさまざまな異文が生まれていたことをうかがわせる。

＊54　高見順『敗戦日記』（中公文庫、二〇〇五年）。

＊55　「近衛上奏文」の内容は、「昭和二十年二月十四日近衛公爵天機奉伺ノ際時局ニ関スル奏上ノ要旨」（木戸日記研究会編『木戸幸一関係文書』東京大学出版会、一九八六年）で確認できる。

＊56　「報告書　権藤嘉郎」（一九四四年一〇月、水野直樹編『戦時期植民地統治資料　第七巻』柏書房、一九九八年）。

＊57　「厳秘　半島人問題――思想対策研究会報告書第二輯　思想対策課」（一九四四年八月。注56、水野編『戦時期植民地統治資料　第七巻』）。

＊58　憲兵司令部資料「十月中ニ於ケル造言飛語」（一九四四年一一月一五日。注40、南編『近代庶民生活誌4　流言』）。

＊59　逆井聡人『〈焼跡〉の戦後空間論』（青弓社、二〇一八年）。同書で逆井は、旧植民地出身者を「第三国人」と表象する言説の展開に触れつつ、「「五族協和」や「日鮮同祖論」のような他民族性を称揚した帝国が崩壊し、占領期を通して「単一民族」による「戦後日本」へと変身を遂げる、その転換点」に「闇市」言説を位置づけている。

＊60　山田昭次・古庄正・樋口雄一『朝鮮人戦時労働動員』（岩波書店、二〇〇五年）。

＊61　注57、「厳秘　半島人問題――思想対策研究会報告書第二輯　思想対策課」。

＊62　鄭栄桓は、空襲下の「日本人」たちの対朝鮮人意識が、治安当局の認識に影響されていた可能性を指摘している（「解放直後の在日朝鮮人運動と「関東大虐殺」問題――震災追悼行事の検討を中心に」関東大震災90周年記念行事実行委員会編『関東大震災　記憶の継承　歴史・地域・運動から現在を問う』日本経済評論社、二〇一四年）。また、鄭永寿「敗戦／解放前後における日本人の「疑心暗鬼」と朝鮮人の恐怖――関東大震災との関連を中心に」（『コリア研究』第7号、二〇一六年）を参照。しかし本章では、認識や情報の起源よりも、当時の「われわれ＝日本人」たちがそうした朝鮮人への不信、「疑心暗鬼」を受容し、増幅させてきたことを問題にしたい。

＊63　金達寿『わがアリランの歌』（中公新書、一九七七年）。

＊64　呉世宗『沖縄と朝鮮のはざまで　朝鮮人の〈可視化／不可視化〉をめぐる歴史と語り』（明石書店、二〇一九年）。

＊65　李沂碩「アボジは関東大震災の恐怖体験も」（東京大空襲・朝鮮人罹災を記録する会『東京大空襲・朝鮮人罹災の記録　ＰＡＲＴⅠ・Ⅱ合本版』一粒出版、二〇一〇年）。松谷みよ子編『現代民話考　第Ⅱ期一　銃後』（立風書房、一九八七年）には、現在の東京都江東区でのこととして、「小名木川のおわい（屎尿処理）船の一家が姿を消しました。朝鮮人でスパイだというのです。腰の低い、おだやかな人達でした」という回想が収録されている。

＊66　憲兵司令部資料「五月中に於ける造言飛語」（日付不詳。注40、南編『近代庶民生活誌4　流言』）。

＊67　川島高峰『流言・投書の太平洋戦争』（講談社学術文庫、二〇〇四年）。

＊68　注18、赤澤『戦中・戦後文化論』。

＊69　金一萬「徴用同胞の悲惨な運命」（注65、東京大空襲・朝鮮人罹災を記録する会『東京大空襲・朝鮮人罹災の記録　ＰＡＲＴⅠ・Ⅱ合本版』）。

＊70　注64、呉世宗『沖縄と朝鮮のはざまで』。

＊71　鮎川信夫「補述・菊の街」（『戦中手記附戦中詩論集』思潮社、一九六五年）。

＊72　注71、鮎川「補述・菊の街」。
＊73　注71、鮎川『戦中手記附戦中詩論集』。
＊74　青野季吉『青野季吉日記』（河出書房新社、一九六四年）、一九四五年二月二二日条。
＊75　注54、高見『敗戦日記』、一九四五年四月二四日条。
＊76　注51、永井『断腸亭日乗　六』、一九四五年五月八日条。
＊77　荻野富士夫『「戦意」の推移　国民の戦争支持・協力』（校倉書房、二〇一四年）。
＊78　注14、堀田『方丈記私記』。
＊79　鶴見俊輔『鶴見俊輔対話集　戦争体験　戦後の意味するもの』（ミネルヴァ書房、一九八〇年）における司馬遼太郎の発言。
＊80　陳光興（丸川哲史訳）『脱 帝国　方法としてのアジア』（以文社、二〇一一年）。
＊81　先掲の荻野富士夫も、学生層は戦時末期にもなお過半数が戦争継続を望んだ唯一のグループであり、その傾向は学校段階が低い生徒たちほど強かった、と指摘している。注77、荻野『「戦意」の推移　国民の戦争支持、協力』参照。
＊82　七北数人『評伝坂口安吾　魂の事件簿』（集英社、二〇〇二年）。

第2章

＊1　内田百閒『東京焼盡』（中公文庫、一九七八年）。
＊2　『大陸』は大陸新報社より刊行されていた文学雑誌。池田のエッセイや井伏鱒二の全集未収録作など、『大陸』所載の重要な記事は『早稲田文学』二〇一八年四月号に掲載された。『大陸』再発見の経緯については、秦剛「雑誌『大陸』の再発見について　戦時下上海で刊行された幻の日本語雑誌」（『早稲田文学』二〇一八年三月）を参照。
＊3　南雲智「梅娘の再出発」（南雲編『中国現代女性作家群像——人間であることを求めて——』（論創社、二〇〇八

年）。

＊4　注3、南雲「梅娘の再出発」。

＊5　渡辺考『戦場で書く　火野葦平と従軍作家たち』（NHK出版、二〇一五年）。インパール作戦、雲南省西部での戦闘については、笠原十九司『日中戦争全史　下』（高文研、二〇一七年）を参照した。

＊6　火野葦平『インパール作戦従軍記　葦平「従軍手帖」全文翻刻』（集英社、二〇一七年）。

＊7　武田泰淳『上海の蛍』（中央公論社、一九七六年）。

＊8　注5、渡辺『戦場で書く　火野葦平と従軍作家たち』。

＊9　尾崎秀樹『近代文学の傷痕　旧植民地文学論』（岩波同時代ライブラリー、一九九一年）。

＊10　松本和也「空襲下の文学者　第三回大東亜文学者大会・南京大会」（『太平洋戦争開戦後の文学場　思想戦／社会性／大東亜共栄圏』（神奈川大学出版会、二〇二〇年）。松本が根拠としたのは、当時河出書房で『文藝』を編集していた野田宇太郎の回想『灰の季節』（修道社、一九五八年）である。それに拠れば、豊島は日本出発時に『文藝』を一〇冊持ち出して、もし南京でこれを配付すれば、何らかのルートで重慶にも届くはずだ、と述べていたという。そうした回路が実際に存在していたかは、現在のわたしには判断ができない。

＊11　『大日本印刷百三十年史』（大日本印刷株式会社、二〇〇七年）。

＊12　アジア太平洋戦争期の『文藝首都』をめぐっては、小川貴也「「創作指導雑誌」という姿勢——戦時下における『文藝首都』の位置」（小平麻衣子編『『文藝首都』　公器としての同人誌』翰林書房、二〇二〇年）を参照。

＊13　高見順『敗戦日記』（中公文庫、二〇〇五年）。

＊14　荘司徳太郎『私家版・日配史　出版業界の戦中・戦後を解明する年代記』（出版ニュース社、一九九五年）。

＊15　大佛次郎『大佛次郎　敗戦日記』（草思社、一九九五年）。

＊16　和田芳恵『筑摩書房の三十年　1940-1970』（筑摩選書、二〇一一年）。

＊17　『月刊毎日』は毎日新聞社北京支局が創刊した総合雑誌で、一九四四年一一月号〜一九四五年八月号までの発刊

が確認されている（石川巧『幻の戦時下文学　『月刊毎日』傑作選』（青土社、二〇一九年）。『大陸』は一九四四年一一月号から一九四五年五月号までの刊行が確認済み。版元の大陸新報社は、つとに朝日新聞社との強いつながりが指摘されている（山本武利『朝日新聞の中国侵略』（文藝春秋、二〇一一年）。満洲国の新京で刊行されていた文化雑誌『藝文』は一九四五年三月号まで、植民地朝鮮で発刊された『国民文学』は一九四五年五月号までの存在が確認されている。

＊18　川島高峰『流言・投書の太平洋戦争』（講談社学術文庫、二〇〇四年）。

＊19　庄野誠一は、一九四四年の出版企業整備の際に存続を認められた雑誌でも、用紙配給実績の買い取りや他誌との合同などによって「一定の用紙配給ポンド数」を確保する必要があったが、「三田文学の場合は、同じ塾内から発行されていた三田評論その他の雑誌を統合するだけでよかった」と回想している。詳しくは庄野「戦時中の三田文学」（『三田文学』一九六〇年三月号）を参照。

＊20　斉藤利彦『国民義勇戦闘隊と学徒隊　隠蔽された「一億総特攻」』（朝日選書、二〇一二年）。同書で斉藤は、女性を含めた可能な限りの「根こそぎ動員」が目指された「国民義勇隊」組織の過程（関連する閣議決定は一九四五年三月二三日に行われた）で、実質的に「女性兵士」が創出されていた、と指摘している。

＊21　中村光夫『文学回想　憂しと見し世』（中公文庫、一九八二年）。

＊22　ジュディス・バトラー（清水晶子訳）『戦争の枠組　生はいつ嘆きうるものであるのか』（筑摩書房、二〇一二年）。

＊23　高木彬「稲垣足穂「有楽町の思想」論――グレゴリー夫人、ド・クインシー、ダンセイニ――」（『フェンスレス』オンライン版第3号、二〇一五年五月）。

＊24　注23、高木「稲垣足穂「有楽町の思想」論」。

第3章

＊1　山城むつみ『文学のプログラム』（太田出版、一九九五年）。

＊2　桶谷秀昭『保田與重郎』（講談社学術文庫、一九九六年）。

＊3　福田和也『保田與重郎と昭和の御代』（文藝春秋社、一九九六年）。

＊4　保田は、『南山踏雲録』の劈頭に掲げた「例言」の末尾で「一、本書の執筆は昭和十七年夏より始め、十八年七月に終る」と記している。

＊5　川村二郎『イロニアの大和』（講談社、二〇〇三年）。

＊6　神谷忠孝「昭和十年代の転換」（『保田與重郎論』雁書館、一九七九年）。

＊7　大岡昇平『天誅組』（講談社、一九七四年）。

＊8　西村将洋「神話の造形――保田與重郎と知／血の考古学――」（伊藤徹編『作ることの日本近代　一九一〇―四〇年代の精神史』世界思想社、二〇一〇年）

＊9　注5、川村『イロニアの大和』。

＊10　森茂暁『南朝全史　大覚寺統から後南朝へ』（講談社選書メチエ、二〇〇五年）、同『闇の歴史、後南朝　後醍醐流の抵抗と終焉』（角川書店、一九九七年）。

＊11　〈後南朝〉を取り上げた谷崎『吉野葛』の幻の歴史小説構想をめぐっては、五味渕『言葉を食べる　谷崎潤一郎、一九二〇～一九三一』（世織書房、二〇〇九年）で論じた。

＊12　歴史学者の中村直勝が著した『南朝の研究』（星野書店、一九二七年）では、「両朝合一後に於ける吉野朝側皇親の動静」を記すにあたって、「南朝といふのは、北朝にたいしての詞である以上、南北両朝が合一して皇統一に帰した後に於て、北朝のあろう筈はなく、従つて南朝の生じよう筈はない」として、「後南朝」という呼び方自体を「不穏当」と退けることから始めなければならなかった。中村の同著では、〈後南朝〉関連の記述は「南朝の後」という章題が立てられている。

＊13　参照したテクストは以下の通り。『残桜記』（『伴信友全集』国書刊行会、一九〇八年）、『南山巡狩録』（『史籍集覧』第四冊、近藤活版所、一九〇〇年）、『桜雲記』（『新釈日本文学叢書　第二輯』第六巻、同刊行会、一九二八

年）。ちなみに〈後南朝〉にかかわる記述は『南山巡狩録』では全一五巻の本編に続く附録の一冊のみ、『桜雲記』では、上中下三巻のうち、掉尾の部分（管見のテクストでは、およそ五ページ分）で触れているだけである。

＊14 藤原広嗣は不比等の孫にあたる。七四〇年、時の朝廷で権勢を振るった吉備真備と玄昉を除くことを求め、九州で兵を挙げた（藤原広嗣の乱）が、広嗣の刑死後、その霊が怨霊となって災いをなしたため、最期の地である肥前松浦に鏡宮を創建、彼の霊を祀ったという。『南山踏雲録』の保田は広嗣について「当時朝廷の内にあって紊乱の行為ありし、儒仏の両代表を討たんとする志に出たと考えられ、広嗣の志に同情する風が近世志士にあった」という註釈を付している。保田は『南山踏雲録』執筆を、自著『萬葉集の精神』の延長線上で考えていた。「私懐」（『新潮』一九四二年一二月）には、伴林光平の「踏雲録の精神は、さらに悠久の太古に一貫し、古の萬葉集の精神を再興したものがある」という一節がある。

＊15 川村二郎は、保田は「後南朝の苦衷に共感を注ぎながらも理と情の分裂を言葉の上で示さねばならなかった信友に対して、光平が身も心も一丸となって、後南朝の世界に没入していることを讃えている」と論じている。これは、保田が描いた伴林光平の像を端的に言い取った文ではあるが、信友『残桜記』と光平『南山踏雲録』の文章を比べて、そこまで言い切れるかどうか。先に見た通り、『残桜記』の関心の中心は「神器」の所在を明らかにすることであり、光平の『南山踏雲録』の本文には、〈後南朝〉を想起させる文言がほとんどないからである（注5、川村『イロニアの大和』）。

＊16 天忠組に対する朝廷・幕府の対応については、舟久保藍『天誅組の変』（中公新書、二〇二三年）を参照した。

＊17 この部分の記述は、田中純「「英霊」の政治神学――橋川文三と「半存在」の原理」（田中『政治の美学　権力と表象』東京大学出版会、二〇〇八年）に触発された。

＊18 河田和子『戦時下の文学と〈日本的なもの〉　横光利一と保田與重郎』（花書院、二〇〇九年）。

＊19 大戦末期の保田が憲兵の監視下にあったとは、保田本人の言である（「天道好還の理」『現代畸人伝』新潮社、一九六四年。「後記」『保田與重郎選集』第五巻、講談社、一九七二年）。なお、戦時下の情報局文芸課長・井上司朗

は、「保田與重郎君は、戦前戦中、我ら文化統制の府に宮仕えしていたものにとっては、最も扱いにくい存在の一人だった」とした上で、「昭和十九年頃」のある日、陸軍報道部長・松村秀逸から「おい井上君、保田與重郎という文士は、軍部に批判的だそうだな」と声をかけられたという挿話を紹介している（井上「ますらをにして詩人、そして予言者――保田與重郎君の思い出」『保田與重郎全集　第三十巻月報』講談社、一九九八年）。井上は松村の発言を『萬葉集の精神』の内容とかかわるものと推測しているが、「昭和十九年」＝一九四四年の話とすれば、時期的にも内容的にも一九四二年刊行の『万葉集の精神』より、翌年刊行の『南山踏雲録』との関連を疑う方が至当ではないか。

*20　清水明雄編『清水文雄「戦中日記」文学・教育・時局』（笠間書院、二〇一六年）。

*21　井口時男『柳田国男と近代文学』（講談社、一九九六年）。

*22　井口時男『批評の誕生／批評の死』（講談社、二〇〇一年）。

*23　注3、福田『保田與重郎と昭和の御代』。

*24　前田英樹『保田與重郎を知る』（新学社、二〇一〇年）。

*25　渡部直己『不敬文学論序説』（太田出版、一九九九年）。

補論

*1　シャルル・ボードレール（阿部良雄訳）「一八四六年のサロン」（『ボードレール批評I』ちくま学芸文庫、一九九九年）。

*2　前田英樹『保田與重郎を知る』（新学社、二〇一〇年）。

*3　松本健一『丸山真男　八・一五革命伝説』（河出書房新社、二〇〇三年）。

*4　米谷匡史「丸山真男と戦後日本　戦後民主主義の〈始まり〉をめぐって」（情況出版編『丸山真男を読む』情況出版、一九九七年）。

＊5　坂元昌樹「「絶対平和論」の再検討――保田與重郎の〈戦後〉――」（『文学部論叢』［熊本大学］二〇〇三年三月）。

＊6　河田和子『戦時下の文学と〈日本的なもの〉　横光利一と保田與重郎』（花書院、二〇〇九年）。

＊7　小高根二郎『蓮田善明とその死』（筑摩書房、一九七〇年）。

＊8　内海琢己「蓮田善明の小説『有心』試論」（『河』一九九一年六月）。

＊9　井口時男『蓮田善明　戦争と文学』（論創社、二〇一九年）。

＊10　小林康夫『起源と根源　カフカ・ベンヤミン・ハイデガー』（未来社、一九九一年）。

＊11　渡辺京二「蓮田善明試論」（『思想の科学』一九六二年一二月）。

第4章

＊1　石川達三『経験的小説論』（文藝春秋、一九七〇年）。

＊2　『出版年鑑　昭和十四年版』（東京堂、一九三九年）に掲載された「出版界一年史」の記述は、「生きてゐる兵隊」が上海の夕刊紙『大美晩報』に「翻訳登載」された他、「同創作が誤れる第二世邦人の手によつて翻訳され桑港の某一流新聞に掲載されんとしたのを同地領事館が聞知、太田領事より再三懇談の末漸く掲載されずに終つた」という経緯を紹介している。加えて同記事は、中央公論社の寄贈した雑誌の一部が「船員を通じて」「支那、アメリカ又恐らくはソビエット」にも渡ったという検閲当局の見立てを伝えている。

＊3　笠原十九司「日本の文学作品に見る南京虐殺の記憶」（都留文科大学比較文化学科編『記憶の比較文化論　戦争・紛争と国民・ジェンダー・エスニシティ』柏書房、二〇〇三年）。

＊4　注3、笠原「日本の文学作品に見る南京虐殺の記憶」。

＊5　牧義之『伏字の文化史　検閲・文学・出版』（森話社、二〇一四年）、白石喜彦『石川達三の戦争小説』（翰林書房、二〇〇三年）。

＊6　注5、牧『伏字の文化史』。

＊7　この『意見書聴取書』は、同志社女子大学図書館に複製が所蔵されている。複製版には「安永武人氏旧蔵書」とのスタンプが捺されている。安永は、自著『戦時下の作家と作品』（未来社、一九八三年）で、石川の好意で裁判関係資料に接することができた、と述べている。

＊8　「被告人石川達三外二名に対する新聞紙法（安寧秩序紊乱）違反事件第一審判決」（『現代史資料41　マス・メディア統制2』みすず書房、一九七五年）。

＊9　渡辺考『戦場で書く　火野葦平と従軍作家たち』（ＮＨＫ出版、二〇一五年）。

＊10　河原理子『戦争と検閲　石川達三を読み直す』（岩波新書、二〇一五年）。同書によれば、石川達三の日記の原本は遺族が保管しているという。

＊11　山本武利『ＧＨＱの検閲・諜報・宣伝工作』（岩波書店、二〇一三年）。

＊12　一九三八年一月時点で南京城内に日本軍慰安所が存在していたことは、『東史郎日記』にも記述がある。東は、「みぞれ寒い一月のある日、慰安所へ行きたい者は申し出よ、という達しがあった。このきき馴れない慰安所とは、いわゆる、紅と白粉の売笑婦のいる所である」と記し、「日本人の売笑婦」の他に「支那ピー」「朝鮮ピー」がいた、と言い合う兵士の姿を書きとめている（東史郎『東史郎日記』熊本出版文化会館、二〇〇一年）。

＊13　平野共余子『天皇と接吻　アメリカ占領下の日本映画検閲』（草思社、一九九八年）。

＊14　川崎賢子「ＧＨＱ占領期の出版と文学――田村泰次郎「春婦伝」の周辺――」（『昭和文学研究』第五二集、二〇〇六年三月）。

＊15　注14、川崎賢子「ＧＨＱ占領期の出版と文学」。

＊16　前掲の河原理子は、『生きてゐる兵隊』戦後版について、「〈戦時中発禁の名著――発売中〉と銘打った出版広告が、十一月二十九日付読売新聞朝刊に載っていたから、十一月下旬には書店に並んだのかもしれない」と記すが（注10、河原『戦争と検閲』）、これは誤認である。河原が言及した広告は一九四六年一一月二九日付『読売新聞』

一面に掲げられた海口書店版『生きてゐる兵隊』の広告であって、河出書房版ではない。河出書房版が市場に出回ったタイミングについては、さらに調査が必要となろう。

＊17　連載記事「太平洋戦争史」がCIEによる「ウォー・ギルト・プログラム」の一環として製作されたことはよく知られる。賀茂道子の研究は、このプログラムが日本政府との関係や、日本の国民感情（書信の検閲などで把握された）、アメリカ本国政府との政治的な駆け引きなど、複数の力関係を意識する中で変化していったことを明らかにした。賀茂の議論に従えば、河出書房版『生きてゐる兵隊』刊行は、このプログラムが「軍の残虐行為の暴露」を一つの軸としていた時期から、「国民の気持ちを逆なでしないような宥和路線」へと転換するタイミングと重なっている。詳しくは賀茂『ウォー・ギルト・プログラム　GHQ情報教育政策の実像』（法政大学出版局、二〇一八年）を参照。

＊18　南京事件調査会編『南京大虐殺否定論　13のウソ』（新装版、柏書房、二〇一三年）の第二章は「本当に誰もが南京事件のことを知らなかったのだろうか」と題されている（執筆担当は歴史学者の吉田裕）。そこでは、同時代の日本語読者の中でも、現地の日本軍関係者・外交官僚・海外情報に日常的に接していた知識人がそれぞれのルートで南京事件にかかわる情報を了知していたこと、中国の日本人社会だけでなく、「内地」の一部の人々にも、「噂」というかたちで南京作戦時の日本軍の非道行為が伝わっていたことを資料に即して明らかにしている。内務省警保局による押収を免れた石川達三のテクストも、こうした情報流通の一助となったことは確実である。しかし、同書で吉田も指摘しているように、同時代の日本の軍・政府は、南京事件に限らず、中国戦線での日本軍の暴虐行為の報道にかんして、厳格な報道管制・情報管理体制を構築していた。そのため、「多くの国民は、南京事件のことを戦後、初めて知ることになった」（吉田）のである。

＊19　「真相箱」の引用は、連合国最高司令部民間情報教育局編『真相箱』（コズモ出版社、一九四六年）から行った。

＊20　宇田川幸大『東京裁判研究　何が裁かれ、何が遺されたのか』（岩波書店、二〇二二年）。

＊21　国際検察局資料の日本語タイトルについては、国立国会図書館憲政資料室が作成したもの（https://rnavi.ndl.

go.jp/occupation/jp/IPS.html）を参照した。

＊22　国際検察局資料には、他にEntry No. 319 “Numerical Case Files Containing Interrogation Reports, Statement of Witness, Copies of Memoirs, Intelligence Reports and other Documents Relating to Particular incidents and Suspected War Criminals,IPS, 1945-1947”（「特定の付帯事件および戦犯容疑者に関する番号順事件ファイル」）、Entry No.320 “IPS Documets Relating to Witnesses for the Prosecution and the Defence, 1946-1947”（「検察側・弁護側証人に関する国際検察局文書」）にも石川の尋問調書が収録されているが、これはEntry No. 312に含まれていたものと同一である。粟屋憲太郎・吉田裕編『国際検察局（ＩＰＳ）尋問調書』（全五二巻。日本図書センター、一九九三年）の第五〇巻として公刊されたのは、Entry No.319の文書である。

＊23　この供述書は“Three Affidavits Relating to Prisoner of War Information and Handling of Notes Thereon”というタイトルで、証拠番号2782のスズキ・タダカツ、2783の石川、2784のホダ・ハルキの供述書とセットで一つの証拠文書となっていた。カバーペーパーに当たる部分には、一九四六年一一月という作成のタイミングと、この文書が荒木貞夫に関係するものであること、内容的には日本軍の捕虜の取り扱いとフィリピンでの虐殺にかかわるものであることが記されていた。

＊24　注20、宇田川『東京裁判研究』。

＊25　粟屋憲太郎『東京裁判への道』（講談社学術文庫、二〇一三年）。

＊26　伊香俊哉「中国国民政府の日本戦犯処罰方針の展開」（笠原十九司・吉田裕編『現代歴史学と南京事件』柏書房、二〇〇六年）によれば、中国国民政府は一九四四年から南京事件の外国人目撃者へのアプローチを開始、調査に着手していた。また、東京裁判の開廷直前から中国とアメリカは合同で日本の戦争犯罪調査を実施、審理開始前までに東京で出廷させる証人の選定作業を行った。また、粟屋憲太郎は、一九四六年三月の出張でモロー大佐は、中国側の協力によって、日本軍の残虐行為や中国民衆へのアヘン・麻薬売却にかかわる証拠の他、日本軍の毒ガス使用や細菌戦にかんする資料も入手したとする（注25、粟屋『東京裁判への道』）。

*27　笠原十九司『南京事件論争史　日本人はどう史実を認識してきたか』（平凡社新書、二〇〇七年）。

*28　『ニューヨーク・タイムス』のバックナンバーに、ハイダーの死を報じた記事が出ていた（一九九五年一〇月二〇日付）。記事によれば、一九九五年に七五歳で世を去ったハイダーは、日本の戦争犯罪担当検事のうち、最後の生存者だったという（Thomas Jr. Robert McG, *Elton M Hyder, 75, Lawyer and Philanthropist,* http://www.nytimes.com/1995/10/20/us/elton-m-hyder-75-lawyer-and-philanthropist.html　二〇二三年七月一〇日閲覧）。ハイダーは一九四三年に一度海軍に入隊するもマラリアのために除隊。一九四四年にはテキサス州で当時最年少の州検事総長アシスタントとなり、その縁で、当時のトム・クラーク合州国司法長官に紹介されたことが戦争犯罪裁判に関係するきっかけになった、とあった。

*29　注25、粟屋『東京裁判への道』。

*30　注20、宇田川『東京裁判研究』。

*31　注27、笠原『南京事件論争史』。

*32　戸谷由麻は、東京裁判での南京事件関係の判決を分析し、松井石根と武藤章には「指揮下の兵士たちによる大々的な残虐行為を取り締まる処置」を取らなかった「指揮官責任」が、広田弘毅には当時の外務大臣として「閣僚としての法的責務」を全うしなかったという「閣僚責任」が問題化された、と論じている（戸谷『東京裁判　第二次大戦後の法と正義の追求』みすず書房、二〇〇八年）。

*33　注1、石川『経験的小説論』。

*34　中野重治「解説」（『現代日本小説大系　第五十九巻』河出書房、一九五二年）。

*35　宮本百合子「昭和の十四年間」（『日本文学入門』日本評論社、一九四〇年）。引用は『宮本百合子全集　第十四巻』（新日本出版社、二〇〇一年）による。

*36　細見和之『言葉と記憶』（岩波書店、二〇〇五年）。

*37　呉恵升『石川達三の文学　戦前から戦後へ、「社会派作家」の軌跡』（アーツアンドクラフツ、二〇一九年）。

＊38　石川巧『幻の雑誌が語る戦争　『月刊毎日』『国際女性』『新生活』『想苑』』（青土社、二〇一八年）。

＊39　注17、賀茂『ウォー・ギルト・プログラム』。

第5章

＊1　藤原彰『餓死した英霊たち』（ちくま学芸文庫、二〇一八年）。

＊2　石原俊「総力戦の到達点としての島嶼疎開・軍務動員——南方離島からみた帝国の敗戦・崩壊」（蘭信三他編『シリーズ戦争と社会3　総力戦・帝国崩壊・占領』（岩波書店、二〇二二年）、近現代史編纂会編『写真で見る太平洋戦争Ⅱ　玉砕の島々と沖縄戦、終戦への道』（山川出版社、二〇一五年）。こうした地域での戦闘に、多数の現地の人々が巻き込まれたことも忘れてはならない。フィリピン政府は、アジア太平洋戦争下での自国の死者を約一一一万人としている。

＊3　石原俊『〈群島〉の歴史社会学　小笠原諸島・硫黄島、日本・アメリカ、そして太平洋世界』（弘文堂、二〇一三年）。

＊4　河野真理江『日本の〈メロドラマ〉映画　撮影所時代のジャンルと作品』（森話社、二〇二一年）。

＊5　高橋修・木戸雄一・副田賢二・渡邊英理・五味渕典嗣「方法としてのメロドラマ　情動・翻訳・文化政治」（報告要旨、『日本近代文学会会報』第一三五号、二〇二一年九月一日）。

＊6　注3、石原『〈群島〉の歴史社会学』。

＊7　注3、石原『〈群島〉の歴史社会学』。

＊8　横濱雄二「映画『砂の器』における異界」（『昭和文学研究』第七九集、二〇一九年九月）。

＊9　小嶋優子・別冊ダ・ヴィンチ編集部編『金田一耕助 The Complete』（メディアファクトリー、二〇〇四年）。

＊10　小松史生子は、「本陣殺人事件」には敗戦直後の焼け跡に生きた都市住民たちの私秘性と定住性に対する憧憬と郷愁が刻まれた、とする。詳しくは小松「戦後文学としての本格推理　横溝正史『本陣殺人事件』再考」（吉田司

雄編『探偵小説と日本近代』青弓社、二〇〇四年）を参照。

＊11　藤本亮「戦後の社会意識の変容——横溝正史ブームを手がかりに——」（『社会学論叢』〔日本大学社会学会〕第一四〇号、二〇〇一年三月）。

＊12　注1、藤原『餓死した英霊たち』。

＊13　國學院大學研究推進機構「慰霊と追悼　招魂と慰霊の系譜に関する基礎的研究」ウェブサイト（https://www2.kokugakuin.ac.jp/kaihatsu/maa/resource_png.html）。ちなみに、『ゆきゆきて、神軍』（原一男監督、一九八七年）の奥崎謙三も同じ戦線に従軍していた。奥崎の所属した部隊一三〇〇名のうち、生き残ったのはわずか一〇〇名だったという。

＊14　大門正克「子どもたちの戦争、子どもたちの戦後」（『岩波講座　アジア・太平洋戦争6』岩波書店、二〇〇六年）。

＊15　加納実紀代「〈復員兵〉と〈未亡人〉のいる風景」（『戦後日本スタディーズ①「40・50年代」』紀伊國屋書店、二〇〇九年）。

＊16　北河賢三『戦後の出発　文化運動・青年団・戦争未亡人』（青木書店、二〇〇〇年）。

＊17　倉田容子「鏡像としての村落　横溝正史『八つ墓村』」（『昭和文学研究』第六三集、二〇一一年九月）。

＊18　注17、倉田「鏡像としての村落」。

＊19　小松史生子「金田一耕助のパトロン　「悪魔が来りて笛を吹く」を中心に」（江藤茂博他編『横溝正史研究　創刊号』戎光祥出版、二〇〇九年）。

＊20　杉山光信『戦後日本の〈市民社会〉』（みすず書房、二〇〇一年）。

＊21　笠井潔『模倣における逸脱　現代探偵小説論』（彩流社、一九九六年）。

＊22　注1、藤原『餓死した英霊たち』。

＊23　斉藤綾子「失われたファルスを求めて　木下恵介「涙の三部作」再考」（長谷正人・中村秀之編『映画の政治学』

青弓社、二〇〇三年）。

＊24　注23、斉藤「失われたファルスを求めて」。

＊25　中野敏男『大塚久雄と丸山眞男　動員、主体、戦争責任　新装版』（青土社、二〇一四年）。

＊26　赤坂憲雄「きだみのる『気違ひ部落周游紀行』（一九四八年）」（岩崎稔・上野千鶴子・成田龍一編『戦後思想の名著50』平凡社、二〇〇六年）。

＊27　桜井哲夫は、杉浦明平のルポルタージュを引きながら「戦後の農村地域の風土は、けっして不変の伝統だから、封建遺制などではな」く、戦時・戦後の諸施策の結果「食糧管理という名目で国家統制のもとに置かれ」たことで「密室化」した農村で生じた変化であり、「まさに近代化のなかでしかあらわれようもなかった社会現象であった」と指摘している（『可能性としての「戦後」』講談社、一九九四年）。

＊28　ヴィクター・コシュマン（葛西弘隆訳）『戦後日本の民主主義革命と主体性』（平凡社、二〇一一年）。

＊29　横濱雄二は、ラジオドラマから始まる『君の名は』のメディア横断の過程で、加瀬田修造の沖縄の密貿易や、後宮春樹の戦前の満洲経験のエピソードが後景化し、「帝国の痕跡が消去」されていく、という重要な指摘を行っている。その上で横濱は、「『君の名は』は声高に「日本」を叫ぶものではなく、むしろそうした要素は控え目な形で差し込まれているに過ぎないが、「全国」を組み込み反復することで、ゆるやかな形で統合を促しているといえる」と主張している。横濱「メロドラマと帝国――『君の名は』研究」（『層　映像と表現』第一号、二〇〇七年六月）。

＊30　ヴォルフガング・シベルブシュ（福本義憲・高本教之・白木和美訳）『敗北の文化――敗戦トラウマ・回復・再生』（法政大学出版局、二〇〇七年）。

＊31　吉田裕「占領期における戦争責任論」（『一橋論叢』一九九一年二月）。

＊32　吉見義明「占領期日本の民衆意識――戦争責任論をめぐって」（『思想』一九九二年一月）。

第6章

＊1　花田俊典「坂口安吾のディコンストラクション　安吾「伊勢神宮」にゆく」（『坂口安吾生成』白地社、二〇〇五年）。

＊2　大原祐治『戯作者の命脈　坂口安吾の文学精神』（春風社、二〇二二年）。

＊3　冨永望は「昭和天皇の生前譲位の可能性があった」タイミングとして、①第二次世界大戦終了直後、②東京裁判判決前後、③講和条約発効前後、④明仁皇太子成婚前後の四つを挙げている。しかし、冨永自身も書いているように、④の「御成婚がらみの退位論には、出所のはっきりしたものが少ない」。つまり、言説自体は存在するが、政治的なアリーナで問題化できるほどの厚みを持っていたとは言えない。よって本章では、占領末期の退位論を現実政治で具体的に提起された「最後の機会」と位置づけた（冨永望『昭和天皇退位論のゆくえ』吉川弘文館、二〇一四年）。

＊4　中村生雄『折口信夫の戦後天皇論』（法藏館、二〇一五年）。

＊5　原卓史『坂口安吾　歴史を探偵すること』（双文社出版、二〇一三年）。

＊6　小熊英二『単一民族神話の起源　〈日本人〉の自画像の系譜』（新曜社、一九九五年）。

＊7　江上波夫の「騎馬民族渡来説」は、「東北アジア系騎馬民族が、朝鮮半島経由で日本に侵入し、騎馬民族文化をもって、その征服事業に従事」したこと、それが「日本における統一国家の成立とも直接結びつく」ことを主張した論である（江上『騎馬民族国家　日本古代史へのアプローチ』中公新書、一九六七年）。よって、「騎馬民族征服王朝説」とも称される。小熊英二は、この議論が長い間論文化されず、座談レベルで語られた内容だったこと、かつての喜田貞吉の「日鮮同祖論」の焼き直しと捉えられたこと、マルクス主義的な発展段階説と真っ向から対立する内容だったこと等の理由で学術的に認められず、戦後の日本人＝単一民族説がヘゲモニーを握った、とする。詳しくは注6、小熊『単一民族神話の起源』を参照。

＊8　川村湊「安吾日本史の可能性」（川村編『安吾日本史』東洋書院、一九八八年）。

*9　鈴木武樹は、家永三郎『上宮聖徳法王帝説の研究』（三省堂、一九五一〜五三年）を参照しつつ、『帝説』の諸本によっては、安吾が類推した欠字の数じたいが異なっていると指摘している（「安吾の主題による七つの変奏曲」『安吾の古代史探偵』講談社、一九七六年）。

*10　同時代的にも、安吾の歴史論はいかがわしいと認知されていたようだ。匿名コラム「新人旧人」（『改造』一九五一年一一月）は、税金闘争、競輪裁判に関与した彼を揶揄しつつ「探偵といえば安吾巷談の面白さもことごとく推理の面白さ。他の智恵は些か欠乏の態。新日本地理またしかり」「遂には日本武尊と大友皇子と蘇我入鹿は同一人物なりと、一人三役という探偵小説の得意の方法で推定をくだすに至った。御愛嬌である」と述べる。つまり、まともに読まれてさえいない。

*11　ヴァルター・ベンヤミン（浅井健二郎訳）「歴史の概念について」（『ベンヤミン・コレクション1』ちくま学芸文庫、一九九五年）

*12　安田孝「安吾・天皇・天皇制」（『人文学報』〔東京都立大学〕二〇〇四年三月）。

*13　注1、花田「坂口安吾のディコンストラクション」。

*14　考古学者の今尾文昭は、「現在、宮内庁の陵墓は完全非公開ではなく、原則として非公開」状態である、とする（『天皇陵古墳を歩く』朝日新聞出版、二〇一八年）。二〇〇七年一月、宮内庁書陵部が内規として定めた「陵墓の立入りの取扱方針」に従い、宮内庁書陵部長が管理上支障がないと認めた範囲内で、書陵部員立ち会いのもと、外延部のみを見学することができるようになった。しかし、写真撮影は認められているが、計測は禁じられている。今尾はこの状況を「立ち入り調査」ならぬ「立ち入り観察」だ、と称している。もちろん、陵墓本体に対する学術研究の立場からの発掘調査は行われていない。

*15　河西秀哉『天皇制と民主主義の昭和史』（人文書院、二〇一八年）。

*16　ジョン・ダワー（三浦陽一・高杉忠明・田代泰子訳）『敗北を抱きしめて　下』（岩波書店、二〇〇一年）。

*17　皇室典範（一九四七年一月一六日、法律三号）第二二条に「天皇、皇太子及び皇太孫の成年は、一八年とする。」

とある。実際の明仁の成年式は、一九五一年六月に没した貞明皇太后（九条節子）の喪に服すため、翌一九五二年に挙行された。

＊18 豊下楢彦『安保条約の成立　吉田外交と天皇外交』（岩波新書、一九九六年）。

＊19 注3、冨永『昭和天皇退位論のゆくえ』。

＊20 京都大学同友会による公開質問状（一九五一年一一月一二日付。天野恵一編『大衆社会と象徴天皇制　コメンタール戦後五十年　第二巻』社会評論社、一九九五年）。

＊21 関井光男「伝記的年譜」では、一九五一年ごろの安吾について、競輪事件でジャーナリズムを騒がせた時期でもあり、「被害妄想が顕著になっていた」とする（『定本坂口安吾全集　第一三巻』冬樹社、一九七一年）。しかし、安藤宏・大原祐治・十重田裕一編『坂口安吾大事典』（勉誠出版、二〇二二年）で「競輪事件」の項目を担当した吉田司雄は、「当時は精神錯乱とも受け止められたが、今日では同時期の税金闘争と同じく権力への抵抗と評されることが多い」と述べている。

＊22 「昭和二十年代から三十年代初めにかけて、「我こそは本物の天皇なり」と名のりをあげた」人々については、保阪正康『天皇が十九人いた　さまざまなる戦後』（角川文庫、二〇〇一年）を参照。

＊23 齋藤憲司「資料集成・象徴天皇制（一）」（『ジュリスト』一九八九年五月一日・一五日合併号）。

＊24 永井陽之助『柔構造社会と暴力』（中央公論社、一九七一年）。

＊25 七北数人『評伝坂口安吾　魂の事件簿』（集英社、二〇〇二年）。

＊26 米谷匡史「丸山真男と戦後日本　戦後民主主義の〈始まり〉をめぐって」（情況出版編『丸山真男を読む』情況出版、一九九七年）。

＊27 古関彰一『新憲法の誕生』（中公文庫、一九九五年）。

＊28 神谷忠孝「『堕落論』」（『國文学解釈と鑑賞』一九九三年二月）。

＊29 佐々木中『戦争と一人の作家　坂口安吾論』（河出書房新社、二〇一六年）。

＊30　同様の発想は、「咢堂小論」（発表誌・年次不明、ただし一九四五年と推定）にも見られるが、宮澤隆義によれば、安吾は一九三〇年代の段階で政治体制の変革と人間性の変化とは相応しない、という考え方を確立していた（『坂口安吾の未来　危機の時代と文学』新曜社、二〇一五年）。このことは、安吾が二〇世紀初頭の革命の思想にリアルタイムで触れ合っていたことを意味する。

＊31　注29、佐々木『戦争と一人の作家』。

＊32　林淑美「坂口安吾と戸坂潤——「堕落論」と「道徳論」のあいだ」（『昭和イデオロギー　思想としての文学』平凡社、二〇〇五年）。

＊33　ハーバート・ビックス（岡部牧夫・川島高峰・永井均訳）『昭和天皇　下』（講談社学術文庫、二〇〇五年）。

＊34　注26、米谷「丸山真男と戦後日本」。

＊35　有山輝雄「新憲法制定とマスメディア」（『メディア史研究』一九九五年二月）によれば、「ＧＨＱとしては、憲法が日本国民に強制された外国製文書であるといった批判は決して認めることができず、そうした批判に眼を光らせていた」が、ＣＣＤ（民間検閲局）の統計によれば、憲法にかんする検閲違反件数は他の話題に比べて少ない。有山はその点に「ＧＨＱの統制に従い自己保全をはかろうとする日本の新聞の従順さ」を見ている。

＊36　加藤典洋『敗戦後論』（講談社、一九九七年）。

＊37　古関彰一「憲法制定過程から何を学ぶべきか」（『世界』二〇〇〇年六月）。

＊38　注30、宮澤『坂口安吾の未来』、山根龍一『架橋する言葉　坂口安吾と時代精神』（翰林書房、二〇二一年）。

＊39　宮田昇『敗戦三十三回忌　予科練の過去を歩く』（みすず書房、二〇一一年）。

＊40　安丸良夫『文明化の経験　近代転換期の日本』（岩波書店、二〇〇七年）。

＊41　永井壮吉『断腸亭日乗　六』（岩波書店、一九八一年）。

＊42　逆井聡人『〈焼跡〉の戦後空間論』（青弓社、二〇一八年）。

＊43　この点については、注2、大原『戯作者の命脈』が詳しい。

初出一覧

※既発表論文の収録にあたっては、大幅な加筆・修正を行った。

序　本書のための書き下ろし

第1章　「〈玉砕〉の文法――アジア太平洋戦争末期の死の表象」（早稲田大学国語教育学会第二八二回例会での報告、二〇二〇年一月二五日）、「終末のスペクタクル――アジア太平洋戦争期のメロドラマ的想像力」（「日本近代文学におけるメロドラマ的想像力の展開に関する多角的研究」「貫戦期における日中映画の越境と協働をめぐる総合的研究」合同研究集会「〈国民（ネーション）〉を縫い直す　貫戦期におけるメロドラマ的想像力の歴史的位相」での報告、二〇二二年三月二〇日）。

第2章　本書のための書き下ろし

第3章・補論　「敗北への想像力――保田與重郎『南山踏雲録』を読む――」（『藝文研究』第一〇九―一号、二〇一五年一二月）、「独語としての対話――『有心』を読む保田與重郎」（奥山文幸編『蓮田善明論　戦時下の国文学者と〈知〉の行方』翰林書房、二〇一七年）。

第4章　「石川達三と東京裁判――『生きてゐる兵隊』戦後版の受容をめぐって――」（『大妻国文』第四九号、二〇一八年三月）。

第5章　「横溝正史と戦後啓蒙――『獄門島』試論――」（『大妻国文』第四一号、二〇一〇年三月）

第6章　「坂口安吾の戦後天皇論（1）――『安吾の新日本地理』を手がかりに――」（『大妻国文』第三八号、二〇〇七年三月）、「坂口安吾の戦後天皇論（2）――安吾における〈始まり〉をめぐって――」（『大妻国文』第三九号、二〇〇八年三月）。

あとがき

二〇二二年二月二四日に始まったロシアによるウクライナ本格侵攻以後、とにかく何が起こっているのかを知りたくて手当たり次第に文献を探し求めていたとき、歴史学者の柳原伸洋のエッセイと出会った（「「戦争の語り」と私たちの社会」『現代思想　ウクライナから問う　歴史・政治・文化』二〇二二年六月臨時増刊）。

開戦当時ドイツに滞在していたという柳原は、現地の戦争報道と日本のそれとを比較する中で、現在の日本社会には「戦争の巨大さ」に呑み込まれることなく、「弱い個」の立場から粘り強く向き合いつづけるだけの語彙も知見も語り方も不足しているのではないか、と書きつける。その上で、自身の研究テーマである空襲体験証言活動の歴史的な展開を概観しつつ、「日本では戦争をいかに語り継ぐか、そして戦争がいかに語られてきたかについては相当な蓄積がある」ものの、一方では「むしろ戦争から逃げるための言葉や思考法を磨いてきたと言えはしないだろうか」と自問している。柳原の問いかけは厳しいが、要は、敗戦後の日本社会が、自国の戦争を過去のできごととして熱心に語ることで、現在進行形の戦争とのかかわりを思考することを遠ざけてきたのではないか、ということだろう。学生や生徒たちの前に立つ教員は、小説家や評論家のことばを受け止め、教室で翻訳者として語り直しているという意味で、現代の戦争をめぐる言説編制に参与するプレイヤーでもある。近代日本の戦争や戦争記憶のあり方に関心を持ち、教室で学生を前に語っている一人として、わたし自身、受け止めなければならない問題提起だと思う。

あらゆる記憶の営みは現在との対話に他ならない。だが問題は、そこでどのような対話が行われたかである。戦後日本社会の戦争記憶は結局のところ、すでに乗り越えられた過去として対象化・客体化され、紋切り型の枠組みの中で自閉的に語られてきたのではないか。何度となくくり返されてきた「戦争の悲惨さ」という定型句は、「平和な時代」に生きる「われわれ＝日本人」の現在地を確認し、肯定する役目を担ってきたのではないか。「序」で議論した「八・一五神話」をめぐる語りは、その典型的な事例と言える。

本書でわたしは、戦後日本の国民共同体は、列島の核心部で戦争を経験した人々の「空襲下のナショナリズム」を土台とし、基体としているのではないか、と主張した。もとよりすべてが〈始まり〉に規定されるわけではない。中野敏男が論じたように、「「戦後日本」とその内向的な「戦後」意識」に対する抗いが戦後思想の一方の底流を作ってきたことを忘れるべきではないだろう（中野「「戦後日本」に抗する戦後思想」権赫泰・車承棋編〔中野宣子訳〕『〈戦後〉の誕生　戦後日本と「朝鮮」の境界』新泉社、二〇一七年）。柳原が挙げた空襲記憶のアーカイブ化をはじめ、〈始まり〉におけるボタンの掛け違いの問い直しにつながる企ては、この社会の戦争記憶を構成する重要な一翼を担ってきた。一九九一年の韓国人元「従軍慰安婦」金学順さんの証言を契機に深刻な反省と批判を迫られながらも、帝国日本の加害の記憶、植民地支配の記憶に焦点化する対抗的な実践が、「戦後五〇年」を画する一九九五年前後にひとつのピークを迎えていたという観察は、あながち間違いではないはずだ。

それからもうすぐ三〇年になる。だが、いわゆる「従軍慰安婦」問題にしても、いわゆる「徴用工」問題にしても、日本社会のマジョリティは、一九九〇年代に問われた問いに、いまだ十分に応答できていないように見える。

逆に、一部の保守政治家が旗振り役となって、対抗的・批判的な記憶の実践に対する持続的な攻撃が行われるようになった。こうした実践を熱心に支えてきた担い手たちの高齢化も進んだ。結果、戦争記憶をめぐる議論の土俵はより右側に移動し、とくに二〇〇〇年代以降、「先の大戦」に対する悔恨と反省が曲がりなりにも歯止めとなってきた日本社会の軍事化が、なし崩し的に進められてきた。だが、この事態を単純に過去の復活と見るべきでないことは、しばしば指摘される通りである。むしろ注意すべきは、ここで「守るべきもの」として持ち出されるのが、戦後日本の「平和」「安定」「豊かさ」といった、ごく曖昧なイメージであることだ。言ってみれば、東アジアにおける冷戦体制という歴史的条件下で列島核心部の人々が享受できた僥倖を既得権と捉え、そこから一歩も出たくない、「経済成長」という成功体験の物語のノスタルジアの中でまどろみ続けていたいという願望こそが、現在の軍事化を根底において支えている。しかも、こうした願望は、現在「リベラル」を自認する側の一部にも共有されているように見える。もしこの見立てが誤りでないならば、戦後日本の「原風景」に批判的に立ち返ることは、過去との対話を通じて、日本社会の「いま・ここ」とは異なる未来を構想する営みへとつながっていくはずである。

戦争をめぐる「知」と「無知」の関係は、言説によって構築され、構造化されている。そもそも、どの出来事を「戦争」と名指すか、ということ自体が問題なのだ。あるコンフリクトは「戦争」と呼ばれ、立ち向かうべき課題と見なされるが、別の深刻な衝突は「紛争」「テロ」「混乱」などと称されて、日々のニュースの中で受け流されてしまう。こうした関心の不均衡もまた、言語とメディアによって構築されている。人間は基本的に怠惰な生きものだから、つねに事態を単純化し、感受された差異の衝撃を馴致し、認知されたできごとをパターン化された枠組みに閉じ込めて、「分かったつもり」になろうとする。あるいは、慣れ親しんだ出来合いの構図の内側で処理することで、自己自身から遠ざけようとする。そのような紋切型の物語の制作に資することができるという意味で、文学や文化はまちがなく戦争の「役に立つ」。日中戦争・アジア太平洋戦争期の文学・文化を学んで来たひとりとして、改めてそう思う。

しかし、まさにその「知」と「無知」の境界を問い直し、揺さぶることができるのも、文学と文化の力能に他なるまい。表現にはひとを突き動かす力がある。あるいは、動き出そうとする人々の内側に働きかけて、反省的に立ち止まらせる力がある。だからこそ、文学や文化の表現が、人々の認識をどのように象り、上書きしていくか、人々のどんな情動をかき立て、感性や感覚の基準となる枠組みを織り上げていくかを慎重に見定める必要がある。その上で、不意に出会ってしまった表象の強度に揺さぶられた経験から目を背けず、自己自身が囚われている認識のフレーム、感受性の枠組みにかかわる問題として受け止めて、反省的に問い直すことができるリテラシーを鍛えていく必要がある。だから、メディアで喧伝されている「人文知は役に立たない」という言表は、質の悪いフィクションと言う他にない。国家や資本は、人間の感性と認識をかたちづくる人文知の潜勢力を知るからこそ、ひそかにその力を占有したいと考えているのだ。

　本書に収録した論考の多くは、わたしが過去に参加した研究会やワークショップ等で行った報告がもとになっている。とりわけ、第1章の内容は、研究分担者として参加した科研費共同研究「日本近代文学におけるメロドラマ的想像力の展開に関する多角的研究」（19K00350）での活動の中でヒントを得たものである。開かれた議論の場を準備してくださった方々、刺激的な議論の時間を共有してくださった方々に心からお礼を申し上げたい。文献や資料の調査にあたっては、大妻女子大学図書館、早稲田大学図書館、国立国会図書館憲政資料室、日本近代文学館、秋田市立中央図書館明徳館のスタッフの方々の助力をいただいた。

　個々の論考の構想から具体化に至る過程では、教室で、オンラインで授業に参加してくれた学生たちに大いに助けられた。ともに議論するというまでには至らなくても、日々の授業でのちょっとした反応、率直な疑問、コメントペーパーに記された気づきや指摘から、自分ひとりでは考えつかなかった新しい視界が開けたことは何度もあった。本書につながる思考を辛抱強く見守ってくれた大妻女子大学、早稲田大学の学部生・大学院生の皆さんに、改めて謝意を表したい。

　二〇〇〇年代から時々の問題意識で書いてきた論考を、「戦後」の原風景というテーマでまとめてはどうか、と提案してくださったのは、有志舎の永滝稔さんだった。その後、高校国語「改革」問題への対処や、いわゆる「コロナ禍」でのオンライン授業への対応などに追われてずいぶん時間がかかってしまったが、永滝さんは辛抱強く本書の完成を後押ししてくださった。ふり返ればわたし自身、有志舎の本からたくさんのことを学んで来た。字義通りの意味で志の高い、過去に対する真摯なまなざしと学術と社会の未来を見据えた書籍たちが作り上げてきた知の広場の中に著者として参加できることを、心から光栄に感じている。

二〇二三年九月一日

五味渕典嗣

※本書はＪＳＰＳ科研費（18K00325・19K00350・21K00293）の成果である。

ま　行

や　行

ら　行

わ　行

た　行

な　行

は　行

か　行

さ　行

ま 行

や 行

ら 行

わ 行

〈人 名〉

あ 行

な　行

は　行

さ 行

た 行

索　引

〈事　項〉

あ　行

か　行

著者紹介
五味渕典嗣（ごみぶち　のりつぐ）
1973年生まれ
慶應義塾大学大学院文学研究科博士課程単位取得退学、博士（文学）
現在、早稲田大学教育・総合科学学術院教授
主要著書：『言葉を食べる　谷崎潤一郎、一九二〇～一九三一』（世織書房、2009年）、『プロパガンダの文学　日中戦争下の表現者たち』（共和国、2018年）、『「国語の時間」と対話する　教室から考える』（青土社、2021年）

「敗け方」の問題
戦後文学・戦後思想の原風景

2023年11月30日　第1刷発行

著　者　五味渕典嗣
発行者　永滝　稔
発行所　有限会社　有　志　舎
〒166-0003　東京都杉並区高円寺南4-19-2
クラブハウスビル1階
電話　03(5929)7350　FAX　03(5929)7352
http://yushisha.webnode.jp
DTP　閏月社
装　幀　野田和浩
印　刷　モリモト印刷株式会社
製　本　モリモト印刷株式会社

ISBN978-4-908672-69-9